El terrier tiene razón

UN MISTERIO VETERINARIO DE CORAL SHORES

DL Mitchell

Black Rose Writing | Texas

Título original: Trust the Terrier

© 2023 DL Mitchell
© 2025 Spanish With A Gringo LLC por la traducción

La autora otorga la aprobación final para este material literario.

Primera edición

Esta es una obra de ficción. Los nombres, personajes, negocios, lugares, eventos e incidentes son productos de la imaginación del autor o se usan de manera ficticia. Cualquier semejanza con personas reales, vivas o muertas, o con eventos reales es pura coincidencia.

ISBN: 978-1-68513-731-1

PUBLICADO POR BLACK ROSE WRITING
www.blackrosewriting.com

Impreso en los Estados Unidos de América

Precio de venta sugerido (PVS) $19.95

El terrier tiene razón se imprime en Baskerville

Siempre, para Blair y Maddy

AGRADECIMIENTOS ESPECIALES

Tanta gente me ha animado e inspirado en este último viaje. Son las mismas personas que apoyaron mi decisión de estudiar veterinaria a la edad de treinta años. Haría falta una novela corta para nombrarlas a todas.

Mi esposo, Blair, y mi hija, Maddy, son quienes más me apoyan. Nada de esto sería posible sin su amor incondicional y su convicción de que puedo lograrlo.

Wendy, mi hermana y amiga, es una lectora beta increíble. Recurro a ella cuando me cuesta navegar por situaciones difíciles. Mi hermano, Jeff, es el más creativo de la familia y nos hace reír a todos. Mi mamá, Denise, es una inspiración, y punto.

Tuve la suerte de encontrar el grupo más solidario de escritores y lectores de misterio cuando me uní a la sede de Atlanta de *Sisters in Crime*. Con Liz, Charlie, Lance, Darija, Sharon, Dawn y Angela al mando, he encontrado amistad, diversión y un espacio creativo y seguro.

George Weinstein y el *Atlanta Writers Club* me presentaron al mundo editorial. Asistiendo a sus conferencias y pláticas, seguí perfeccionando mis habilidades. He aprendido muchísimo, pero solo lo suficiente para saber cuánto más puedo crecer.

A todos mis clientes actuales y pasados: Ha sido un honor para mí cuidar de sus peludos familiares. Algunos de ustedes quizá se sientan identificados con los gatos y perros que aparecen en *El terrier tiene razón*. No es casualidad, ya que son una mezcla de mis experiencias reales como veterinaria de animales pequeños.

El terrier tiene razón

CAPÍTULO UNO

¡Miiiiiiiiaaaaaaaaaauuu!

—Parece que la señora Pringle y Fluffy llegaron temprano otra vez —dijo Anthony, afirmando lo obvio.

La primera paciente de la tarde solía llegar antes de su cita, interrumpiendo la ya breve hora del almuerzo. Una vez más, la Dra. Emily Benton, Anthony y el personal tenían suerte de poder probar una barra de granola. Era lo habitual al trabajar en un hospital para animales pequeños.

—No hay hacerlas esperar, porque Fluffy se pone nerviosa en su transportín. La última vez, fue casi imposible examinarla —dijo Emily.

—Yo me encargo, doctora. Fluffy y yo somos amigos ahora, y solo tiene cita para una limpieza de oídos. Su cita de seguimiento contigo no es hasta la semana que viene. No olvides que tenemos que hacer una visita a domicilio en la tarde con la señora Klein y Elvis.

—Va. Gracias, Anthony. Tengo que hacer unas llamadas y luego podemos irnos. Le voy a avisar a la señora Klein que vamos a llegar a tiempo. Ya sabes cómo es con la puntualidad.

Hoy era uno de esos días que hicieron que Emily se preguntara qué estaba pensando al convertirse en la única propietaria del Hospital Veterinario Coral Shores. Sin duda, era su sueño hecho realidad, pero quizás había hecho demasiado pronto en su carrera profesional, ya que solo se había graduado de la facultad de veterinaria hacía dos años. Era demasiado tarde para echarse atrás.

No tardó mucho en aparecer Anthony en la puerta de la oficina de Emily, demostrando que aún conservaba sus diez dedos intactos.

—Todo bien con Fluffy. Creo que su infección de oído por fin se ha curado, lo que podría explicar por qué está de mejor humor. Tengo el botiquín veterinario portátil preparado en tu carro. Listo cuando tú digas.

—¡Justo a tiempo! Acabo de terminar mi última llamada. ¡Vámonos!

...

El viaje desde el hospital hasta Gulf Beach Road, donde vivía la señora Klein, era corto. Coral Shores era un tranquilo pueblo costero en el Golfo de México. Sus playas de arena blanca y fina, y su costa de formas únicas lo convertían en un paraíso para quienes acudían a la zona en busca de conchas marinas de recuerdo. Los estrictos códigos de construcción habían impedido que los rascacielos se construyeran y bloquearan la vista. Los pocos hoteles frente al mar que salpicaban la costa eran moteles históricos de Florida remodelados para los viajeros más modernos y experimentados. La falta de desarrollo urbano mantenía viva esa atmósfera de la Florida de antaño.

Mientras se acercaban a la casa de la señora Klein, Emily miraba de un lado a otro entre Anthony y el camino que tenía delante.

—¿Qué?

Anthony expresó su preocupación ya que Emily claramente tenía algo en mente.

—No creo que hubiera podido sobrevivir estos últimos meses sin ti. ¿Te arrepientes de volver a casa y aceptar este trabajo?

—Em, no querría estar en ningún otro lugar.

Anthony y Emily habían sido mejores amigos desde la secundaria, y él no dudó ni un segundo cuando ella le ofreció el trabajo como su técnico jefe y gerente del hospital.

—Todavía se me hace raro que me llames Dra. Benton en el trabajo —dijo—. Tenemos que resolver eso.

—Te llamo Em cuando estemos fuera del hospital, pero en el trabajo, te llamo doctora. ¿Trato?

—Va, está bien. Pero de todos modos es raro.

Anthony estaba revisando el historial médico para su cita.

—Hace años que no veo a la señora Klein. Me sorprendió que nuestra profesora de piano, con formación clásica, le pusiera a su perro el nombre de Elvis Presley. Pero claro, le encantaba todo tipo de música. ¿Recuerdas los buenos tiempos de nuestros recitales de piano?

—¿Buenos tiempos? Todavía tengo pesadillas. Era tan estricta. Sé que era una excelente maestra, pero me daba miedo. Todavía me da un poco.

—Em, ya eres una mujer adulta y doctora. Hay que superarlo.

Emily se incorporó, echó los hombros hacia atrás y respiró hondo mientras se detenían en la casa de la señora Klein frente a la playa. Eliza Klein estaba de pie en la puerta con Elvis a su lado, esperándolos. Su figura menuda de metro y medio contrastaba marcadamente con su estilo personal descomunal. Lentes de lectura con montura gruesa de color rojo, enmarcaban sus brillantes e inteligentes ojos. Su cabello blanco como la nieve, con un corte en capas cortas y elegante, complementaba su overol que incorporaba todos los colores del arco iris.

Elvis ladraba y se lanzaba al extremo de su correa, intentando convencer a todos de que era un perro guardián. Lo cierto era que lo único que cuidaba eran sus galletas, y su cara sonriente y él meneando la cola delataban su verdadera naturaleza. Elvis pesaba nueve kilos, tenía el pelaje blanco, ojos café oscuro y una cola enroscada en forma de C. Parecía un West Highland white terrier, pero Emily se dio cuenta de que había otra raza en la mezcla, ya que su pelo era más corto y suave que el de un westie de raza pura. Una cosa era segura: era adorable.

—Hola, Elvis —dijo Anthony mientras se agachaba para saludar al pequeño terrier.

Elvis empezó a bailar, contoneándose. Tras llenarlo de besos, se dio la vuelta boca arriba, una clara petición de caricias en la panza.

—Es un descarado —dijo la señora Klein negando con la cabeza—. Anthony Torres, ¿eres tú? Claro que eres tú. Recuerdo lo bien que te portaste con los animales del refugio.

La señora Klein había participado en todas las organizaciones benéficas y grupos de rescate de animales de Coral Shores durante décadas y fue una presencia recurrente en la juventud de Emily y Anthony, incluyendo el voluntariado que realizaron durante su adolescencia.

—Sí, señora Klein. Me alegra volver a verla. Se ve bien —dijo Anthony.

—Gracias. Es maravilloso que hayas vuelto para ayudar a Emily a adaptarse. Es una gran tarea la tuya, Dra. Benton, ocupar el puesto del Dr. Dinsmore.

—Nosotros también lo extrañamos, señora Klein —dijo Emily.

El Dr. Dinsmore había sido el dueño original del Hospital Veterinario Coral Shores, y tras el fallecimiento de la mamá de Emily, le ofreció venderle el hospital para jubilarse. Ella trabajó como asistente veterinaria en el verano durante la preparatoria y la carrera de veterinaria, así que parecía la opción ideal.

—Emily, siento mucho lo de tu mamá. Era una mujer muy especial y una amiga maravillosa. Cada vez que te veo te pareces más a ella —la señora Klein sonreía.

Emily no respondió, solo asintió antes de agacharse para acariciar a Elvis, usando al pequeño terrier para cambiar de tema. Todavía le costaba hablar de su mamá en una conversación informal.

La señora Klein tenía razón sobre las similitudes entre Emily y su mamá. Ambas representaban su herencia escocesa; cabello pelirrojo intenso, piel clara, ojos azules y pecas. Emily llevaba el pelo largo y liso, mientras que su mamá lo tenía rizado, y era unos centímetros más alta que ella, pero esas eran las únicas diferencias evidentes. Eran mujeres de belleza natural que nunca se preocupaban por su apariencia.

—Pasen. Pasen, por favor —dijo la señora Klein, indicándoles que la siguieran—. Les agradecemos mucho que hayan podido visitarnos. Yo ya no puedo manejar.

—Nos alegra estar aquí. ¿Qué pasa con Elvis? —preguntó Emily mientras dejaba su maletín en la sala—. Mencionó que ha estado tosiendo últimamente.

—Sí, empezó la semana pasada. No parece ser menos activo de lo habitual, pero es difícil saberlo. Le encantan sus siestas al sol. Sabes que no fumo dentro de casa, y no se me ocurre nada más que pueda estar causándolo. Sigue comiendo como un caballo.

—Hoy le vamos a hacer un examen completo. ¿Le parece bien que le hagamos análisis de sangre para descartar la posibilidad de una infección? —preguntó Emily.

—Haz lo que creas necesario. Elvis es mi mundo entero, y no puedo permitir que le pase nada —dijo mientras lo abrazaba efusivamente y le besaba la frente antes de pasárselo a Anthony—. Voy a salir a fumar. Prefiero no ver la sangre, me da un poco de asco.

—Claro, señora Klein. Le digo cuando terminemos —dijo Anthony para tranquilizarla.

Elvis fue un ángel durante su examen y la extracción de sangre. Tosió una vez durante la revisión, así que ambos entendían lo que preocupaba a la señora Klein. Aunque tenía un poco de sobrepeso para un terrier de cinco años, por lo demás estaba bastante sano. La señora Klein adoptó a Elvis del refugio cuando era cachorro, y desde entonces ha estado recibiendo sus exámenes y vacunas de rutina todos los años.

—¿Qué piensas? —preguntó Anthony mientras Emily se quitaba el estetoscopio.

—Sospecho que puede tener bronquitis. Que puede ser causada por una infección o alergias. El análisis de sangre debe ayudarnos a averiguarlo. Está al día con todo lo demás, y no vi ningún problema con su historial médico en el expediente.

Anthony se giró hacia la terraza para confirmar que la señora Klein no pudiera oírlo antes de susurrar:

—¿Crees que el humo de su cigarro podría estar afectándolo?

—Ni hablar —dijo Emily con énfasis—. Aunque fuma mucho, nunca la hace dentro de la casa. Tener a los niños aquí para clases de piano todos esos años la hizo muy disciplinada.

—Es cierto. Voy a avisarle que ya terminamos —dijo Anthony.

La señora Klein ya no sonreía y tenía las manos entrelazadas mientras regresaba a la sala.

—Bueno, Dra. Benton ¿Cómo está?

—Elvis se ve muy bien, pero me preocupa que tenga una bronquitis leve. Voy a llevar su muestra de sangre al hospital, ya que puede ayudarnos a determinar el mejor tratamiento para sus síntomas. Los resultados van a estar listos esta tarde y voy a poder traerle sus medicamentos cuando vaya de regreso a casa esta noche.

—¡Ay, Dios, qué alivio! —dijo, dejando caer los brazos a los costados mientras todo su cuerpo se relajaba—. Mis alergias también me han estado dando problemas últimamente. Probablemente sea por eso. Elvis y yo nos parecemos mucho.

—Si no se le quita la tos, es importante repetirle el examen y tomarle radiografías de tórax. ¿Le parece bien? —preguntó Emily, mientras tomaba algunas notas en su historial médico.

—Entiendo. Sé que se va a mejorar. ¿Puedo seguir llevándolo a pasear por la playa? No te imaginas cuánto le encanta.

—Claro, pero quizás lo mejor es que solo den paseos cortos de diez minutos hasta que se le pase la tos.

Emily era plenamente consciente de que caminaban distancias más largas por la playa, ya que a menudo los veía cerca de su casa.

—Ya escuchaste a la doctora, Elvis. Nada de perseguir pájaros en la playa. —Inclinó la cabeza de un lado a otro para reconocer que le estaban diciendo algo importante—. Siempre puedo traerlo a casa después de un paseo rápido y terminar mi rutina de ejercicios sin él. Aunque no le va a gustar.

—Ojalá sean solo unos días —dijo Emily—. La voy a llamar cuando salga del hospital esta noche.

—Gracias, Dra. Benton, y gracias, Anthony. Significa mucho para mí que estén aquí. Elvis, dales las gracias.

Elvis respondió de la única manera que sabía, con un ladrido resonante.

—Fue un placer volver a verla, señora Klein —dijo Anthony mientras él y Emily preparaban el maletín médico y se dirigían a la puerta principal. Elvis les pisaba los talones, insistiendo en que le dieran un último masaje en la barriga antes de irse.

Al salir, Anthony y Emily se fijaron en la hora. Iban justo a tiempo para volver al hospital antes de su siguiente cita.

—Ya no da nada de miedo —dijo Anthony—. ¿Cuántos años crees que tiene?

—De unos setenta y tantos, quizá ochenta. No estoy segura. No sé por qué me ponía tan nerviosa de niña. Es una mujer muy dulce y adora a Elvis. Siempre los veo cuando paseo por la playa. No te creerías lo rápido que se mueve. Espero estar tan sana a su edad.

—Tenemos una tarde ajetreada. Voy a empezar con las pruebas de laboratorio de Elvis en cuanto volvamos. Tengo mucha hambre y, suponiendo que necesites comer antes de que acabe el día, pasemos un rato por el Mercado Gourmet de Wally a comprar un sándwich. Es ahora o nunca —dijo Anthony.

—Gracias. ¡Qué buena idea!

■ ■ ■

La tarde fue un caos, como siempre. Emily se sentía segura de sus habilidades médicas y quirúrgicas veterinarias, pero el estrés añadido de dirigir un hospital a menudo la agobiaba. El Dr. Dinsmore le dijo que sería más fácil, pero ella no estaba tan segura. Si no hubiera podido convencer a Anthony de que dejara su trabajo de veterinario en Tampa y regresara a Coral Shores, no estaba segura de si hubiera tomado la decisión final de comprar el hospital. Ella dependía de él para obtener apoyo más de lo que él creía. Era un líder inteligente y talentoso, y su personalidad amable y accesible era una ventaja para forjar relaciones tanto con el personal como con los clientes. Además, la hacía reír a carcajadas.

—Tengo los resultados de Elvis —dijo Anthony, mientras le entregaba el informe ese día más tarde.

—Bueno, parece que podría ser bronquitis alérgica después de todo. Le voy a recetar un antihistamínico y un supresor de la tos, pero ¿puedes escribir las instrucciones detalladas para la señora Klein?

—Claro. Ya llegó nuestra última cita, y tengo buenas noticias, es el examen de un nuevo cachorro. Un Gran Pirineo llamado Cloud. Pensé que te vendría bien hoy —dijo Anthony con una sonrisa.

—Gracias. Eres mi héroe.

—Esta noche, Marc y yo vamos al Pelicano Sediento, ese nuevo restaurante justo al lado de la carretera. Es noche de trivia. ¿Vienes?

—Me encantaría, pero estoy agotada. ¿Está bien si los acompaño en otra ocasión?

—Claro, pero Marc va a estar decepcionado. Además de disfrutar de tu maravillosa compañía, quería que participaras en todas las preguntas de trivia de ciencias, ya que yo me encargo de las de cultura pop y música. Es muy competitivo. El único premio es el derecho a presumir, pero eso parece ser suficiente.

—Dile a Marc que le debo una —dijo.

Anthony y Marc habían estado juntos desde que Anthony regresó a Coral Shores. Emily no recordaba haberlo visto nunca tan feliz y tranquilo.

En cuanto Emily terminó su último examen, llamó a la señora Klein para avisarle a qué hora pasaría de camino a casa, pero terminó dejando un mensaje en la contestadora. Revisar el nuevo medicamento de Elvis con la señora Klein era importante, así que no quería dejarlo en la puerta. Como la señora Klein la estaba esperando, Emily supuso que había salido a dar un paseo o que estaba sentada en la terraza trasera.

—Buenas noches a todos, y gracias. Anthony va a cerrar —dijo Emily al personal al salir del hospital.

•••

Podría haber manejado la corta distancia hasta Gulf Beach Road dormida, ya que su casa estaba a menos de un kilómetro y medio de la de la señora Klein. Cada una poseía una de las pocas casas originales que aún se conservaban en Coral Shores. Los promotores inmobiliarios habían comprado muchas de las propiedades vecinas frente al mar para construir ostentosas mansiones. Estas casas gigantescas y estandarizadas estaban transformando para siempre la pintoresca comunidad costera, y no para mejor.

Emily Benton, había terminado su carrera de veterinaria y estaba a punto de terminar su pasantía universitaria de un año cuando su mamá enfermó. Viajó ida y vuelta entre la facultad de veterinaria de la Universidad de Florida y su ciudad natal, Coral Shores, en la Costa del Golfo de Florida, hasta que terminó su programa.

Tomar la decisión definitiva de mudarse a la pequeña cabaña frente al mar de su mamá fue fácil. Quería cuidarla durante los tratamientos de quimioterapia y, con el tiempo, durante su cuidado paliativo en casa. Sin importar lo difícil que fuera ver a su mamá luchar, estaba agradecida por el tiempo que habían pasado juntas. El hermano de Emily, Duncan, vivía en el pueblo vecino, pero tenía una familia joven y un trabajo exigente como agente. Visitaba a su mamá siempre que podía, pero no tenía la flexibilidad que tenía Emily. Eran muy jóvenes cuando falleció su padre, y solo habían sido los tres desde que ella tenía memoria. Vivir en la cabaña después de la muerte de su mamá fue una opción práctica, pero en realidad, estaba demasiado afligida y agotada para mudarse. Como a Duncan no le interesaba ser dueño de la cabaña, habían resuelto los detalles fácilmente.

Emily aún estaba lidiando con el doloroso proceso de deshacerse de las cosas de su mamá, o al menos de la mayoría. Curiosamente, no se decidía a desprenderse de ninguna de sus chanclas. Cada vez que las rebuscaba, terminaba llorando. Su mamá tenía una extensa colección de chanclas elegantes y divertidas, y siempre habían definido su estilo informal. Emily se la imaginaba con cada par puesto. Desprenderse de objetos menos personales había sido más fácil, y le reconfortaba saber que el refugio local para mujeres agradecía la donación.

Al acercarse a la entrada de la señora Klein, Emily oyó ladrar a Elvis. No era el ladrido normal y alegre que esperaba. Elvis estaba angustiado. El pánico la invadió mientras caminaba hacia la puerta principal. Emily llamó a la puerta, pero al no recibir respuesta de la señora Klein, empezó a golpearla con fuerza. Intuyendo que algo andaba mal, Emily decidió no esperar más y probar la manija, estaba cerrada. ¿Qué seguía? Elvis estaba cada vez más desesperado, así que corrió hacia el lado de la playa de la cabaña, con la esperanza de que las puertas corredizas de la terraza estuvieran abiertas.

Elvis la vio acercarse a la terraza y corrió hacia las puertas de cristal, ladrando y saltando. Se movía bien, lo cual era tranquilizador, ya que no parecía herido. La señora Klein no estaba visible en la playa ni en la sala, pero ver a Elvis angustiado no le dejó otra opción que entrar en la cabaña. Aliviado cuando las puertas se abrieron, Elvis saltó a sus brazos en cuanto ella entró. Su jadeo se convirtió en un ataque de tos, así que Emily lo acunó hasta que se detuvo.

—¿Qué pasa, Elvis? ¿Estás solo?

Elvis le lamió la cara y luego empezó a gemir y a forcejear para que lo soltara. Cuando ella lo bajó, corrió hacia el pequeño estudio que estaba junto a la cocina.

—¿Señora Klein? ¿Está aquí? Soy la Dra. Benton —gritó Emily mientras seguía a Elvis.

En cuanto entró en el estudio, vio a la señora Klein desplomada boca abajo en el suelo con Elvis a su lado, lamiéndole la mano.

—¡Ay, Dios, no!

La experiencia médica de Emily entró en acción mientras corría a su lado, volteando suavemente a la señora Klein boca arriba para comprobar su respiración y tomarle el pulso. Emily retrocedió al rozar su piel fría. La urgencia de iniciar la RCP desapareció. Emily tenía claro que llevaba muerta unas horas. Aún con la esperanza de estar equivocada, Emily tenía los dedos apoyados en la yugular cuando sus propias manos empezaron a temblar. Era demasiado para asimilar. La señora Klein había estado perfectamente sana hacía solo unas horas. ¿Qué habría pasado?

El tiempo pareció detenerse. Emily debió de estar conmocionada mientras estaba sentada allí, sosteniendo la mano de la señora Klein, dejando que la tristeza la invadiera. Sabía que no podía hacer nada para ayudarla, por mucho que deseara lo contrario. Las lágrimas corrían por su rostro y Elvis solo necesitó tocarle el brazo con la mano para que volviera a la realidad.

—Elvis, ven aquí, pequeñito —le dijo Emily al terrier, intentando consolarlo. Elvis se subió a su regazo, pero siguió gimiendo.

Como veterinaria, Emily tenía mucha experiencia con la pérdida de una mascota, pero nada la había preparado para este momento. Despedirse de su mamá fue lo más difícil que había hecho en su vida, y toda su experiencia veterinaria no había facilitado esa lucha. Necesitaba actuar y sabía exactamente a quién llamar.

CAPÍTULO DOS

—Duncan, necesito tu ayuda —dijo, aliviada de que su hermano respondiera al primer timbre.

—¿Qué pasa? —preguntó.

—Es la señora Klein. ¿La recuerdas? ¿Nuestra antigua profesora de piano? Ha muerto. Es horrible. ¿Puedes venir enseguida? —Emily se esforzaba muchísimo por disimular el pánico en su voz.

—¿Qué? ¿Dónde estás?

—Estoy en casa de la señora Klein. Vine a traerle unas medicinas a su perro, Elvis, y la encontré tirada en el suelo.

—Voy para allá. ¿Estás segura de que está muerta? ¿Le tomaste el pulso?

—Duncan, sé que soy veterinaria, pero eso también significa que soy médica. Debió de morir hace unas horas —dijo Emily con autoridad.

—Claro, Em. Lo siento. No toques nada, ¿de acuerdo? Hasta que averigüemos qué pasó.

—Entiendo. Apúrate, por favor.

Emily entró en la sala con Elvis, intentando calmarlo, pero se sintió mal por dejar a la señora Klein sola en el estudio. Elvis estaba exhausto y acurrucado en su regazo en el sofá, pero en cuanto oyó acercarse un carro, se volvió inconsolable, temblando y ladrando. Habían pasado menos de veinte minutos desde que llamó a su hermano, pero se le hizo eterno. Un rápido vistazo a través de las cortinas confirmó que era Duncan quien llegaba a la entrada, seguido de una ambulancia con las luces encendidas. Emily dejó escapar un enorme suspiro de alivio mientras recogía a Elvis en brazos y se disponía a abrir la puerta principal cerrada, con dificultad para girar el pomo y el cerrojo con un terrier retorciéndose en brazos.

—Em, ¿estás bien? —fue la primera pregunta del Agente Duncan Benton a su hermana.

Emily asintió y luego dijo:

—Pero Elvis tal vez no. Parece traumatizado.

Los paramédicos se acercaron a la puerta principal y saludaron a Duncan con familiaridad.

—¿Dónde está? —le preguntó Duncan a Emily.

Les indicó a todos la dirección del estudio. Cuando Duncan regresó unos minutos después, estaba hablando por teléfono con un compañero.

—Los paramédicos confirmaron que llevaba muerta unas horas. No pudieron hacer nada por ella —le dijo Duncan a Emily después de terminar su llamada.

—Te lo dije —dijo, algo molesta porque su evaluación médica estaba siendo revisada dos veces.

—Lo sé —dijo disculpándose—. Tienen que atender todas las llamadas de emergencia. El médico forense va a llegar pronto. ¿Puedes contarme todo lo que sabes?

Emily relató la secuencia de eventos del día con precisión, ya que estaba muy preocupada por llegar puntual a su cita con la señora Klein.

—No tiene sentido. La veo haciendo ejercicio en la playa con Elvis todo el tiempo. Estaba sana, fuerte y animada cuando estuvimos aquí antes.

—Es mayor, ¿sabes? Tenemos que dejar que el médico forense lo investigue. ¿Tiene familiares por aquí?

—Ninguno que yo sepa. Es viuda y su única hija, Sarah, vive en Los Ángeles. Su mamá me dijo que es diseñadora de interiores y está casada con un pez gordo de Hollywood.

—De acuerdo. La vamos a buscar para avisarle. —Duncan recorrió la cabaña con la mirada, fijándose en todos los detalles—. ¿Cómo entraste aquí?

—Cuando llegué, la puerta principal estaba cerrada con llave. El cerrojo también estaba puesto hasta que te abrí, pero las puertas del patio que dan a la playa estaban abiertas.

Mientras miraba a Elvis, le preguntó:

—¿Puedes cuidar a su perro unos días? Al menos hasta que podamos contactar con su familia.

—Sí. No llames a Control de Animales —dijo Emily—. Y lo digo en serio.

—Claro que no. Si quieres irte ahora, puedo pasar por el hospital mañana para tomar tu declaración.

—De acuerdo. No quiero que Elvis esté aquí cuando te lleves a la señora Klein. —Emily tomó al terrier angustiado y lo abrazó fuerte—. Está muy alterado. No puedo dejarlo en la perrera, así que me lo voy a llevar a casa.

—Esto es mucho trabajo, Em. Puedo ir a ver como estas cuando termine aquí.

—De verdad, voy a estar bien.

Emily sabía que estaba fingiendo ser valiente por su hermano. Estaba desesperada por llegar a casa, acurrucarse bajo las mantas y olvidar que ese día había sucedido.

—¿Qué pasa con Bella? —preguntó.

—Va a estar bien. No le va a hacer mucha gracia, pero puedo mantener a Elvis lejos de ella.

Bella era una gata Maine Coon de nueve kilos y la querida compañera de su mamá, que Emily había heredado junto con su cabaña. Bella podía defenderse sola, a pesar de su avanzada edad. Era casi del mismo tamaño que Elvis, así que sería prudente que se alejara de ella.

Emily encontró la correa de Elvis colgada en un gancho cerca de la puerta y preguntó:

—¿Puedo ir a la cocina? Quiero buscar la comida de Elvis para llevármela.

—Claro, Em —dijo Duncan, antes de meter la mano en el bolsillo trasero y entregarle un par de guantes—. Tendremos que guardar las cosas hasta que el forense confirme que la señora Klein murió por causas naturales. Es el protocolo habitual.

—Lo entiendo. Ya toqué varias superficies aquí esta mañana con Anthony y luego otra vez esta noche, pero no en la cocina —dijo mientras se ponía los guantes.

En la despensa, Emily encontró algunas latas de comida para perros y una bolsa de croquetas sin abrir. No le sorprendió descubrir que la señora Klein le estaba dando a Elvis una marca de comida orgánica de alta gama. Comprobó que no hubiera nada en el refrigerador para el perro y no pudo evitar fijarse en los alimentos saludables que la señora Klein tenía en los estantes. El refrigerador estaba lleno de licuados orgánicos frescos, fruta cortada, leche de almendras y ensaladas preparadas. Con razón la señora Klein siempre estaba tan llena de energía. En contraste, su refrigerador estaba lleno de comida para llevar a medio comer, condimentos caducados y una botella de vino barato, todo un cliché para alguien que rara vez preparaba comida casera.

Emily agarró la cama del perro de Elvis y dijo:

—Tengo todo lo que necesito. ¿Qué va a pasar ahora?

—Nada hasta que llegue el médico forense y entregue el cuerpo. Vamos a hacer un cateo rápido de la casa y luego la vamos a cerrar.

—Mañana es sábado y el hospital cierra temprano, así que vengan antes de la una si necesitan mi declaración. Voy a estar en casa después.

Duncan confirmó que iba a estar allí por la mañana y luego abrazó a su hermana.

—De acuerdo, Elvis. Esta noche somos tú y yo —dijo Emily mientras se quitaba los guantes y enganchaba la correa a su collar. Elvis respondió intentando jalarla de vuelta a la sala de estar con la señora Klein, lo que le provocó otro ataque de tos—. No, Elvis. Tienes que venir conmigo para que podamos empezar con tu medicina.

Recogió con cuidado al pequeño terrier llorón y todas sus provisiones y salió por la puerta principal.

Emily manejó a casa en piloto automático. Estaba aturdida por los acontecimientos del día y se sentía abrumada. Como veterinaria, siempre intentaba evitar relacionar emociones humanas con sus pacientes, pero estaba segura de que Elvis estaba desconsolado. Apenas levantó la cabeza cuando ella llegaba a la entrada, y tuvo que cargarlo hasta la casa.

—Bella —llamó Emily desde la cabaña. Mantenía a Elvis con la correa puesta, ya que no sabía cómo se portaba con los gatos—. ¿Bella? Ah, ahí estás.

La enorme Maine Coon gris atigrada de Emily estaba acurrucada en la copa de su árbol para gatos hecho a medida, con vistas al jardín junto a la playa. Tras una mirada lenta y desinteresada a la puerta principal, Bella bajó y se dirigió directamente hacia Elvis. Parecía conmocionado. Emily no supo si era la primera vez que veía un gato o si era el tamaño robusto de Bella lo que lo tenía confundido.

—Bien, ustedes dos. Por favor, llévense bien.

Elvis se echó junto a Emily y dejó que Bella lo oliera por todas partes. Una vez que Bella terminó, regresó a su posición elevada, contenta de que Elvis no representara una amenaza inminente.

—Crisis evitada por ahora —dijo en voz baja.

Emily le trajo un tazón de agua y comida a Elvis, pero no le interesaron, a pesar de sus intentos de alimentarlo con la mano. Recurrió a queso para que tomara su nueva medicina para la bronquitis, ya que no tenía el coraje ni la energía para obligarlo a tragar las pastillas. Después de alimentar a Bella y servirse una copa enorme de vino, colocó la cama de Elvis a sus pies y se dejó caer frente a la televisión. Elvis no lo pensó dos veces antes de saltar al sofá y a su regazo; después de todo, no necesitaba una cama. Emily estaba revisando su DVR cuando se dio cuenta de que no quería estar sola.

—Hola, Em. ¿Cambiaste de opinión sobre la noche de trivia? Ya va a empezar —dijo Anthony al contestar su llamada.

—No, ojalá. Olvidé por completo que habías salido. Perdona la llamada. Te veo mañana en el trabajo.

Emily luchaba por ocultar sus emociones a su mejor amigo.

—Em, ¿qué pasa? No te oyes bien.

—La señora Klein murió —dijo, soltándolo sin pensar.

—¿Qué?

—La encontré cuando le dejaba la medicina a Elvis. Creo que debió morir justo después de que nos fuéramos hoy. Estoy asimilando todo.

—¿Qué pasó? ¿Dónde está Elvis?

—Está durmiendo en mi regazo. Llamé a Duncan después de encontrarla, así que ahora está en la casa ocupándose de todo. Me vine a casa antes de que llegara el médico forense.

—Ya vamos de camino. ¿Necesitas algo? —preguntó.

—Anthony, voy a estar bien. No quiero arruinarte la cita.

—No discutas, Em. Quédate quieta. Enseguida vamos.

A pesar de decir lo contrario, Emily se sintió aliviada de que Anthony y Marc pronto estuvieran con ella. Saber cuándo pedir ayuda no era una de sus virtudes. Tras la muerte de su mamá, se dio cuenta de que apoyarse en quienes la rodeaban no era, después de todo, una señal de debilidad. Había sido una importante lección de vida, una que se alegraba de haber aprendido. Hizo que contactar con Anthony esta noche fuera mucho más fácil.

...

Anthony entró de puntillas por la puerta de Emily, que era lo contrario a como solía entrar en una habitación. Anthony medía 1.90 metros, era robusto y tenía una cara de niño, amable y atractiva. Era mitad cubano y mitad puertorriqueño, y siempre mostraba sus emociones a plena vista. Así fue como Emily supo que Anthony se había enamorado perdidamente de Marc. Se sentía protectora de su amigo hasta que conoció a Marc, y entonces también se enamoró de él. Era perfecto para Anthony. Marc era igual de alto, delgado, de cabello rubio platino y ojos azules. Tenía una carrera floreciente como ingeniero estructural en una consultora local, y su personalidad tranquila, serena y despreocupada contrarrestaba el lado más fogoso e impulsivo de Anthony. Eran la prueba de que los polos opuestos se atraen.

Emily se levantó para saludarlos y Anthony la abrazó con cariño.

—¡Ay, Em! Lo siento mucho.

Emily se derritió en sus brazos, liberando el estrés que la atormentaba, y comenzó a sollozar.

—Ni siquiera sé por qué lloro. Realmente no la conocía.

—Pero en muchos pequeños aspectos, ambos la conocíamos desde siempre. No lo puedo creer. Era una señora amable, y me alegro de haberla visto hoy.

Anthony siempre sabía exactamente qué decir, sin importar las circunstancias.

—¿Ese es Elvis? —preguntó Marc, señalando hacia el sofá.

—Sí.

—Hola, amiguito —dijo Anthony, llamando al terrier.

Elvis saltó y corrió hacia él, aceptando sus caricias y mimos, meneando la cola, y luego saludó a Marc de la misma manera antes de regresar con Anthony.

—Es la primera vez que se mueve desde que lo traje a casa. ¿Podrías animarlo a cenar? —preguntó Emily—. Parece que le caes muy bien.

Anthony le entregó una bolsa a Emily.

—Claro, pero abre esto primero.

—Mi favorito, vino tinto.

Anthony se había dado el lujo de comprar una botella de vino añejo de una elegante bodega de California.

—Creo que todos vamos a necesitar un trago esta noche —dijo Anthony—. Aquí está la mitad de mi plato de camarones al coco del restaurante. Necesitas comer algo.

—Déjenme traerles una copa. Esta noche me toca manejar, así que voy a ser su *sumiller*.

Marc tomó el vino y la comida antes de ir a la cocina. Anthony miró a Emily con una expresión que decía:

«¿Ves? ¿A poco no es el mejor?»

Emily sonrió y asintió. Siempre habían podido comunicarse con solo una mirada.

Marc y Anthony estaban en vilo mientras Emily les contaba los detalles de su velada, desde su llegada a casa de la señora Klein. Su antigua maestra parecía tan vital y llena de vida tan solo unas horas antes, que les costaba asimilar la noticia de su fallecimiento. Era imposible ignorar que era una fumadora empedernida. ¿Quizás todos esos cigarros la habían pasado factura al final? Emily y Anthony terminaron la botella de vino, y a Emily se le cerraban los ojos cuando Marc anunció que era hora de irse. Elvis estaba acurrucado entre los dos hombres y empezó a lloriquear cuando se levantaron para marcharse.

—Llámame por la mañana si necesitas algo antes de ir a trabajar —dijo Anthony, mientras acariciaba a Elvis para consolarlo.

—¿Segura que estás bien para pasar la noche sola? —preguntó Marc—. Si quieres que Anthony se quede, puedo ir corriendo a casa a buscar sus cosas.

Emily sonrió ante su amable oferta.

—Tengo a Elvis y a Bella, así que estoy bien. Gracias, chicos. Los quiero a ambos.

—Ya le está pegando el vino —le dijo Anthony a Marc con una sonrisa—. Yo también te quiero, Em. Buenas noches.

Emily llevó a Elvis afuera para que hiciera sus necesidades y regresó a tiempo para responder una llamada de Duncan. No tenía más información que compartir sobre la señora Klein, pero se sintió aliviado al saber que Anthony y Marc habían estado allí.

Solo quince minutos después, la veterinaria, la gata y el perro dormían profundamente en la cama de Emily. Incluso Bella había aceptado que Elvis no se iba a ir pronto, permitiéndole acurrucarse a los pies de la cama.

...

Al amanecer, Emily luchaba por asimilar las consecuencias de sus decisiones de la noche anterior.

—¿En qué estaba pensando al beber tanto vino? —se quejó Emily con Bella y Elvis, quienes la miraban fijamente, esperando pacientemente su desayuno.

Bella disfrutó de su atún, pero Elvis solo olfateó su comida, luego se acercó a su cama y se acostó. Solo había tosido una vez esta mañana, así que la medicina le estaba aliviando los síntomas.

Después de hablarlo con Anthony anoche, ambos acordaron que debía llevar a Elvis al trabajo con ella. No quería dejarlo solo, además, no estaba segura de poder confiar en que Bella y Elvis se llevaran bien sin supervisión.

...

La jornada laboral de Emily estaba llena de citas consecutivas, lo que la obligaba a superar el agotamiento. Anthony instaló la cama y la comida de Elvis en la oficina de Emily, y estaba decidido a sentarse con Elvis siempre que tenía oportunidad. Era tarde por la mañana cuando Duncan apareció para tomar la declaración de Emily.

—Doctora Benton, su hermano está aquí para verla —dijo Abigail, la recepcionista del hospital, a través del intercomunicador de la oficina.

—Dile que pase a mi oficina, por favor —respondió Emily.

—Hola, Em. ¿Es un buen momento para hablar? —preguntó Duncan al acercarse a la puerta—. Parece que el hospital está bien concurrido.

—Así es siempre —dijo, antes de invitarlo a sentarse.

—Este es el Detective Mike Lane —dijo Duncan, presentándole a Emily al hombre alto, guapo y de aspecto serio que estaba junto a él.

—¿Detective? —Emily se dio cuenta de que lo había dicho en voz alta y luego se contuvo—. Mucho gusto.

Mientras reflexionaba sobre la razón por la que un detective estaría involucrado en la muerte de la señora Klein, Anthony entró corriendo a la sala de tratamiento del hospital, con un perro que se arañaba la cara frenéticamente. Moose Englewood, un labrador chocolate, tenía un anzuelo de pesca asomando por el labio superior.

—¡Emergencia!

La llamada de auxilio de Anthony fue el catalizador de una respuesta eficaz. Todo el equipo se puso manos a la obra para atender a Moose. Le colocaron un catéter intravenoso y le administraron analgésicos, todo bajo la supervisión de Emily. Una vez anestesiado Moose, Emily extrajo quirúrgicamente el anzuelo, limpió la herida y la suturó.

—Sin duda va a necesitar antibióticos, analgésicos y comida blanda durante unos días —dijo Emily a su equipo—. Voy a hablar con el señor Englewood y vuelvo enseguida. ¡Buen trabajo hoy, a todos!

Moose se estaba recuperando de la operación, pero estaba aturdido y necesitaría reposo y vigilancia constante en el hospital durante un par de horas, hasta que se mantuviera en pie. El señor Englewood confirmó que habían estado pescando cuando Moose, con ganas de sushi, agarró el pez mientras aún estaba en el anzuelo. Emily le aseguró que Moose se recuperaría por completo.

—¿Mi hermano todavía está aquí? —Emily le preguntó a Abigail mientras regresaba al área de tratamiento.

—Se fue hace unos treinta minutos. Dijo que era obvio que no podía hablar ahora, Dra. Benton, y preguntó si podía pasar por su consultorio después de que cerráramos hoy.

Emily le envió un mensaje a su hermano para confirmar que llegaría en cuanto terminara de trabajar. Obligada a ponerse al día el resto del día, Emily agradeció a sus clientes por su comprensión mientras esperaban. Sabían que recibirían la misma atención prioritaria si su mascota tuviera una emergencia. Para cuando se sentó en su escritorio a escribir el historial médico del día, Anthony había logrado que Elvis desayunara, a pesar de haberle llevado toda la mañana. Incluso parecía un poco más animado. Eso no ayudó a aliviar su culpa después de ignorarlo durante horas.

—Te prometo llevarte a caminar por la playa.

Emily había dejado de trabajar en los registros médicos y estaba sentada en el suelo con Elvis.

—Parece que le gusta la idea —dijo Anthony al entrar a la oficina—. El último cliente ya se marchó y Abigail acaba de cerrar. ¿Por qué no te vas a casa, Em? Puedo terminar aquí.

Anthony recogió la pila de expedientes completos del escritorio de Emily, listos para archivar, y se sentó.

—Gracias. Tengo muchas ganas de hablar con Duncan. ¿Sabías que el otro tipo que lo acompañaba hoy era detective? ¿No te parece excesivo?

Anthony se encogió de hombros.

—¿Quién sabe? Quizás sea un procedimiento normal. Llámame si descubres algo nuevo. Marc y yo podemos llevar la cena esta noche.

Emily recogió sus pertenencias, incluyendo la correa de Elvis.

—Gracias, pero estoy agotada. Es mi noche de revisar los nidos de tortugas en la playa, así que después de eso, me voy a dormir. Ustedes dos me salvaron la vida anoche. Por favor, dale las gracias a Marc de mi parte.

—Claro, yo le digo. Y debes saber que planea que estés presente en la próxima noche de trivia.

Anthony dudó antes de salir de la oficina. Emily notó que estaba preocupado por ella, así que forzó una sonrisa, en un débil intento por tranquilizarlo.

—Vamos, Elvis —dijo Emily intentando sonar entusiasta—. Parece que tenemos una cita con un detective y mi hermano, el agente.

CAPÍTULO TRES

Como Emily no podía dejar a Elvis en el carro caliente, se arriesgó y lo llevó a la comisaría. Además, era testigo de primera mano en misión oficial. Nadie pareció darse cuenta mientras esperaban a Duncan en el vestíbulo.

—Hola, Em. Siento que hayas tenido que venir hoy —dijo Duncan, acercándose a su hermana.

—No hay problema. De hecho, te dejé plantado primero, así que es lo justo.

—Fue realmente increíble ver a tu equipo en acción en el hospital. No me canso de decirlo, estoy muy orgulloso de ti.

Emily sonrió radiante ante el cariñoso apoyo de su hermano.

—Bueno, basta de sentimentalismos.

Duncan les indicó a Emily y a Elvis que lo siguieran a los rincones más profundos de la estación. Mientras miraba al pequeño terrier, Duncan preguntó:

—¿Cómo está el perro de la señora Klein?

—Se llama Elvis y hoy está un poco mejor. ¿Pudiste contactar con su hija, Sarah?

Tras entrar en una pequeña sala de reuniones, Duncan invitó a Emily a sentarse frente a él.

—Hablamos con ella y vuela mañana. Según Sarah, acaba de ver a su doctor y no le encontraron nada. Estaba conmocionada y bastante afectada por la muerte de su mamá.

—Lo sabía. Parecía estar bien cuando Anthony y yo la vimos ayer —dijo Emily.

Cuando Duncan terminó de documentar el relato de Emily sobre sus interacciones con la señora Klein para el registro policial, el Detective Mike Lane entró a la oficina y se sentó a su lado.

—Señorita Benton. Disculpa, doctora Benton. Gracias por venir a la comisaría. La operación de hoy en el hospital fue impresionante —dijo—. ¿Es Elvis? ¿Puedo acariciarlo?

—Claro, y gracias. Él es amigable.

Elvis se acercó alegremente al Detective y se dio la vuelta para que le acariciara la barriga.

—No es muy sutil —dijo el Detective Lane, luego sonrió mientras complacía a Elvis.

—Detective Lane, ¿sueles involucrarte en un caso como este? —preguntó Emily.

—Llámame, Mike. No, normalmente no, pero hasta que averigüemos por qué murió, el caso sigue abierto.

Emily tenía una expresión perpleja al volverse hacia su hermano.

—¿Cuándo vas a saber la causa de su muerte? —preguntó.

—El médico forense completó su autopsia preliminar esta mañana, pero aún quedan pruebas adicionales pendientes. Podrían pasar algunos días hasta que tengamos la causa. La señora Klein no tenía antecedentes de cardiopatía ni enfermedad pulmonar avanzada, a pesar de su consumo de cigarrillos. —dijo Duncan.

—¿No tuvo ningún derrame cerebral ni cáncer de pulmón? —preguntó.

Duncan negó con la cabeza.

—Le diagnosticaron EPOC, lo cual confirmó su médico. Dijo que ella había insistido durante años en que eran sus alergias, y no los cigarros, las que le hacían necesitar un inhalador. Sus síntomas eran leves y no tomaba ninguna otra medicación crónica. Sorprendente, considerando su edad.

—Eso tiene sentido tomando en cuenta cómo vivía. Era una persona muy enérgica y positiva. Deberías haber visto su refrigerador. Estaba lleno de comida saludable —agregó Emily—. ¿Qué sigue entonces?

Elvis aún disfrutaba de la atención del Detective Lane.

—El médico ha ampliado el alcance de la autopsia y esperamos obtener más información cuando nos reunamos con su hija mañana.

Emily se giró y miró fijamente al Detective. Estaba procesando la nueva información, pero, para ser sincera, la razón de su mirada tenía más que ver con su atractivo físico. El Detective Mike Lane medía más de 1.80 metros, tenía cabello castaño medio ondulado y ojos café claro que, según Emily, tenían destellos dorados. Su complexión atlética debía de ser fruto de toda una vida de deportes, y no solo de levantar pesas en el gimnasio. Su mandíbula cincelada era el telón de fondo de su rasgo más atractivo, su sonrisa. Debió de percibir sus pensamientos, porque le devolvió la mirada con una sonrisa encantadora.

—Detective Lane…

—Mike.

—Claro, Mike. ¿Alguien sabe si Sarah mencionó algo sobre Elvis? ¿Piensa llevárselo a California?

—No, no lo mencionó, pero acababa de enterarse de lo de su mamá. Le dije que el perro estaba a salvo y con su veterinaria. ¿Te importa si le damos tu número para que pueda contactarte directamente? —preguntó Duncan.

—Claro. Lo voy a tener conmigo hasta que lo aclaremos todo.

—Duncan, voy a una reunión. Dra. Benton, Elvis, me alegró verlos de nuevo —dijo el Detective Lane al salir de la oficina.

Duncan le sonreía a Emily desde el otro lado del escritorio, lo que la llevó a preguntar:

—¿Qué?

—Em, te conozco muy bien. La respuesta es sí, está soltero.

—No es lo que estaba pensando —dijo Emily en protesta antes de empezar a reír—. Bueno, quizá sí.

—También es un buen hombre —dijo Duncan—. Y quedó súper impresionado contigo hoy en el hospital.

Emily guardó silencio un momento mientras pensaba en el Detective Lane. Había pasado mucho tiempo desde su última cita. Entre cuidar a su mamá y comprar el hospital veterinario, su vida social llevaba casi un año en pausa.

—Si no tienes planes para el resto del día, ¿por qué no vienes a cenar? —preguntó Duncan—. A Jane y a los niños les encantaría verte, y puedes traer a Elvis.

—Gracias, pero tengo que ir a casa. Todavía estoy un poco aturdida por lo de anoche con Anthony y Marc, y me toca revisar los nidos de tortugas. ¿Qué tal el domingo? —preguntó Emily.

—Perfecto. Ven después de las cuatro. Jane se ha estado quejando de que hace tiempo que no te ve, así que va a estar contenta. Nos preocupa que estés sola en casa de mamá.

—No es necesario, ¿sabes? —Emily apreció su preocupación fraternal, incluso si era infundada.

—Lo sé, pero no puedo evitarlo. Es prerrogativa de un hermano mayor.

—He cambiado algunas cosas en la cabaña para hacerla mía. Al principio, sentí que estaba traicionando a mi mamá, pero sé que ella se enojaría conmigo si no seguía adelante.

—Quería que lo convirtieras en tu hogar, Em. No en su santuario. —Duncan le apretó la mano a Emily en forma de apoyo—. Si necesitas mi ayuda para mover cosas o pintar, solo tienes que pedirla.

—Gracias —dijo Emily antes de levantarse y abrazarlo.

Se fue antes de empezar a llorar. ¿Por qué siempre intentaba hacerse la fuerte delante de Duncan? Quizás era su forma de protegerlo de sentirse también responsable de su dolor.

Mientras manejaba de vuelta a la playa, el estómago de Emily rugió. Fue tan fuerte que llamó la atención de Elvis, por cómo aguzó el oído y luego giró hacia el origen del ruido. Todavía no tenía comida en casa, pero al menos las sobras de camarones al coco de Anthony le alcanzarían para cenar. Emily sabía que necesitaba organizarse. Después de tanto tiempo sin comer, el contenido saludable del refrigerador de la señora Klein la había inspirado. Había un folleto que recordaba haber guardado en el cajón de triques de su casa. Era un anuncio de la tienda de comestibles Bengle, un pequeño supermercado local de lujo que ahora ofrecía servicio a domicilio. Se prometió a sí misma que haría un pedido en línea hoy. Un nuevo comienzo.

Como ya era la hora de cenar cuando llegaron a casa, Emily alimentó primero a Bella, para asegurarse de que supiera que seguía siendo la reina de sus dominios, seguida de Elvis. Comió con gusto y se tomó sus pastillas sin problema, lo que le permitió a Emily salir a su terraza frente al mar. Las vistas despejadas del océano eran una medicina para el alma. Elvis se unió a ella y se sentó en el borde de la terraza, contemplando la playa. Parecía estar sumido en sus pensamientos, para ser un perro, al menos es lo que hizo que Emily se preguntara si estaría recordando su vida con la señora Klein.

—Elvis, te voy a llevar a dar un paseo dentro de un rato, ¿de acuerdo? Cerca del atardecer.

Pareció aceptar el compromiso de Emily cuando se echó a dormir la siesta.

Como miembro del Proyecto de Tortugas de Coral Shores, Emily fue una de las voluntarias comprometidas en la identificación y el monitoreo de nuevos nidos de tortugas marinas en la playa. Para evitar que las personas dañaran accidentalmente los frágiles huevos, los nidos se aseguraron con estacas de cuerda. La mayoría de los nidos estaban llenos de huevos de tortuga verde, pero algunas tortugas caguama también regresaban a Coral Shores año tras año. Emily y Anthony habían sido voluntarios en la preparatoria, y la organización se emocionó mucho cuando Emily regresó a casa como veterinaria. Fue un placer tener a una doctora en sus filas. El aumento de las poblaciones de tortugas marinas en el Golfo de México era motivo de orgullo local. Quizás algún día podrían ser eliminadas de la lista de especies en peligro de extinción.

Emily dormitaba intermitentemente sentada en el diván. Había sido el lugar favorito de su mamá para descansar durante su enfermedad y ahora era su lugar predilecto para relajarse. Se levantó por la noche para recalentar las sobras de Anthony para la cena y, cuando ya era tarde, le ató la correa a Elvis para dar un paseo por la playa.

—Amiguito, si toses, vamos a tener que regresar —dijo Emily. Elvis se giró y la miró. Había mucho en juego, y ella podría jurar que él entendía lo que decía.

Al acercarse a la zona de la playa que le correspondía monitorear para el Proyecto Tortuga, se dio cuenta de que se acercaba a la casa de la señora Klein. Estaba casi oscuro, pero la luz de la luna llena que se reflejaba en el agua creaba una suave luz de fondo. Tras concluir que los nidos estaban tranquilos esa noche, Elvis empezó a gemir y a tirar de su correa. Sabía que su casa estaba cerca y estaba decidido a regresar.

—Tenemos que dar la vuelta, Elvis —dijo Emily.

Su frenesí aumentó mientras ella intentaba guiarlo en la dirección opuesta. Sin previo aviso, Elvis se soltó de Emily y echó a correr hacia su casa. Ella lo persiguió, llamándolo por su nombre, y finalmente agarró el extremo de su correa a menos de cien metros de la cabaña de la señora Klein. La única razón por la que pudo atraparlo fue porque empezó a toser.

—¿En qué estabas pensando? Tienes que tranquilizarte —dijo Emily mientras consolaba a Elvis—. Sé que quieres ir a casa, pero no puedes.

Con Elvis ocupando toda la atención de Emily, no fue hasta que miró la playa, hacia la cabaña de la señora Klein, que se dio cuenta.

Había una luz encendida dentro.

—¿Qué? Qué raro —dijo Emily.

Sabía que Sarah, la hija, no llegaría hasta mañana. Además, la luz se movía constantemente. No provenía de una lámpara ni de una luz de techo con temporizador. Se movía erráticamente, reflejándose en las paredes y ventanas. A pesar de las cortinas cerradas, Emily notó que alguien usaba una linterna para desplazarse de una habitación a otra.

—Algo anda mal aquí —dijo Emily.

Tomó a Elvis y caminó hacia la casa. Una vez en la terraza de la señora Klein, junto a la playa, pudo ver la silueta de una persona moviéndose dentro, entre las sombras. Alertado de la presencia de Emily y Elvis, el intruso los iluminó con la linterna a través de las cortinas. Elvis ladraba y gruñía, desesperado por soltarse de Emily.

—¿Quién eres? ¿Qué haces ahí dentro? —gritó Emily.

En cuanto las palabras salieron de su boca, una oleada de pánico la invadió. ¿Se había metido a sí misma y a Elvis en una situación peligrosa? La persona respondió apagando la luz y desapareciendo en la oscuridad. Emily tomó su teléfono para llamar a su hermano.

—Duncan —dijo Emily, susurrando tan bajo que solo Elvis y su hermano pudieron entender lo que decía—. Tienes que volver aquí. Ahora mismo.

—¿De qué estás hablando? Apenas te oigo.

—Estoy en casa de la señora Klein. Alguien entró a su casa. Creo que ya se fue, pero no estoy segura.

Su susurro ahora adquirió un sentido de urgencia.

—Emily, aléjate de la casa, pero quédate al teléfono conmigo. Voy para allá.

—De acuerdo. Gracias, Duncan. Voy a dar la vuelta por la calle y te espero allí. Espera. Creo que acabo de oír un carro alejándose.

—Por favor, ten cuidado.

Emily oyó a Duncan recogiendo sus llaves, y luego el portazo, seguido del arranque del motor de su carro. Durante el viaje de vuelta a la playa, le contó lo que había visto. Emily se sentía segura esperando a su hermano mientras pudiera oír su voz. El camino de la playa era largo y recto, lo que le proporcionaba un punto estratégico ideal. Podía ver un carro acercándose a casi un kilómetro de distancia, lo que le daba tiempo a esconderse.

—¿Le diste las llaves de la casa a alguien más? —preguntó Emily.

—No, su casa está sellada y hay cinta policial en la puerta principal. No debería haber nadie ahí.

Duncan mantuvo a Emily al tanto de su ubicación mientras se acercaba a la cabaña para que supiera que era él quien llegaba. Al reconocer su carro al dar la última vuelta, Emily sintió que la tensión se alejaba. Casi se le doblaron las piernas, pero tras respirar hondo varias veces, recuperó la compostura. El carro de Duncan acababa de detenerse cuando él salió de un salto y corrió hacia Emily.

—¿Estás bien?

—Estoy bien, pero Elvis se está poniendo histérico. Tenemos que dejar de vernos así.

—¿Viste a la persona o algún carro saliendo del área? —preguntó.

—No, pero por la altura de la persona, creo que era un hombre; era bastante alto. No vi su carro, pero oí uno alejarse antes de llegar a la calle. El motor hacía mucho ruido, como el de un deportivo o una camioneta. ¿Cómo entró?

Duncan inspeccionaba la puerta principal acordonada y confirmó que el precinto policial estaba intacto. No tardó mucho en encontrar una gran ventana de la cocina de la señora Klein forzada.

—Voy a entrar y abrirte las puertas del patio que dan a la playa. Prefiero dejar la puerta principal intacta por ahora —dijo Duncan.

—De acuerdo. Nos vemos al otro lado.

Elvis seguía gimiendo y retorciéndose en el abrazo de Emily, desesperado por acercarse a su casa.

Antes de entrar por la puerta del patio, Duncan encendió todas las luces interiores y exteriores y revisó rápidamente la casa. Incapaz de sujetar a Elvis por más tiempo, tuvo que bajarlo. Corrió por toda la casa, gruñendo con el pelo erizado, antes de correr hacia el estudio. Emily lo oía resoplando y arañando el suelo, y cuando lo alcanzó, estaba acostado junto al lugar donde había muerto la señora Klein. Su dolor era palpable. Esa energía normal, vivaz y típica de un terrier, había desaparecido, y parecía desanimado. Emily ya no pudo contener las lágrimas.

—Me está rompiendo el corazón.

Se sentó junto a Elvis, intentando consolarlo acariciándole suavemente la cabeza. Él no movió un músculo cuando lo tocó, y al acercarse, pudo oír su gemido grave, que se repetía una y otra vez. Emily no tenía ni idea de cómo ayudarlo; una situación muy frustrante para una veterinaria. Nadie más que la señora Klein podía ayudarlo en ese momento, así que Emily se acercó a Duncan en la zona principal de la cabaña.

—¿Qué pasa?

—No lo sé. Es obvio que quienquiera que estuviera en la casa buscaba algo —respondió—. Cuando nos fuimos ayer, todo estaba exactamente igual a como lo encontraste.

Mientras paseaban por la cabaña, vieron los clósets de la cocina y los cajones de la cómoda abiertos, con todo su contenido tirado en el suelo. El escritorio de la señora Klein, cerca de su piano, estaba desordenado, con papeles y archivos esparcidos por todas partes. Emily recordó que su computadora había estado encima del escritorio ayer, pero que ya no estaba. En su dormitorio, alguien había tirado todas sus pertenencias sobre la cama, incluyendo el contenido de su joyero. Incluso lo rompieron en pedazos.

—Si esto fue un robo, ¿por qué dejaron todas las joyas? —preguntó Emily.

—No lo sé, Em. Tengo que reportar esto a la central. Vuelvo enseguida.

El corazón de Emily había estado acelerado desde su encuentro con el intruso. El latido en su pecho había disminuido, pero aún podía sentir la adrenalina corriendo por su cuerpo. Al mirar alrededor de la casa de la señora Klein, pudo ver muchos objetos de valor obvios que habrían llamado la atención de un ladrón medio competente. Había costosos objetos de colección de cristal expuestos en la sala de estar y un juego de té de plata en el aparador de su comedor. El bolso de la señora Klein estaba en un banco cerca de las puertas de su patio. Podía notar que el intruso había rebuscado en el contenido, pero su cartera seguía allí, abierta en el suelo. En la cartera se veían tarjetas de crédito y algo de efectivo, incluidos algunos billetes de veinte dólares. No mucho dinero, pero un ladrón se lo hubiera llevado todo. Mientras observaba el caos, Duncan regresó a la cabaña, todavía al teléfono.

—De acuerdo, Mike. Voy a esperar al equipo de servicios periciales y nos vemos en un rato.

Duncan terminó su llamada antes de volver a centrarse en Emily.

—¿De qué se trata todo esto?

—Un equipo de peritos está en camino para revisar la casa, y el Detective Lane va a llegar pronto.

—Este robo no tiene mucho sentido —dijo Emily, mientras señalaba con la mano el desorden dentro de la cabaña—. Hay un montón de objetos de valor aquí. ¿Por qué iban a seguir revolviendo en todos los clósets y cajones cuando podrían recoger los objetos que están a la vista?

—Exactamente. Este lugar está revuelto. Quienquiera que haya entrado buscaba algo específico. Como los interrumpiste en medio de todo, es difícil decirlo con certeza. Imagina cuántos más estragos podrían haber causado si no los hubieras ahuyentado.

—Cierto. ¿Crees que esté relacionado con la muerte de la señora Klein o es un robo casual? —preguntó Emily.

—No lo sé, pero su causa de muerte se va a considerar sospechosa, al menos hasta que podamos resolver todos los detalles. Espero que su hija pueda ayudarnos mañana y avisarnos si falta algo.

—¿Necesitas que me quede hasta que llegue tu equipo o puedo llevar a Elvis a mi casa?

—Puedes irte, pero no quiero que camines sola esta noche, te llevo a casa.

Encontrar al intruso la había desconcertado, así que Emily aceptó con gusto su oferta de acompañarla a casa. Sin nada más que hacer, regresó al estudio y se sentó en el suelo junto a Elvis.

Tras realizar otra breve inspección de la escena del crimen, Duncan se reunió con Emily.

—Voy a estar aquí hasta tarde esta noche. Me sentiría mejor si llamaras a Anthony para ver si puede quedarse contigo otra vez.

Emily asintió y le envió un mensaje a Anthony con la terrible noticia. Anthony ya estaba en casa de Emily cuando Duncan la dejó. Tenía todas las luces encendidas y le aseguró que la cabaña estaba segura. Anthony había preparado una maleta y no dejaría que Emily lo mandara de vuelta a casa. Con las defensas desvanecidas, se sintió aliviada de que se quedara. Pidieron una cantidad excesiva de comida china a domicilio y se distrajeron el resto de la noche viendo repeticiones de comedias. Emily le contó a Anthony todo lo sucedido esa noche, pero no tenía respuestas a sus preguntas sobre el significado de todo aquello. Esperaba que Duncan pudiera completar la información.

CAPÍTULO CUATRO

Cuando Emily se despertó a la mañana siguiente, Bella estaba en su lugar habitual, sentada sobre la almohada adicional, pero Elvis ya no estaba a los pies de su cama.

—Elvis —susurró Emily para no despertar a nadie.

Al no aparecer, entró de puntillas en la habitación de invitados y lo encontró acurrucado en la cama junto a Anthony. Cerró la puerta sin hacer ruido para que pudieran seguir durmiendo y se sentó a la mesa de la cocina. Mientras esperaba a que se preparara el café, Emily reflexionó sobre la serie de acontecimientos recientes. Tras concluir que nada tenía sentido, tomó su humeante taza de café italiano tostado y se dirigió al diván de la terraza.

Las mañanas eran el momento favorito del día para Emily. Aunque la vista al océano desde su cabaña, orientada al oeste, le impedía disfrutar del amanecer, el suave resplandor matutino del cielo tropical era perfecto. Era en momentos tranquilos como este cuando Emily más extrañaba a su mamá. Durante los últimos meses, estos momentos de reflexión se habían vuelto menos tristes y ahora estaban llenos de recuerdos reconfortantes y felices. Los días ajetreados en la veterinaria habían sido una gran distracción de su dolor, pero sabía que no era saludable evitar procesar sus sentimientos. Revisar los objetos personales de su mamá había sido catártico, y con cada día que pasaba, se le hacía más fácil.

Anthony, con Elvis a cuestas, se unió a ella en la terraza.

—Buenos días, Em. El café huele genial. ¿Es tu súper mezcla de siempre?

—La de siempre. Toma una taza y ven conmigo. Voy a tomar a Elvis para darle su comida y las medicinas mientras te acomodas. Se veían muy abrigados cuando me asomé antes.

—Elvis es el mejor. Creo que acabó durmiendo conmigo casi toda la noche ¡Y sin toser!

—Bien. Al menos algo va bien.

—Por lo menos —dijo Anthony, reconociendo su punto con un gesto antes de encargarse de alimentar a Bella y Elvis, mientras añadían más café.

—¿Alguna noticia de Duncan? —preguntó Anthony.

—No, pero no esperaba noticias. Quién sabe qué tan tarde estuvieron anoche en la casa de la señora Klein. Me fui justo cuando llegó el Detective Lane.

—Qué lástima, ¿verdad?

—¿Qué quieres decir? —preguntó ella.

—O sea, qué lástima que te perdieras la charla con el guapo Detective. Em, eres una persona brillante, pero no se te da bien captar las señales de una cita.

Anthony meneaba la cabeza de un lado a otro, derrotado.

—Ay, por favor. Era la escena de un crimen donde alguien murió.

Emily se acercó y ahuecó las manos alrededor de los oídos de Elvis para protegerlo de sus palabras.

Anthony señaló la expresión confusa en el rostro de Elvis.

—¿De verdad es necesario?

—Lo es. Nunca has visto a Elvis tan angustiado. Me rompe el corazón.

—Lo siento, Em. No pretendo hacerte pasar un mal rato, pero creo que es necesario aclarar lo obvio. Me dijiste que el Detective está soltero y tú también. Ambos son profesionales jóvenes y atractivos que probablemente pasan todo su tiempo libre trabajando. Tener un buen incentivo para tomarse un descanso no estaría nada mal.

Emily le lanzó una de esas miradas que no requerían palabras. Sus sentimientos eran evidentes, así que Anthony dejó de lado el tema de la vida amorosa de Emily, o la falta de ella, por ahora.

—¿Qué planes tienes hoy?

—La verdad es que no tengo planes. Necesito comprar abarrotes, así que voy a probar el sistema de pedidos en línea del supermercado de alimentos saludables de Bengle. Estoy haciendo algunos proyectos por mi propia cuenta para la cabaña, y luego voy a casa de Duncan a cenar temprano. Hoy no tengo papeleo en el hospital; estoy agotada y necesito un tiempo para recargar energías.

—Me alegro. Necesitas un descanso. Marc y yo vamos a probar una nueva clase de yoga con surf de remo esta tarde. Quedas invitada si quieres acompañarnos.

—Aunque me tienta muchísimo verte doblado como un pretzel en el agua, tengo que pasar. Eso me quitaría más energía de la que puedo dar. Tengo muchas ganas de ver a Jane y a mis sobrinos. Ha pasado demasiado tiempo desde nuestra última visita.

—Son unos niños muy lindos. Si Duncan comparte alguna novedad sobre el robo de anoche, ¿me prometes que me vas a contar?

—Lo prometo. Ya que has venido a rescatarme dos noches seguidas, lo menos que puedo hacer es invitarte a desayunar. Tú decides.

—Vamos a probar esa pastelería-cafetería calle arriba, Savannah. Me dijeron que tienen un tazón de *açaí* buenísimo —dijo Anthony.

—Marc debe estar contagiándote con esta nueva tendencia saludable. Voy a comer mucha comida saludable más tarde, así que me quedo con sus huevos con tocino en un croissant.

—¿Qué pasa con Elvis?

—Creo que no va a tener problemas con Bella. Ella mantiene la distancia a pesar de sus intentos de amistad. La hija de la señora Klein llega hoy en avión y espero poder hablar con ella para saber si planea llevarse a Elvis de vuelta a California.

—Sé que estar con la familia es lo mejor para Elvis, pero me va a dar tristeza verlo partir. Es un perrito estupendo.

Anthony le rascaba a Elvis detrás de las orejas; su lugar favorito, solo superado por las caricias en la panza.

. . .

Después de disfrutar de un desayuno relajado juntos, Anthony se fue a casa a prepararse para su clase de yoga. Emily llevó a Elvis a dar un paseo rápido por la playa antes de sentarse frente a su laptop a consultar la página web de Bengle.

—Elvis, tu mamá es mi inspiración —dijo Emily—. La comida saludable de su refrigerador también se veía deliciosa. Se acabaron para mí las comidas para llevar.

Mientras compraba en línea, Duncan llamó para ver si podían adelantar la cena a un almuerzo más tardío.

—La hija de la señora Klein nos espera en la estación hoy a las cuatro —dijo.

—Está bien. Todavía no he tenido noticias de Elvis. ¿Podrías volver a mencionarlo cuando la veas? —preguntó Emily.

—Claro. Nos vemos pronto, Em.

Justo después de colgarle la llamada a su hermano, el teléfono volvió a sonar.

—¿Eres la Dra. Emily Benton? —preguntó la persona que llamó.

—Sí.

—Hola. Me llamo Sarah Klein. Tengo entendido que has estado cuidando a Elvis, el perro de mi mamá.

—Me alegra saber de ti. Sí, Elvis se hospeda en mi casa —respondió Emily.

—Muchas gracias por asegurarte de que esté bien. Todavía estoy impactada por todo lo que ha pasado —dijo Sarah.

Para Emily era evidente que le costaba contener las lágrimas.

—Siento mucho lo de tu mamá. Me enseñaba piano de pequeña. Era una persona muy especial.

Emily no sabía qué decir.

—Gracias. Acabo de llegar a la ciudad y tengo una cita con la policía más tarde. Me preguntaba si podríamos vernos para hablar después.

Al principio, Emily se sorprendió de que retrasara la conversación sobre Elvis, pero sabía de primera mano que cuando uno está de duelo por un ser querido, todo puede resultar abrumador.

—Claro. Voy a estar en casa a última hora de la tarde y puedes venir. Mi casa está a un kilómetro y medio por la playa desde la de tu mamá. Puedo enviarte la dirección por mensaje de texto —dijo Emily.

—Eso sería perfecto. Gracias de nuevo y nos vemos más tarde —y luego colgó.

Qué raro. ¿Por qué necesitaba reunirse en persona para hablar de Elvis? Quizás Sarah solo estaba interesada en verlo, ya que había sido tan importante para su mamá. Pero si iba a llevarse a Elvis a casa esta noche, ¿no lo habría dicho? Emily se sentía inquieta, pero no tenía sentido preocuparse por lo desconocido.

—Está bien —le dijo a Elvis—. Volvamos a hacer las compras.

Era agradable tener un perro en casa, pero sabía que Bella no estaba del todo bien, a pesar de su actitud distante. Emily llenó su carrito virtual de la compra con suficiente comida para llenar su refrigerador y programó una entrega para más tarde, cuando regresara de casa de Duncan y Jane. La mañana había volado cuando Emily se dio cuenta de que necesitaba prepararse para salir.

Jane había sido la novia de Duncan en la universidad, y se casaron poco después de que Duncan se graduara de la academia de policía. Vivían en una comunidad con campo de golf y alberca en las afueras, perfecta para una familia joven y en crecimiento. Siempre era divertido pasar el tiempo con sus hijos Mac y Ava. Mac tenía siete años y era un apasionado del béisbol. Coleccionaba tarjetas de jugadores y era tercera base en su equipo de Pequeñas Ligas. Ava tenía cinco años y era una niña muy creativa, divertida y artística. Siempre jugaba a disfrazarse, representaba escenas de una obra de teatro o dibujaba. Ambos niños tenían un toque del pelirrojo Benton, pero eran más bien rubios rojizos.

Jane era la hermana que Emily siempre había deseado. Habían sido muy cercanas desde que se conocieron y solían pasar tiempo juntas sin Duncan. Ambas tenían vidas bastante ocupadas, con las actividades de los niños y la compra del hospital veterinario por parte de Emily, así que no habían podido verse tan a menudo como de costumbre. Emily estaba emocionada por ponerse al día con su familia.

. . .

Durante el rápido viaje a casa de Duncan y Jane, Elvis se quedó de pie con las patas delanteras sobre el reposabrazos mientras meneaba la cola. Era como si supiera que iba a una cita para jugar.

Cuando Emily entró en el camino de entrada, Jane corrió a recibirla.

—¡Sí!, por fin estás aquí —dijo Jane antes de saludar a Emily con un abrazo—. Elvis, también me alegro de conocerte.

Tras una presentación efusiva, complació a Elvis cuando este se dio la vuelta para pedirle que le acariciara la panza.

—Qué bonito.

—Hola, Jane. La casa se ve genial. Tú también. Me encanta tu nuevo corte de pelo —dijo Emily.

—Gracias, Em. ¿Tienes brillo de labios o rímel en el bolso?

—No. ¿Por qué?

—Lo siento, no sabía que iba a unirse a nosotros para el almuerzo, de lo contrario te habría avisado.

—¿Quién? —Emily estaba completamente confundida.

—Mike Lane. Duncan me dijo que te gusta un poco y no te culpo. Es un bombón.

Emily no podía ignorar que se le aceleraba el corazón al oír su nombre. Sabía que era ridículo estar nerviosa por volver a verlo. Al fin y al cabo, solo lo había visto en dos breves ocasiones. Aun así, deseaba haber hecho algo más con su cabello que simplemente recogerlo en una cola de caballo o no llevar puesta su ropa más casual.

—Así soy yo, y si no le gusta ni modo —dijo Emily, mirándose en el espejo.

—Estás guapísima, Em. ¡Vamos! Los niños me han estado preguntando cada cinco minutos si vas a llegar pronto. También están emocionados por conocer a Elvis.

Tras saludar brevemente a Duncan y Mike, Mac y Ava se llevaron a Emily para enseñarle sus últimas novedades, pero lo que más les emocionaba era jugar a la pelota con Elvis. Emily no recordaba la última vez que se había reído tanto. Después de veinte minutos, Jane les dijo a los niños que debían dejar a su tía en paz para que pudiera visitar a los adultos. Emily prometió retomar sus juegos después de comer. Los niños parecían felices de seguir persiguiendo a Elvis por el patio. Emily notó que no lo había oído toser.

Mientras Emily se acercaba a Mike y Duncan en el patio trasero, dejaron de hablar de repente. Era obvio que estaban hablando del caso, pero no querían continuar delante de ella. Mike se levantó, le ofreció su silla, tomó otra cercana y se sentó a su lado.

—Los niños te extrañan mucho, Em. Necesitamos reunirnos más seguido —dijo Duncan.

—Quizás podrían venir el próximo domingo a pasar un día de playa. Mac dijo que su temporada de béisbol está terminando.

Jane, que se había reincorporado al grupo, dijo:

—Les encantaría.

—Entonces, ¿tienes alguna información nueva sobre el robo de anoche? —preguntó Emily.

Mike miró a Duncan antes de responder:

—No, la verdad. Todavía estamos esperando a que los técnicos de la escena del crimen terminen con las pruebas que recogieron.

—Mike nos acompañó a almorzar hoy, ya que nos vamos a reunir con Sarah Klein en la estación esta tarde —dijo Duncan, y luego sonrió.

Emily sabía que esa sonrisa tonta en el rostro de Duncan era para ella, pero lo ignoró.

—Sarah me llamó hoy y va a venir a mi casa después de que termine con ustedes dos. No sé qué planes tiene para Elvis. Supongo que lo voy a saber pronto.

—Elvis es genial con Mac y Ava —dijo Mike, mientras observaba a los niños correr por el patio con el pequeño terrier—. Me recuerda a un perro que tenía de niño, Buster. Duncan me dijo que también participas en el rescate de tortugas marinas. Suena bastante interesante.

—Sí, he estado con el grupo local desde la preparatoria. Es increíble estar presente cuando un nido de tortuga eclosiona y puedes ver cómo todas las crías regresan al océano.

—Me encantaría ver eso. Crecí completamente aislado del mar en Pensilvania. Teníamos lagos por todos lados, pero eso es muy diferente a vivir junto al mar.

—Puedo avisarte la próxima vez que un nido esté eclosionando y puedes acompañarme. —Al darse cuenta de que sin querer le había invitado a una cita, Emily hizo una pausa. Para no sentirse incómoda, le restó importancia a la oferta—. Normalmente somos un grupo pequeño en cada evento. La mayoría de los nidos eclosionan de noche, pero hemos tenido éxito usando nueva tecnología para que esas predicciones sean más precisas.

—Claro —dijo Mike—. Sería genial. Te paso mi número de celular y, por favor, avísame la próxima vez que suceda.

Emily sentía que se derretía por dentro mientras Duncan permanecía sentado allí, sonriendo. Jane se acercó para llevarse a su esposo para que le ayudara a traer la comida del almuerzo, dejando a Emily y Mike solos. Se enfrascaron en una conversación relajada. Era común experimentar momentos incómodos al conocerse, pero no con Mike. Era como si se conocieran de años. Emily se enteró de que había sido detective novato en Pittsburgh antes de mudarse para un ascenso a la Costa del Golfo. Solo llevaba unos meses en el nuevo trabajo y todavía estaba desempacando cajas. Mike no compartió ningún motivo personal para esta gran mudanza, así que planeaba obtener más información de Duncan más tarde.

Elvis se acercó a acostarse a la sombra junto a Emily y aceptó un tazón grande de agua fresca y un par de golosinas para perros que ella había traído. Jane había preparado un almuerzo delicioso, mientras Duncan asaba hamburguesas para todos. Poco después de terminar de comer, Mike y Duncan anunciaron que tenían que irse a la estación. Mike se aseguró de que Emily tuviera su número de teléfono y la hizo prometer que lo iba a llamar para ver nacer a las tortugas. Después de irse, los niños volvieron a jugar a la pelota con Elvis mientras Emily y Jane se ponían al día con el postre.

—Parece muy amable, Em. Duncan dijo que está soltero, recién llegado a la ciudad y que aún no tiene muchos amigos.

—No nos adelantemos —dijo Emily—. Últimamente no tengo tiempo para ir ni al supermercado.

—No siempre va a ser así. Sé que ha sido abrumador estos últimos meses, pero debe estar siendo un poco más fácil. ¿Verdad?

—Sí. Gracias a Anthony. No sé qué haría sin él.

—Deberíamos organizarnos y salir juntos pronto. Me encantaría ver a Anthony, y todavía no conozco a Marc. Me caería bien una salida —dijo Jane, y luego suspiró.

—Sé que los niños están muy ocupados con la escuela y todas sus actividades, pero creo que deberías aceptar mi oferta de invitarlos a jugar en la playa el próximo domingo. Te daría algo de tiempo libre —dijo Emily—. Además, extraño verlos.

—Gracias, Em. Nos encantaría. —Jane observaba a los niños intentando enseñarle a Elvis a darse la vuelta—. ¿Qué le va a pasar a Elvis?

—No lo sé. Sarah Klein va a ir pronto a mi casa, y supongo que tiene un plan. —Emily miró su reloj antes de añadir—: Debería irme a casa.

—Está bien, ¿pero me prometes una cosa?

—Puede ser, depende.

—Prométeme que vas a llamar a Mike. Parece estar realmente interesado en las tortugas y en ti.

—¿De verdad lo crees? Anthony ya me ha estado fastidiando con él también. ¿Están conspirando para concertarme una cita? —preguntó Emily.

—No, pero deberíamos. Se necesita de los dos para sacarte de tu zona de confort.

—Mensaje recibido. Lo voy a llamar. Lo prometo —dijo Emily.

Jane sonrió, con la misma expresión de que se salió con la suya. Convencer a Emily de tener una cita no fue tarea fácil.

—¡Niños, su tía necesita llevar a Elvis a casa para cenar! ¡Vengan a despedirse! —gritó Jane a los niños.

—Tía Em, ¿podemos jugar con Elvis esta semana en tu casa? —preguntó Ava.

—Puede ser que Elvis se vaya pronto a su nuevo hogar en California —respondió Emily.

La decepción de Mac fue evidente cuando bajó la cabeza.

—¡Ay! No es justo. Queremos que sea nuestro primo perro.

—Lo siento, niños, no es mi decisión. Elvis se divirtió mucho jugando con ustedes hoy. ¿Quieren darle una galleta antes de irnos?

—¡Sí!

Ava y Mac lograron que Elvis se sentara y le estrechara la pata antes de llenarlo de abrazos y caricias. Los niños eran expertos en alargar sus despedidas para no soltar a Elvis. El pequeño terrier estaba en el cielo, absorbiendo todo el amor y la atención, incluyendo un montón de caricias en la pancita. A Emily le costaba irse.

—Gracias, Jane. Realmente necesitaba esto. Hablemos en unos días sobre los planes para el próximo fin de semana —dijo Emily.

—Adiós, Em. Cuídate. Te quiero —dijo Jane, mientras la abrazaba.

Durante el viaje a casa, Emily repasó la infinidad de escenarios que podrían surgir de su reunión con Sarah Klein, pero no tenía sentido especular. Tenía firmes convicciones sobre su papel como defensora de Elvis, ya que él ya no tenía a nadie que lo cuidara. Lo mejor para Elvis regiría cualquier decisión posterior.

CAPÍTULO CINCO

Poco después de que Emily llegara a casa con Elvis, recibió un mensaje de texto del supermercado Bengle para avisarle que su pedido ya estaba por llegar.

—Impresionante —les dijo Emily a Bella y Elvis.

Inmediatamente después, recibió otro mensaje de Anthony. Le había enviado un video de Marc y él parados sobre tablas de surf de remo durante su primera clase de yoga. Anthony era el doble del tamaño de su tabla, pero era increíblemente ágil para ser tan grande. Era la segunda vez ese día que se reía tanto.

Emily vio que la camioneta de Bengle ingresaba en su entrada. Estaba emocionada de tener algo que comer en la casa, pues hacía tiempo que no tenía casi nada. Elvis realizó su rutina habitual de correr hacia la puerta mientras ladraba. Era su forma de mostrarle al mundo que él mandaba. Claro, todo era pura fachada, ya que no paraba de mover la cola. Para mayor seguridad, Emily le puso una correa. En cuanto le abrió la puerta al repartidor, el comportamiento de Elvis cambió de volada.

—¡Gggrrrrrrrrrr! —gruñó Elvis, enseñando los dientes. Tenía el pelo erizado en la espalda y las orejas pegadas a los lados. Parecía un perro de ataque. Impresionada por su postura agresiva, Emily no reaccionó con rapidez antes de que Elvis se abalanzara sobre la pierna del pantalón del hombre y le mordiera el tobillo.

—¡Ay! —gritó el repartidor.

Emily apartó a Elvis de la puerta lo más rápido que pudo. El hombre empezó a saltar en un pie, maldiciendo, mientras se frotaba la pierna herida.

Mortificada por haber permitido que esto sucediera, la veterinaria dijo:

—Lo siento mucho. ¿Está bien?

El repartidor seguía concentrado en su pierna cuando respondió enojado:

—¡No! No estoy bien. Su perro idiota me mordió.

—Otra vez, lo siento mucho. La verdad es que es un perro muy amigable. Ha pasado por un trauma difícil últimamente, así que no se encuentra del todo bien —dijo Emily, intentando explicar lo que pudo haber sucedido.

—Le voy a enseñar lo que es el trauma de verdad —respondió el repartidor.

Elvis respondió gruñendo e intentó abalanzarse sobre él de nuevo. Emily respondió rápidamente, apartando a Elvis antes de que pudiera hacer contacto. El repartidor reaccionó cambiando el peso del cuerpo para patear a Elvis.

—¡Oiga! ¡No toque a mi perro! —Emily recurrió a gritar para llamar su atención, antes de bajar la voz—. Lo voy a llevar a otra habitación y vuelvo enseguida.

Elvis seguía gruñendo cuando Emily lo levantó y lo encerró en su habitación. Bella estaba sentada en su árbol para gatos, pero parecía estar a punto de salir corriendo al escondite más cercano. Antes de volver a la puerta principal, Emily respiró hondo. Necesitaba calmar la situación, ya que Elvis había atacado a ese hombre. No ayudaba que Elvis no dejara de ladrar, gruñir y arañar la puerta de la habitación.

—Tiene un gran problema, señora. Voy a reportar a su perro agresivo con mi jefe. A lo mejor le va a costar clientes —dijo el repartidor, señalándola con el dedo amenazante.

Emily dio un paso atrás antes de responder.

—Sé que esto no justifica su comportamiento, pero esto nunca había sucedido. Su dueña murió esta semana y está de mal humor.

—La verdad es que no me importa. Es solo un perrito gruñón. —El repartidor hablaba casi con desprecio.

—¿Cómo se llama usted? —preguntó Emily.

—¿Por qué?

—¿Por favor? —volvió a preguntar Emily.

Con el labio fruncido, su hostilidad era evidente.

—Mis amigos me dicen Bucky. Pero usted me puede llamar Brian.

—Está bien, Brian. Le aseguro que esto no va a volver a pasar, y tiene todas sus vacunas al día. Hay una clínica cerca, y con gusto puedo pagar para que le traten la lesión. ¿Puede revisar si le atravesó la piel?

—¿Quién es usted? ¿La Dra. Quinn, curandera? —preguntó Bucky, desafiando el consejo de Emily.

—No, soy veterinaria y estoy acostumbrada a tratar heridas por mordeduras. No puedo curar su herida; va a tener que acudir a su médico. Pero puedo revisarla.

—Gracias, pero no, gracias. Tome sus compras para que pueda irme de aquí. —Bucky sostenía las bolsas extendidas frente a él.

—Claro. Aun así, voy a disculparme con su jefe y le voy a hacer la misma oferta para pagar la consulta médica.

—Me da igual.

Bucky dejó las compras en el suelo y se dio la vuelta para irse, exagerando su cojera mientras regresaba a la camioneta. Tras arrancar el motor, siguió mirando a Emily. Ella seguía en la entrada cuando se abrió la puerta del conductor, poniéndola en alerta. «¿Qué estaba haciendo?» Antes de que pudiera comprender sus intenciones, cerró la puerta, puso la camioneta en reversa y se fue.

Emily recogió las bolsas y las dejó en la isla de la cocina antes de liberar a Elvis del dormitorio. Él se lanzó hacia la puerta principal, gruñendo y olfateando frenéticamente.

—Elvis, ¿qué te pasa? —preguntó Emily, todavía desconcertada por el fiasco de la entrega.

Era una pregunta retórica, ya que era un perro y claramente pensar no era parte de ello. Emily había leído el historial médico completo de Elvis y no había ni una sola nota sobre su agresividad. También lo había visto correr sin correa por la playa con la señora Klein, y siempre saludaba a los transeúntes con amabilidad. No tenía mucho sentido. ¿Qué le sacaba de quicio de Bucky?

Después de que Emily guardara la compra, Elvis seguía lloriqueando y rondando la puerta. Necesitaba su ayuda para calmarse. Con la esperanza de calmar la energía que le causaba su comportamiento, lo llevó a dar un paseo por la playa. Después de unos quince minutos, vio que volvía a levantar las orejas. Caminaba con paso firme y meneaba la cola. Como parecía haber vuelto a la normalidad, regresó a casa. Sarah Klein vendría pronto, y Emily quería asegurarse de que Elvis estuviera tranquilo antes de que ella llegara. En cuanto entraron en la cabaña, Elvis volvió a husmear alrededor de la puerta principal. Una vez convencido de que Bucky se había ido, se acostó junto a Emily en el sofá de la sala.

—Así está mejor, Elvis. —Hasta Bella sintió que todo volvía a la normalidad y se acercó a sus tazones de comida para comer.

—Bueno, qué mejor momento que ahora —dijo Emily antes de hacer la temida llamada al supermercado. Se vio obligada a dejarle un mensaje al señor Bengle, quien ya se había ido.

—No tengo ganas de tener esa conversación —murmuró Emily después de colgar.

También se sintió obligada a contarle a Sarah Klein los detalles del encontronazo de Elvis con el repartidor. ¿Quizás Sarah podría arrojar algo de luz sobre su comportamiento?

Emily pensó que Sarah la contactaría en cualquier momento, así que pospuso la preparación de la cena, a pesar de tener el refri lleno de comida deliciosa. Se arrepintió de esa decisión cuando eran más de las siete y estaba muerta de hambre.

Un suave golpe en la puerta hizo que Elvis corriera como de costumbre. Emily, desesperada, no pudo soportar otro incidente, así que lo levantó para tener el control total de la situación. Abrió la puerta y encontró a Sarah Klein parada frente a ella, llorando.

—¡Elvis! —dijo Sarah, sonriendo entre lágrimas—. Mírate.

Elvis intentó zafarse de los brazos de Emily para saludar a Sarah en la cara llena de besos húmedos. Sarah lo abrazó fuerte y empezó a sollozar. Emily la rodeó con el brazo y la guio hasta la sala para que pudiera sentarse con Elvis y recomponerse.

—Lo siento mucho, Sarah. ¿Te puedo traer algo? —preguntó mientras se apresuraba a recoger una caja de pañuelos del baño del pasillo.

Emily estaba perdida; no sabía qué decir ni hacer para ayudar a esta desconocida afligida. Elvis sí sabía qué hacer. Se inclinó hacia Sarah, aceptando su suave masaje en las orejas, besándole la mano de vez en cuando para apoyarla.

—Un poco de agua me vendría genial. Gracias. —Emily corrió a la cocina y regresó con bebidas para ambas.

—No quise llegar sin avisar —dijo Sarah—. Estaba con la policía en casa de mi mamá y me di cuenta de que ya iba a estar aquí para cuando te llegara mi mensaje avisándote que venía para acá.

—No hay problema. Te estábamos esperando y Elvis parece encantado de verte. Ambos han tenido una semana muy traumática.

Sarah miraba fijamente el océano por la puerta de la terraza antes de decir:

—Tu casa me recuerda a la de mi mamá. Tienes vistas a unos atardeceres preciosos. ¿Llevas mucho tiempo viviendo aquí?

—Esta es, o, mejor dicho, era la casa de mi mamá. Ella también falleció este año. —La voz de Emily se apagó al final.

—Lo siento, Emily. ¿Cómo se llamaba?

—Margaret Benton, pero sus amigos la llamaban Maggie.

—Recuerdo que mi mamá hablaba de ella. Creo que eran amigas o conocidas desde hacía mucho tiempo.

—Sí, tu mamá nos dio clases de piano a mi hermano Duncan y a mí cuando éramos niños. Creo que conociste a mi hermano esta tarde en la comisaría, el Agente Duncan Benton.

—Ah, sí. Ahora lo entiendo. No dejaba de preguntarme qué planes tenía para Elvis. Me preguntaba por qué estaba tan interesado. Pero fue muy amable. —Sarah volvió su atención a Elvis y empezó a acariciarle las orejas.

Sin saber si debía mencionar que ella fue quien encontró a la mamá de Sarah y que había estado allí cuando el intruso irrumpió en la casa, Emily guardó silencio. Sarah debió percibir su incomodidad.

—La policía me ha informado de todo lo sucedido esta semana. Sé que tú y tu técnico, Anthony, fueron probablemente las últimas personas que vieron a mi mamá con vida, y han sido muy amables al cuidar de Elvis. También sé que han pasado por mucho esta semana, y lamento mucho cualquier trauma que esto les haya causado.

—Gracias. Estoy bien. Mi hermano y el Detective Mike Lane van a descubrir qué pasó. Estoy segura —dijo Emily, intentando tranquilizar a Sarah.

—Yo también, pero me preocupan los recursos que tienen disponibles a través de la oficina y el laboratorio del forense.

Sorprendida por su comentario, Emily sintió la necesidad de defender a su hermano y a la policía local.

—Estoy segura de que el médico forense es extremadamente minucioso.

—Ay, no quise decir que no creo que tengan los conocimientos necesarios. Es solo que el laboratorio del forense tiene un trabajo atrasado, así que he contratado a un patólogo privado para que los ayude. O, supongo, van a hacer su propia investigación independiente. He tenido la suerte, con mi carrera y mi matrimonio, de contar con los recursos para contratar a los mejores, y quiero respuestas. Necesito respuestas.

Emily no estaba segura de cómo Mike y Duncan reaccionarían a esa noticia. Iba a tener que esperar para saberlo.

—Supongo que sabes que mi mamá fumaba como camionero, a pesar de que le insistí toda la vida. Era un contraste enorme con su estilo de vida, por lo demás saludable. Era una anomalía —dijo Sarah, y luego sonrió al reflexionar sobre el recuerdo de su mamá—. Hace tiempo que dejé de intentar comprenderlo. Mi mamá me dijo que su reciente examen físico completo salió normal, y hoy lo volví a consultar con el médico. Estaba tan sorprendido como yo. Por eso es tan difícil aceptar que se ha ido.

Los ojos de Sarah volvieron a llenarse de lágrimas.

—Puedo dar fe del estilo de vida saludable de tu mamá. A menudo la veía a ella y a Elvis paseando por la playa. Tu mamá también tenía el refrigerador lleno de frutas y verduras orgánicas. Me di cuenta cuando estaba empacando la comida de Elvis.

—Exactamente. Me impactó mucho cuando tu hermano y el detective me acompañaron por la casa de mamá hace un momento. Le había dado unas joyas caras que estaban tiradas sobre su cama. ¿Por qué las dejaría ahí? No estoy convencida de que el allanamiento fuera un robo directo. O al menos esa es mi opinión —dijo Sarah.

—A mí también me pareció así. Lo sorprendí en el acto, así que es difícil saber qué hubiera tomado de haber tenido más tiempo.

Sarah se acercó a Emily y le apretó la mano.

—No estoy segura de qué significa todo esto —dijo—. Descubrir si el allanamiento está relacionado con la muerte de mi mamá es importante para mí. Una parte de mí espera que no. No quiero enfrentarme a la posibilidad de que le haya pasado algo terrible. El patólogo que contraté tiene un especialista en tecnología forense que va a ayudar con la investigación. Lo único que parece que se robó es la computadora de mi mamá. Era muy buena con la tecnología para su edad y había estado tomando un montón de clases en el centro para personas mayores. Estaba obsesionada con el concepto de *la nube* y estaba trabajando para almacenar todas sus fotos y registros en un espacio virtual. Espero que haya algo en esos archivos de la nube que arroje algo de luz.

Emily sabía que estaba evitando llegar a la pregunta urgente: Elvis. Sarah miró al pequeño terrier, que seguía desmayado por el masaje de orejas.

—Elvis era el mejor amigo de mi mamá. Mi dolor ha sido abrumador, pero eso no es excusa para no contactarte antes. Lo siento mucho, Emily. Le he estado dando vueltas tratando de averiguar qué hacer. Mi esposo es terriblemente alérgico a los perros, y también a los gatos. Cuando regreso a casa después de visitar a mi mamá, el solo hecho de estar en su casa y recoger caspa de perro en mi ropa le provoca un ataque de asma. Les pregunté a mis amigos más cercanos de California si adoptarían a Elvis, pero nadie se comprometió. Emily, espero que me ayudes a encontrarle un nuevo hogar. —Sarah comenzó a sollozar de nuevo, ya que esta decisión la atormentaba—. Si me lo pudiera quedar, te juro que lo haría.

Emily hizo todo lo posible por disimular su sorpresa, pues había dado por sentado que Sarah se llevaría a Elvis de vuelta a California. Recurrió a su instinto y no dudó en decir:

—Me voy a asegurar de que Elvis encuentre un hogar maravilloso. Puede quedarse conmigo todo el tiempo que sea necesario.

Sarah se tapó la boca con la mano y jadeó aliviada.

—Emily, ¿estás segura? Me parece que es mucho para pedirte.

—Bueno, necesito contarte algunas cosas sobre la salud de Elvis. Tu mamá me llamó para que lo evaluara por una tos reciente. Está mucho mejor con su nueva medicina y no lo he oído toser en más de un día. Todavía tengo que averiguar si esto es un problema a largo plazo antes de pedirle a alguien que lo adopte.

—Ah, no lo sabía. Hablábamos casi diario, así que sabía que ibas a ir a visitarla, pero no me dijo que Elvis estaba enfermo. Pensé que era una revisión de rutina. Conociendo a mi mamá, seguramente intentaba evitar pensar demasiado en ello. ¿Se va a poner bien?

—Sí, creo que va a estar bien. Pero hay una cosa más —Emily dudó antes de continuar—. Elvis atacó a un repartidor de comestibles cuando llegó esta noche a dejar mi pedido. Le mordió la pierna y no estoy segura de sí le atravesó la piel.

Sarah interrumpió antes de que Emily pudiera explicar.

—Ni hablar. Elvis nunca ha sido agresivo, jamás. Ladra mucho, pero no significa nada. Lo hace para presumir.

—Estaría de acuerdo contigo si no lo hubiera visto con mis propios ojos. Gruñó y atacó a este hombre, y tardó bastante en calmarse. Después de leer todo su historial médico, no vi ni una sola mención de este comportamiento agresivo. Siempre ha sido muy dulce.

—Quizás fue ese tipo. ¿Amenazó a Elvis? —preguntó Sarah.

—No, pasó en cuanto entró por la puerta. Elvis no tuvo oportunidad de interactuar con él antes de que empezara a gruñir —dijo Emily, y luego hizo una pausa, frunciendo el ceño de forma pensativa.

—¿Qué? —preguntó Sarah.

—Bueno, hice las compras en un pequeño supermercado local. Supongo que tu mamá usaba el mismo, ya que solo hay un supermercado orgánico que hace entregas en esta zona. Me dijo que ya no podía manejar. Quizás fue el mismo repartidor.

Emily consideraba esta última idea a medida que su mente empezó a correr. Se preguntó si Bucky podría haber interactuado con Elvis antes de esta noche.

Sarah sacudió la cabeza con incredulidad.

—Bueno, conozco bien a Elvis. Es el perro más cariñoso.

—Sí, pero me impactó hoy. Preferiría que Elvis se quedara aquí un tiempo más para asegurarme de que no vuelva a suceder —dijo Emily.

—Me siento cómoda con lo que creas que es mejor. Mi mamá confió en ti y yo también. Después de hablar con mi esposo, decidimos que nos gustaría pagar todos los gastos médicos de Elvis por el resto de su vida. Eso incluye comida, aseo, premios y todo lo que necesite para estar feliz y sano. Es la única manera en que puedo lidiar con la culpa por no llevármelo a casa. De hecho, fue idea de mi esposo. Se siente fatal porque sus alergias están influyendo en esta decisión.

—Ay, qué generoso. ¿Te parece bien que me quede con Elvis una o dos semanas antes de pensar en cómo encontrar su nuevo hogar? —preguntó Emily.

—Claro, Emily. Lo que tú decidas me parece bien. Si no es mucho pedir, ¿puedes mantenerme al tanto de alguna familia interesada en adoptarlo? Me voy a sentir mejor sabiendo adónde va.

—Prometo hablar contigo en cada paso del camino. Elvis es un perro estupendo y me voy a asegurar de que encuentre un hogar maravilloso.

—Supongo que no considerarías adoptarlo —preguntó Sarah.

—La verdad es que no lo había pensado. Mi gata, Bella, ha sido muy tolerante, pero sé que no está contenta con Elvis en casa. Se ha pasado la mayor parte del tiempo en su árbol. Le soy leal desde que le prometí a mi mamá que le iba a dar la mejor vida posible —dijo Emily.

—Lo entiendo y lo respeto. Tienes que agradecerle a Bella por mí, por aguantar a Elvis —dijo Sarah, y luego se rio.

Emily se alegró de que su risa rompiera la tristeza que había estado agobiando la sala.

—Vuelvo a casa mañana. El médico forense no puede entregar el cuerpo de mi mamá hasta que determine la causa de su muerte. Esa fue otra razón por la que quería contratar a un patólogo privado. No quiero retrasar su entierro más de lo necesario. Además, el amigo abogado jubilado de mi mamá, que siempre se ha encargado de sus asuntos legales, está fuera del país ahora mismo. Esperaba reunirme con él en persona. Van a pasar uno o dos días antes de que sepa si hay alguna petición especial en su testamento. Mi mamá nunca hablaba de este tipo de cosas. Siempre decía que era demasiado melancólico y me prometió que su abogado se había asegurado de que todo estuviera en su lugar con su planificación patrimonial y de jubilación.

—¿Tu mamá va a ser enterrada en Coral Shores? —preguntó Emily.

—Sí, esta es su casa. Descansará junto a mi Papá. Eso es lo único que me da paz ahora mismo.

—Sentí lo mismo por mi mamá. Mi papá murió hace muchos años, y era reconfortante saber que volverían a estar juntos. —Emily hizo una pausa mientras procesaba sus pensamientos antes de preguntar—: ¿Dónde te vas a quedar esta noche? Espero que no sea en casa de tu mamá.

—No, fue muy duro estar allí hoy. Además, sigue acordonado por la policía. Voy a instalar un nuevo sistema de seguridad en cuanto tu hermano me dé el visto bueno. Voy a regresar a Sarasota, cerca de Armand Circle, y mi avión sale mañana por la mañana. Aquí tienes mis números de contacto —dijo Sarah, extendiéndole su tarjeta de presentación a Emily—. Por favor, prométeme que me vas a llamar para cualquier cosa, sobre todo si tiene que ver con Elvis.

—Lo prometo —dijo Emily. Se dio cuenta de que Sarah estaba pasando apuros—. Parece que vas a volver pronto, y podemos llevar a Elvis a pasear por la playa. Era lo que más le gustaba hacer a tu mamá con él.

—Eso suena perfecto. Gracias, Dra. Emily Benton. Eres mi salvación, o, mejor dicho, la salvación de Elvis. Me siento mucho mejor viéndolo feliz en tu casa. Nunca voy a poder recompensarte por tu amabilidad. —Sarah se levantó, abrazó a Emily y se giró hacia Elvis—. Sé valiente, pequeño. Te quiero, Elvis.

Al darse cuenta de que Sarah se iba, Elvis empezó a lloriquear. Emily notó que estaba devastada por dejarlo atrás. Para evitar que la persiguiera, lo abrazó, permitiendo que Sarah saliera por la puerta sin mirar atrás.

CAPÍTULO SEIS

Los acontecimientos de la semana pasada habían agotado todas las reservas de energía de Emily. Había estado operando en modo supervivencia durante tanto tiempo que su agotamiento físico y emocional la había dejado paralizada. ¿Era esta su nueva normalidad? Reconstruir una vida sana y equilibrada era el objetivo, pero ¿cómo?

Encontrarle a Elvis su nuevo hogar definitivo fue una responsabilidad extra que la agobiaba. Se sintió aliviada por su decisión de quedárselo más tiempo, para asegurarse de que su tos se hubiera calmado y de que no mostrara ningún signo de agresividad que pudiera afectar su adopción. Esto le dio tiempo antes de tener que tomar decisiones importantes.

Por la mañana, volvería a gestionar el caos que conllevaba ser dueña de un hospital veterinario. Emily estaba viviendo su sueño de ser veterinaria y sabía que pronto su curva de aprendizaje se estabilizaría y podría disfrutar plenamente de sus logros. Quería enorgullecer al Dr. Dinsmore y sentía que tenía la obligación de ofrecer la mejor atención posible a sus clientes y pacientes.

Emily no tenía energía para preparar una cena casera a esa hora tan tardía y se sintió aliviada de haber pedido una variedad de comidas orgánicas de Bengle que podían prepararse con un mínimo esfuerzo de su parte.

—Pollo Tikka Masala con ensalada para mí, y comida para perro y gato para ustedes dos —les dijo Emily a Elvis y Bella, quienes estaban sentados frente a sus tazones vacíos, esperando pacientemente—. Disculpen que la cena se retrase tanto. No va a volver a pasar.

Parecieron aceptar su disculpa después de que les llenara los tazones.

Emily los observaba a ambos juntos y se preguntaba si debería adoptar a Elvis. Bella se estaba adaptando mejor de lo que Emily hubiera imaginado. Quizás había esperanza de que, con el tiempo, pudieran hacerse amigos. Era un compromiso demasiado grande para asumirlo en ese momento, así que dejó esos pensamientos de lado por ahora. Después de servirse una copa de vino y servirse la cena en un plato de porcelana, Emily salió a disfrutarla.

El sol brillante se había ocultado en el horizonte, llenando el cielo de franjas naranjas y rojas entrelazadas con jirones de nubes bajas y tropicales. Emily sintió una profunda melancolía mientras estaba sentada en el diván de su mamá, viendo cómo se desvanecía el día. Ver a Sarah lidiar con su dolor esa noche había intensificado la pérdida de Emily por su mamá. A veces era tan abrumador que no sabía si podía respirar. Mientras sus pensamientos se desvanecían, una sensación de calma y paz se apoderó de ella. Esa sensación se desvaneció en cuanto llamaron a la puerta.

—¿Y ahora qué? —se quejó Emily en voz baja mientras luchaba por levantarse del sillón, asegurándose de que Elvis se quedara en la terraza.

—Em, soy yo —gritó Duncan desde la entrada. No solía anunciar su llegada de esa manera, así que Emily supuso que quería hacerle saber que era seguro, sobre todo después de la semana pasada.

Emily abrió la puerta pero no se movió para dejarlo entrar.

—¿Qué estás haciendo aquí?

—¿Qué?, No un ¿cómo estás, Duncan? —bromeó su hermano.

—Lo siento, ha sido una noche difícil. Pasa.

Emily le indicó a Duncan que la siguiera a la terraza para que pudiera volver a su asiento.

La expresión de Duncan pasó de jovial a preocupada en un instante.

—¿Qué pasó?

Emily le contó a su hermano sobre el ataque de Elvis al repartidor y luego sobre su conversación con Sarah Klein.

—Entonces, ¿vas a quedarte con Elvis? —preguntó.

—Por ahora. No tengo otra opción. Elvis ha pasado por mucho y necesita que alguien lo cuide. Sarah estaba destrozada por no poder llevarlo a casa, pero no es culpa suya.

Emily le contó a Duncan sobre las alergias de su esposo.

—Elvis, tienes suerte —le dijo Duncan al pequeño terrier. Elvis levantó la cabeza un segundo antes de volver a dormir la siesta en el sillón—. Es difícil imaginarlo atacando a alguien.

Duncan le acariciaba suavemente la cabeza.

—Sarah me dijo que contrató a un patólogo privado. ¿Cómo funciona eso?

Preocupada por tocar un tema delicado, Emily se distanció, dándole la espalda a Duncan, tomando su copa de vino y bebiendo un sorbo.

—Bueno, no es ideal, pero sucede con más frecuencia de lo que se cree. Tuvimos que suavizarlo con el forense, pero el patólogo que contrató es uno de sus viejos amigos y uno de los mejores en su campo. Una vez que superó el golpe a su ego, parecía contento con la ayuda. Este caso es extraño. Todavía no hay una causa de muerte, y ni siquiera estoy seguro de que tengamos un delito, salvo el allanamiento, claro.

—Sé que tú y Mike lo van a resolver —dijo Emily, tranquilizando a su hermano.

—Hablando de Mike, después de que salimos de casa hoy, habló mucho de ver las tortugas. Pero creo que tiene más que ver con volver a verte. ¿Vas a llamarlo?

—¿Por qué todos intentan conseguirme citas últimamente? Tú, Jane, Anthony... todos actúan como si fuera una causa perdida —dijo Emily con una mueca que claramente pretendía mostrar su indignación.

No funcionó, ya que no pudo evitar sonreír mientras lo decía.

—Em, sabes que esa no es la razón. Creemos que últimamente has estado cuidando de todos menos de ti. Solo queremos que seas feliz.

—Lo sé. Solo te estoy fregando. Mike parece un buen tipo, y no se puede negar que es inteligente y guapo. Sería una tontería no llamarlo.

—Bueno, de ahora en adelante no me voy a meter en esto. —Emily miró a Duncan con una expresión que daba a entender que no le creía ni por un instante—: ¡Te lo juro! —dijo él.

—Antes de meterme en líos, ¿sabes por qué se mudó Mike aquí? —preguntó Emily—. Supongo que tendría más oportunidades laborales en una ciudad grande que en Coral Shores.

—Su padre falleció hace un par de años y él ayudaba a cuidar a su mamá. Es hijo único. En fin, ella se mudó a una residencia de ancianos con su hermana en Florida. Supongo que no había nada más que lo retuviera en Pensilvania, además de que podría estar más cerca de su mamá aquí. Creo que está en la zona de Orlando.

—Tiene sentido. ¿Nada de ningún divorcio o ninguna ruptura que deba saber? —preguntó Emily.

—No, no lo creo. Ya sabes, somos hombres, no hablamos de esas cosas.

Dejó de hablar de Mike y se levantó para recorrer la casa con Duncan y mostrarle sus planes para redecorarla. Todavía le resultaba extraño pensar que era su casa y no la de su mamá. Sus ideas eran principalmente estéticas, como pintura y muebles, pero algunas requerirían un contratista. Duncan la apoyó plenamente y se comprometió a ayudarla en todo lo posible. Después de saludar a Bella, Duncan se fue a casa, pero no sin antes ultimar los planes para que Mac y Ava pasaran el próximo domingo con Emily en la playa.

• • •

El lunes por la mañana, Emily se despertó con más energía de la que se había sentido en meses. Quizás fue gracias a una cena saludable y equilibrada anoche. Es increíble cómo funciona eso de la nutrición.

Elvis la acompañaba al trabajo y parecía disfrutar de su nueva fama. Le encantaba pasar el rato en su oficina, absorbiendo toda la atención del personal. No vio ningún signo de agresividad en Elvis. Quería a todos. Mejor aún, solo había tosido una vez en los últimos días. Se esforzaba por perseguir pájaros por la orilla, pero esta vez, una tos solitaria no se convirtió en un ataque de tos. Emily consideró ese progreso. A primera hora de la tarde, Emily seguía esperando noticias del señor Bengle, del Supermercado Bengle, así que llamó para dar seguimiento. No quería que Bucky, el repartidor, ignorara una mordedura hasta que se convirtiera en un problema grave. Las mordeduras casi siempre se convierten en una infección grave si no se tratan a tiempo con antibióticos y cuidado para heridas. No sabía si Elvis le había abierto la piel, pero no quería arriesgarse. En esta situación «no tener noticias no era buenas noticias». El señor Bengle estuvo fuera casi todo el día, pero iba a volver a la tienda a última hora de la tarde. Emily le dijo a la persona que tomó su llamada que pasaría esa noche para hablar con él en persona y que agradecería que le avisaran.

Emily le contó a Anthony sobre Elvis, el perro de ataque en que se convirtió anoche. Su respuesta fue la misma que la de los demás, pura incredulidad.

Antes de la hora de cierre, Anthony entró en la oficina:

—Em, creo que debo ir contigo esta noche a Bengle. Escúchame. No puedes dejar a Elvis en el carro mientras estás dentro, y no es conveniente dejarlo en casa antes de la reunión. Puedo mantener a Elvis con correa en el estacionamiento por si el señor Bengle quiere conocerlo personalmente. Puede ver lo amable que es, y quizás eso calme la situación.

Los argumentos de Anthony tenían todo el sentido del mundo, y Emily aceptó su ayuda con gusto.

—Imprimí su registro de vacunación para que el señor Bengle sepa que está al día con la vacuna contra la rabia. No dejes que lo olvide, por favor —dijo Emily.

Anthony le hizo un gesto de aprobación con el pulgar antes de caminar hacia el vestíbulo para saludarla en su última cita.

A lo largo del día, el Hospital Veterinario Coral Shores funcionó como un reloj. «Quizás el Dr. Dinsmore tenía razón», pensó Emily. Cada vez se volvía más fácil. Hubo varias citas médicas de rutina: infección de oído, infección de piel, picadura de abeja, una revisión posquirúrgica para un perro que se había comido un elote la semana anterior, lo que resultó en una cirugía de emergencia, y un par de revisiones anuales de rutina con vacunas. Emily seguía esperando que algo saliera mal, pero nada pasó. El personal podría llegar a casa a tiempo esta noche, algo poco común.

—Gracias a todos por su arduo trabajo —dijo Emily a su equipo—. Hoy fue uno de los días más fluidos que recuerdo, y eso es gracias a todo su esfuerzo detrás de escena. Los cambios estratégicos que hemos estado implementando para optimizar las operaciones del hospital están dando buenos resultados.

Su equipo se aplaudió y se felicitó.

—Mañana por la mañana yo invito los bagels con queso crema —dijo Emily, lo que recibió una respuesta positiva de su personal.

El éxito se sintió bien, y Emily tuvo la suerte de contar con un equipo maravilloso, talentoso y atento al que dirigir.

Anthony estaba sonriendo mientras esperaba que Emily regresara a su oficina.

—¿Y ahora qué? —preguntó.

—Estoy orgulloso de ti, Em —dijo Anthony—. Por si no lo sabes, el personal está muy contento. Les encanta trabajar aquí y creen de verdad en ti. He trabajado en muchos hospitales veterinarios, pero ninguno tan comprometido como este grupo. Eso es gracias a ti.

—Gracias. Realmente necesitaba escuchar eso, pero creo que ustedes también tienen mucho que ver con nuestro éxito. Últimamente he estado con la cabeza en las nubes, y aunque no se los digo mucho, quiero que todos sepan cuánto los aprecio.

Emily miró hacia la sala de tratamiento del hospital, reflexionando sobre sus logros.

—Ellos lo saben.

Agarró la correa y el registro de vacunas de Elvis y los tres se dirigieron al Supermercado Bengle.

. . .

Era una hora de mucho trabajo en el supermercado. La gente hacía paradas de última hora de camino a casa del trabajo para recoger una de las deliciosas comidas preparadas del bar de comida fría y caliente. Anthony había planeado pasear a Elvis por el perímetro del estacionamiento para que pudiera permanecer en el césped, evitando el pavimento caliente, mientras Emily entraba. El señor Bengle la vio enseguida, y un miembro del personal la acompañó a una oficina trasera cerca de la entrada.

—Gracias por reunirse conmigo hoy —dijo Emily, y luego sonrió.

El señor Bengle era un hombre mayor, bajo y corpulento, y su rostro amable la tranquilizó de inmediato.

—Entiendo que hubo un problema durante la entrega de la compra anoche. —El señor Bengle les despejó un lugar para sentarse—. ¿Podría decirme qué pasó, por favor?

Emily repasó los detalles del encuentro antes de entregarle al señor Bengle una copia del registro de vacunación de Elvis. Reiteró su oferta de pagarle a Brian, alias Bucky, una revisión médica.

—Elvis está con mi amigo en el estacionamiento, en caso de que quiera conocerlo.

Se tomó un momento para revisar los registros antes de preguntar:

—¿Puede garantizarme de que su perro estará asegurado en otra habitación durante futuras entregas?

—Totalmente. Le garantizo que esto no va a volver a pasar. Sé que solo puede confiar en mi palabra, pero Elvis es un perro adorable.

—Con eso me basta, Dra. Benton. Vino hoy y se lo agradezco. No se preocupe ni un minuto más por Bucky. Cuando andaba cojeando esta mañana, intentando salir temprano del trabajo por la supuesta herida de mordedura, le pedí que me enseñara la pierna. No tiene ni un rasguño.

Emily dejó escapar un audible suspiro de alivio.

—Le agradezco su preferencia, y mientras pueda garantizar que las futuras entregas se realicen sin incidentes, damos por cerrado este caso. ¿De acuerdo? —preguntó el señor Bengle con la mano extendida.

—Gracias, señor Bengle —dijo Emily, estrechándole la mano vigorosamente—. Muchísimas gracias. Su servicio de entrega en línea es impresionante. Pensé que me iban a prohibir la entrada después de lo de anoche.

El señor Bengle se rio antes de asegurarle que eso nunca iba a pasar. Caminaron juntos hasta la entrada de la tienda antes de que él le agradeciera de nuevo su honestidad.

Emily salía de Bengle con una sonrisa radiante, buscando con la mirada a Anthony y Elvis en el estacionamiento. En cuanto vio la expresión de Anthony, su sonrisa desapareció. Estaba arrodillado junto a Elvis, esforzándose por calmarlo. Emily corrió hacia ellos lo más rápido posible.

—¿Qué pasa? ¿Están bien? —Emily le pasaba las manos por todo el cuerpo a Elvis para comprobar si tenía alguna herida.

—Vámonos de aquí —dijo Anthony mientras miraba por encima del hombro hacia la parte trasera de la tienda—. ¿Puedes ir por el carro? Te cuento después de que nos vayamos.

Era difícil recordar la última vez que había visto a Anthony tan alterado. Para colmo, el comportamiento de Elvis era idéntico al de la noche anterior. Jadeaba y temblaba, con el pelo erizado. Anthony se sentó en el asiento trasero junto a Elvis, intentando tranquilizarlo para que se calmara.

—¿Qué pasó? —preguntó Emily.

—No lo creería si no lo hubiera presenciado con mis propios ojos —dijo Anthony—. ¿Por casualidad, el repartidor de anoche era alto y musculoso, de veintitantos años, con el pelo castaño hasta el cuello y un corte tipo mullet?

—Eso suena a Bucky. ¿Por qué? —respondió Emily, ansiosa por lo que vendría después.

—Bueno, estaba paseando a Elvis por la parte trasera del supermercado, buscando un poco de sombra. Una camioneta de reparto de Bengle se detuvo frente a las puertas de carga y salió

Bucky. Elvis tardó menos de cinco segundos en localizarlo. Empezó a gruñir y a tironear su correa, intentando abalanzarse sobre él. No era el mismo perro. No fue fácil, pero levanté a Elvis y le di la espalda a Bucky. No creo que se diera cuenta de lo que estaba pasando. Puede que nos mirara de reojo, pero luego entró por la puerta trasera de la tienda. He estado intentando calmar a Elvis desde entonces —dijo Anthony.

Emily no podía creerlo. Acababa de asegurarle al señor Bengle que algo así nunca iba a volver a ocurrir, y justo cuando esas palabras salían de su boca, Elvis intentaba atacar a Bucky. No le encontraba sentido. Atacar la puerta de su cabaña cuando un extraño se acercaba era más fácil de justificar, pero actuar de la misma manera en un lugar neutral era demasiada coincidencia. Elvis detestaba a Bucky, pero ¿por qué?

—Em, no te preocupes por llevarme a mi carro en el hospital —dijo Anthony—. Me voy a quedar aquí con Elvis hasta que volvamos a tu casa.

Solo diez minutos después, llegaban a la entrada de su casa. Calmar a Elvis en casa fue más fácil de lo esperado cuando se distrajo con Bella y su cena, lo que permitió a Emily y Anthony respirar hondo juntos.

—¿Qué demonios le pasa a Elvis? —preguntó Anthony—. Fue la locura más grande que he visto en mi vida. Podría haberlo atacado.

—No lo sé, pero significa algo. Anoche me pregunté si Elvis había interactuado antes con Bucky. Si era la misma persona que hacía las entregas de comestibles en casa de la señora Klein, ¿quizás ocurrió algo durante una de esas entregas?

—Elvis caminaba por el estacionamiento y levantó la nariz, como si hubiera percibido un olor, y fue entonces cuando se giró y empezó a gruñir. Al principio no vio a Bucky; lo olió.

—Bueno, sabemos que los terrier son famosos por su olfato. Quizás así es como lo recuerda —dijo Emily.

—Probablemente, pero fue impactante lo rápido que cambió su comportamiento. Fue instantáneo.

Anthony había seguido a Bella hasta su árbol para gatos y la acariciaba bajo la barbilla, su lugar favorito. Los ronroneos resultantes, que resonaban por toda la cabaña, eran un antídoto maravilloso para su energía ansiosa.

—Eso fue lo que pasó anoche. No tuve tiempo de reaccionar. Tengo que ser diligente y mantener a Elvis lejos de la puerta si vuelvo a pedir en Bengle. Esto me inquieta, pero no creo que Elvis sea un riesgo para nadie más. Hay algo con ese tal Bucky. Quizás nunca lo descubramos.

Anthony asintió.

—Si estás bien, me voy a casa.

—Claro. Deja te pido un Lyft que te lleve de vuelta al hospital —dijo Emily mientras buscaba el transporte de Anthony en la app—. Gracias de nuevo por acompañarme.

—No hay problema. Marc quería avisarte que espera que nos acompañes a la noche de trivia este jueves. Está cobrando la que le debes.

Emily se rio.

—Jane y yo estábamos hablando de salir una noche, y mencionó que hacía tiempo que no te veía y que aún no conoce a Marc. Lo confirmo con ella, pero planeemos ir los cinco, suponiendo que Duncan pueda venir.

—Listo. Voy a hacer las reservas para las ocho, así vamos a tener tiempo para relajarnos después del trabajo.

Solo habían pasado diez minutos cuando llegó el taxi de Anthony.

—Buenas noches, Em. Nos vemos mañana.

Emily se dio cuenta de que este era el primer evento social divertido que había planeado desde que murió su mamá. Había estado viviendo en la niebla. Dar pasos para restablecer el equilibrio en su vida le hacía sentir bien, incluso si se trataba de una simple cena con amigos.

CAPÍTULO SIETE

Los siguientes días de trabajo fueron francamente aburridos comparados con la semana anterior, y Emily lo tomó a bien. Había experimentado suficiente emoción últimamente para todo el año. Elvis se estaba adaptando bien a su nueva vida. Le encantaba acompañar a Emily al trabajo y se había autoproclamado mascota oficial del Hospital Veterinario Coral Shores. Después de salir de la oficina de Emily, Elvis pasó un rato en la entrada principal del hospital con la recepcionista, Abigail, saludando a los clientes desde su cama para perros, que estaba en una silla junto a su escritorio.

Había recuperado lo suficiente su magia como para incluso intentar convencer a Bella de que jugara con él. Se inclinaba, invitándola a perseguirlo, y luego ladraba y daba vueltas. Bella observaba sus poco civilizados intentos de amistad y se daba la vuelta y se alejaba, escapándose a una de sus muchas y apreciadas perchas elevadas. Esto no pareció disuadir a Elvis, quien se esforzó al máximo por impresionarla.

El Proyecto de Tortugas Coral Shores esperaba que algunos nidos eclosionaran en cualquier momento, así que Emily había estado dando paseos nocturnos por la playa para vigilarlos. Elvis insistió en acompañarla, y Emily se alegró de contar que no lo había oído toser en días. Siempre se sentía ansiosa al acercarse al punto de retorno en la playa, que estaba a la vista de la cabaña de la señora Klein. Tenían que acercarse para confirmar que no hubiera problemas, lo que hacía que Elvis tirara de la correa. Quería que Emily lo siguiera al único hogar que había conocido. Cada noche, le resultaba más fácil convencerlo de que diera la vuelta. A menudo la invadía un momento de tristeza al reflexionar sobre la muerte de la señora Klein, hasta que las travesuras de Elvis en la playa la distraían con risas.

Ni Duncan ni Sarah Klein habían compartido información nueva sobre el estado de la investigación, y Emily se preguntaba si lo hacían a propósito. Dado que ella había sido fundamental en todos los aspectos del caso, ¿no les correspondía mantenerla informada? Emily decidió contactar a Sarah Klein al regresar a casa, con el pretexto de compartir una excelente noticia sobre Elvis. Quizás también podría obtener algunos detalles de la investigación.

•••

—Hola, Sarah.

—Emily, ¿cómo estás? ¿Todo bien con Elvis?

—Está muy bien. Parece que ya no tiene tos, así que le voy a ir quitando la medicación a partir de mañana. Se ha convertido en toda una celebridad en el hospital. Todo el personal y los pacientes esperan verlo todos los días.

—Ese es el Elvis que conozco. ¿Significa eso que estás lista para buscarle una nueva familia?

—Todavía no. Ha sido maravilloso, pero quiero asegurarme de que no vuelva a tener tos —dijo Emily. Decidió no contarle a Sarah el reciente incidente en el supermercado de Bengle. No tenía sentido molestarla cuando Emily aún no entendía el significado de todo aquello.

—Admito que me alivia que siga contigo. Me rompe el corazón pensar que se va a un nuevo hogar. Sé que quien elijas va a ser maravilloso, pero no puedo evitarlo —dijo Sarah, con la voz entrecortada al terminar.

Emily tampoco esperaba con ansias ese día, así que dejó de lado esos pensamientos por ahora.

—También quería saber cómo te sientes —dijo Emily.

Aunque estuvo tentada de preguntar si había alguna novedad sobre la mamá de Sarah, decidió a última hora esperar a ver si Sarah aportaba información por su cuenta.

—Para ser honesta, estoy pasando un momento muy difícil. No voy a poder cerrar el capítulo hasta darle a mi mamá un entierro digno. Todos sus amigos y antiguos alumnos me preguntan constantemente cuándo va a ser su funeral —dijo Sarah—. Espero que mañana mi patólogo me dé los resultados de unas pruebas pendientes.

—Ay, ¿entonces todavía no saben qué causó su muerte? —Emily se arrepintió inmediatamente de haber buscado detalles.

—No, todavía no.

—Ojalá pudiera hacer algo. —Sintiéndose impotente y frustrada, dijo—: He estado revisando la casa de tu mamá todos los días y parece segura. No he visto a nadie por aquí.

—Gracias, Emily. Me siento mejor sabiendo que estás vigilando. Creo que hasta que no tenga respuestas, no hay nada que podamos hacer.

Tras prometer llamarla con información actualizada sobre Elvis, notó que Sarah apreciaba estar incluida en su cuidado. Emily se quedó con una sensación de inquietud, ya que parecía que no habían avanzado nada con la investigación.

...

Era la noche de trivia en El Pelícano Sediento. Anthony había estado preparando el evento toda la semana y su entusiasmo era contagioso. Emily estaba emocionadísima, pensando en su noche de fiesta. Llevaba meses sola en casa, con sus propios pensamientos y demasiadas comidas congeladas. Sentarse en medio de un restaurante lleno de gente iba a resultarle un poco chocante al principio, pero se le hacía la boca agua desde que Anthony le dijo que el restaurante era famoso por sus daiquiris de mango y sus tacos de camarones.

Bella y Elvis habían demostrado que podían estar solos sin problemas, así que Emily planeó compartir el viaje al restaurante.

Quería disfrutar de la noche sin preocuparse por el regreso a casa. Duncan estaría allí con Jane, y Emily planeaba pedirle información sobre el caso después de tomarse un par de copas. ¿Podría funcionar? Duncan a veces era terco, así que al final, una copa o dos no servirían de nada. Se lo diría o no, independientemente de su plan maestro.

—El señor Englewood viene con Moose para revisar la incisión de su labio —dijo Anthony—. Es nuestra última cita de la noche, así que crucemos los dedos para salir a tiempo.

—Genial. Me gustaría pasear a Elvis por la playa antes de ir al restaurante. Supongo que si está agotado, es más probable que deje a Bella en paz. Además, necesito echar un vistazo rápido a los nidos de tortugas antes de cenar.

—¿Qué te vas a poner esta noche? —preguntó Anthony.

Emily arqueó las cejas y tenía una mirada curiosa.

—No sé; shorts, camiseta, chanclas. ¿Por qué? —respondió con cautela.

—Bueno, hace mucho que no sales, así que pensé que te gustaría arreglarte.

—Esto es el sur de Florida. Nadie se viste elegante. Pensé que El Pelicano Sediento era un lugar informal frente al mar.

—Sí. Tienes razón. Me alegra mucho que vengas esta noche. Creo que te va a hacer bien.

—Yo también.

Como era de esperar, la cita de revisión de Moose era de rutina. Su labio se estaba curando bien, y el señor Englewood le aseguró que tendría más cuidado con Moose cuando salieran a pescar. Emily se apresuró a terminar su día, lo que permitió que el personal se marchara juntos y a tiempo.

■ ■ ■

—Lo siento, Elvis, solo vamos a dar un paseo rápido esta noche. No tenemos tiempo para perseguir cangrejos ni pájaros —dijo Emily al llegar a la entrada de su casa.

Tras saludar brevemente a Bella, Emily acompañó a Elvis por la playa. Al acercarse a los nidos de tortugas, vio que dos de los voluntarios líderes ya estaban allí.

—Hola, Emily. ¿Quién es tu amigo? —preguntó Marlon, el presidente del Proyecto Tortuga.

—Este es Elvis. Es amigable, pero lo mantendré aquí para que no perturbe el nido sin querer.

—Hola, pequeñín. —Marlon, obviamente, era amante de los perros y se arrodilló para acariciarlo—. ¿Dijiste que se llamaba Elvis? Se parece mucho al perro de Eliza.

—En realidad, lo es, o lo era, supongo. Por ahora me encargo de él —dijo Emily.

Marlon miró a Emily y sonrió. Conocía a Eliza Klein desde hacía décadas y Elvis era su orgullo.

—Todavía no puedo creer que se haya ido —dijo.

Emily asintió, pero guardó silencio. Para el público, Eliza Klein había muerto por causas naturales. No le correspondía a Emily contradecirlo. Esa información tendría que venir de la policía.

—Entonces, ¿crees que estos nidos van a eclosionar esta noche? —preguntó Emily para cambiar de tema.

—Esta noche, o mañana por la noche, es lo que me imagino. Llegamos temprano para asegurarnos de que no hubiera grandes colinas, agujeros ni escombros en la playa entre los nidos y el océano —respondió Marlon mientras su compañera, Sharon, se unía al grupo y le dedicaba más atención a Elvis.

Todos sabían que cualquier pequeño obstáculo físico podría afectar el éxito de las crías de llegar sanas y salvas al océano.

—¿Se van a quedar aquí toda la noche? —preguntó Emily—. Tengo planes de salir, pero puedo cancelarlos si necesitan mi ayuda.

Tanto Marlon como Sharon eran muy conscientes del estrés que Emily había padecido el último año con la enfermedad de su mamá y la compra del hospital. También eran clientes del Hospital Veterinario Coral Shores y recientemente habían llevado a sus peludos familiares para sus revisiones.

—Gracias, Emily. Estamos bien, pero te avisamos si vemos señales de que salen de sus cascarones, por si logras regresar a tiempo.

—Gracias. Perfecto. Puedo cubrirte mañana por la noche si es necesario.

Emily se despidió y se apresuró a volver a casa con Elvis. Después de un baño rápido, tenía menos de treinta minutos para prepararse antes de salir para El Pelícano Sediento. Emily llevaba puestas unas de las chanclas favoritas de su mamá esa noche, de color azul marino con un solo cristal en la tira. Había incorporado las sandalias de su mamá a su propio clóset, y cada vez que se ponía unas, sentía una conexión con un cálido recuerdo de ella. Era una tontería, pero a Emily le hacía feliz llevarlas. La aplicación de su teléfono sonó para avisarle que su transporte estaba a un minuto. Mientras miraba a su alrededor para asegurarse de que todo estuviera seguro en casa antes de cerrar, Emily vio a Bella observándola desde su árbol para gatos. Había estado descuidando a Bella y se había comprometido a sacar tiempo para jugar con ella y cepillarla.

El Pelícano Sediento estaba a reventar. A Emily le encantaba ese crujido familiar de las llantas mientras cruzaban el estacionamiento con la superficie cubierta de conchas. El edificio, de un gris desgastado, tenía toldos azules a rayas sobre la entrada y una figura de madera de casi dos metros de un alegre pelícano, brindando con su jarra de cerveza. Parecía el lugar perfecto para selfis. Emily tardó un minuto en observar a la multitud antes de ver a Marc y Anthony sentados en una mesa alta en la zona del bar, con vistas al comedor y a las mesas al aire libre frente al mar. Todo el restaurante ofrecía una vista panorámica de las cristalinas aguas azules que se extendían desde la calzada interior hasta las aguas abiertas del Golfo.

—Este lugar es increíble. No puedo creer que no lo conociera —dijo Emily mientras saludaba a cada uno con un abrazo.

—Ha estado abierto por un tiempo, Em, pero no creo que hayas estado exactamente en el estado de ánimo de la escena de los bares últimamente —respondió Anthony.

—Cierto. ¿Cómo estás, Marc? Quería agradecerte por ayudarme la otra noche. Estaba hecha un desastre.

—Lo manejaste mejor de lo que yo lo hubiera hecho, eso es seguro —dijo Marc sonriendo.

—Toma. Te pedimos un daiquirí de mango —dijo Anthony mientras movía el cóctel frente a Emily.

Tomó un sorbo, cerró los ojos y suspiró.

—Celestial.

Duncan y Jane no tardaron en unirse al grupo. Conectaron enseguida con Marc, pero Emily ya sabía que lo harían. La primera ronda de la noche de trivia comenzaba pronto, y su caja de respuestas estaba en medio de la mesa, lista para empezar. Había televisiones alineadas en la zona del bar mostrando cada una de las preguntas. Tras una breve sesión de estrategia, acordaron jugar en equipo. La unión hace la fuerza.

Emily notó que Duncan saludaba a alguien detrás de ella, hacia la entrada del restaurante, pero no se dio cuenta hasta que miró a Jane y Anthony. Ambos tenían sonrisas enormes. En cuanto Emily se giró para ver quién era, supo por qué. Mike Lane se abría paso entre el restaurante abarrotado. El corazón de Emily se aceleró y se dio percató de que estaba conteniendo la respiración. Ahora entendía por qué Anthony le había preguntado si se iba a arreglar esa noche. Él y Jane habían estado conspirando a sus espaldas.

—Hola, Mike. Me alegra que hayas venido —dijo Duncan, mientras acercaba otro asiento y lo colocaba junto a Emily—. ¡Qué oportuno! Estamos a punto de empezar el juego. Mike, ellos son Anthony y su pareja, Marc.

—Un placer conocerlos a todos —respondió Mike. —Gracias por invitarme. Este lugar es genial.

Emily seguía sin decir nada, pero estaba recuperando la compostura. Mike Lane la dejaba sin aliento. Justo entonces, llegó la camarera, así que pidieron otra ronda de daiquiris de mango.

—Una cerveza light para mí —dijo Mike—. Hoy me toca manejar.

La noche de trivia empezó justo después de pedir la comida, y esa distracción ayudó a Emily a quitarse el nerviosismo que sentía desde que Mike entró. El juego fue divertidísimo. Cada uno aportó una especialidad única, y después de la primera ronda, quedaron primeros por unos pocos puntos. Emily tenía la última palabra en todas las preguntas de ciencias. Jane se encargaba de geografía y actualidad, Duncan y Mike de deportes, Marc era un aficionado a la historia, y Anthony era el principal experto en todo lo relacionado con la música y la cultura pop.

De vez en cuando, el brazo de Emily rozaba el de Mike, y podía sentir la electricidad entre ellos. No creía estar imaginándolo cuando vio a Mike mirándola de reojo. Anthony intentó actuar con indiferencia toda la noche, pero vigilaba de cerca cada interacción entre Emily y Mike. Su mamá lo habría llamado chismoso por espiar.

Tras terminar la segunda ronda del concurso de trivia, Emily recibió un mensaje. Marlon y Sharon habían informado que dos nidos de tortugas mostraban señales de estar a punto de eclosionar. Si Emily quería ver a las crías llegar al océano, tendría que irse de inmediato. ¡Qué mal momento! Se la estaba pasando genial y aún no había encontrado el momento adecuado para interrogar a Duncan sobre el caso. Era un sacrificio que estaba dispuesta a hacer, además de que sentía la obligación de ayudar.

—Lo siento, pero tengo que irme —dijo Emily mientras se levantaba y agarraba su bolsa—. Las tortugas están saliendo del cascarón y tengo que volver a la playa.

—¿No puedes quedarte hasta la última ronda de preguntas? —preguntó Anthony.

Emily vio la decepción en el rostro de Marc. Tenía muchas ganas de ganar esa noche.

—Lo siento, no. Pero fue genial. Prometamos repetirlo pronto —respondió Emily, mientras buscaba las llaves del carro en su bolsa—. Ah, se me olvidaba. No manejé esta noche.

Mike Lane tenía una enorme sonrisa al levantarse.

—Perfecto. Puedo manejar. Prometiste incluirme la próxima vez para ver cómo nacen las tortugas. ¿Qué te parece ahora?

La sorpresa de Emily le impidió responder de inmediato. Anthony la miraba mientras asentía en dirección a Mike, desesperado por hacerla reaccionar. Claramente, no pudo aguantar más cuando habló por ella.

—A Emily le encantaría enseñarte los nidos de tortuga. Es una experiencia única en la vida.

Finalmente logró recomponerse y dijo:

—Sí, gracias, Mike. Eso sería genial. ¿Alguien más quiere unirse a nosotros?

Sus cuatro compañeros restantes declinaron cortésmente, alegando diversas razones, entre ellas que ninguno había ido en carro al restaurante. Además, de ninguna manera iban a interferir en una posible primera cita.

—Bueno, entonces. Vámonos, Mike. Puedes estacionarte en mi casa para que pueda dejar salir a Elvis antes de ir a la playa.

Mike sonreía de camino al carro. Emily intentó disimularlo mientras iban a su cabaña, dándole a Mike información sobre qué esperar cuando nazcan las tortugas. No podía ocultar su entusiasmo infantil al verlas. Contrastaba con la expresión seria de detective que Emily había experimentado durante sus primeros encuentros.

Tras regresar a casa de Emily, se tomaron unos minutos para atender a Elvis y Bella, incluyendo algunas golosinas. Emily sabía que debían darse prisa para no perderse el evento principal. A Elvis no le hacía gracia quedarse atrás, pero Emily no podía permitir que molestara a las tortugas esa noche.

Al acercarse a los nidos, se encontró con un pequeño grupo de visitantes habituales que habían acudido al evento. La mayoría eran voluntarios del Proyecto de Tortugas, comprometidos con asegurar un nacimiento exitoso. Emily presentó a Mike a sus amigos y notó que Sharon le daba un codazo en las costillas a Marlon mientras susurraban sobre el atractivo acompañante de Emily.

No importaba cuántas veces presenciara esta increíble proeza de la naturaleza, Emily siempre se maravillaba cuando las crías de tortuga emergían de sus nidos para emprender su peligroso viaje hacia el océano. La arena parecía estar hirviendo justo antes de que aparecieran las crías.

Mike quedó cautivado por todo el proceso. Él y Marlon se hicieron amigos rápidamente, ya que Marlon era muy generoso con su tiempo y conocimiento, respondiendo a un sinfín de preguntas de Mike. Su interés en la experiencia era genuino y, cuando un nuevo nido eclosionó, agarró involuntariamente la mano de Emily, creando un vínculo a través de la experiencia compartida. El gesto se sintió natural, y Emily disfrutó de tener su mano envuelta en su fuerte y amplio agarre. Durante los pocos minutos hasta que se soltaron, Emily no se dio cuenta de las tortugas. Quizás fuera el persistente subidón de su daiquiri de mango o la sensación de mareo por las mariposas en el estómago, pero se sentía muy atraída por Mike. Hacía tanto tiempo que no sentía algo así por nadie; las sensaciones eran a la vez extrañas y maravillosas.

Una vez que los voluntarios se aseguraron de que todas las crías habían regresado sanas y salvas al mar, el grupo se dispersó y cada uno tomó una dirección diferente. Emily y Mike se dieron la vuelta para regresar a su cabaña.

—Gracias, Emily —dijo Mike, tomándole la mano mientras caminaban por la orilla. Se giró y le sonrió a Emily cuando ella le devolvió el apretón, sin dejar lugar a dudas de que su gesto era bienvenido.

—Me alegra que hayas podido estar aquí esta noche. Intento no darlo por sentado, pero verlo a través de tus ojos me recuerda lo afortunada que soy de haber crecido en Coral Shores.

—Marlon intentaba reclutarme como voluntario —dijo Mike—. No estoy seguro de poder mantener un horario regular con mi trabajo, pero ¿podrías mantenerme al tanto de futuras eclosiones? Me encantaría volver a verlo.

—Claro, y voy a hacer que Marlon te agregue a la lista.

Recorrieron el resto del camino a casa conversando distendidamente sobre Coral Shores y la comunidad playera. Mike había rentado un departamento amueblado cuando se mudó a la ciudad hasta que decidiera dónde quería vivir. Cuanto más le contaba Emily sobre su estilo de vida playero, más interés sentía por consultar las propiedades inmobiliarias locales.

—Ya llegamos a mi casa —dijo Emily, señalando su cabaña—. ¿Quieres venir a tomar algo?

—Claro. Sería genial.

Elvis los esperaba cuando entraron por la terraza. Enseguida los perdonó por dejarlo atrás después de recibir unas galletas y caricias en la panza.

—Duncan me dijo que esta era la casa de tu mamá.

—Sí, he empezado a intentar hacerla mía, pero todavía lo siento como su hogar. En el buen sentido, ¿sabes?

Mike asintió mientras caminaba por la sala. Miraba las fotos familiares y disfrutaba de la cálida comodidad del espacio.

—¿Qué te gustaría beber? —preguntó Emily.

—¿Tienes alguna cerveza light?

Después de servirse una copa de vino, le entregó a Mike una botella.

—Hay que sentarnos afuera —sugirió.

Elvis los siguió a ambos a la terraza y, antes de que ella pudiera decir nada, Mike se sentó en el diván de la mamá de Emily. Al principio, ella se sintió protectora de su espacio especial, pero se contuvo, se recuperó y se sentó en una silla cercana.

—Qué cómodo es esto —dijo Mike—. ¿Cómo logras salir de aquí?

—A veces es difícil, sobre todo este último año.

Emily pensó que a su mamá le haría gracia que Mike se hubiera acomodado en su silla, sin darse cuenta de su importancia. Se alegraría por Emily.

—Un nuevo hospital para ti, una nueva ciudad y un nuevo trabajo para mí. A veces es mucho.

—Hay mucha distancia entre Pensilvania y Florida. ¿Te arrepientes? —preguntó Emily.

—Para nada. Me hacía falta un cambio. Mucha falta.

Emily se preguntó si su respuesta escondía algo, pero decidió no seguir con el tema por ahora. La buena suerte había traído a Mike Lane a su vida, y no quería presionarlo demasiado mientras se conocían. Mike estaba a punto de terminar su cerveza, así que

Emily se arriesgó y continuó con las preguntas que tenía planeadas para Duncan esta noche.

—Hablé con Sarah Klein ayer —dijo Emily. Mike arqueó las cejas, pero no dijo nada—. La llamaba para ponerla al día sobre Elvis.

—Estoy seguro de que está en deuda contigo por haberlo acogido —dijo Mike, y luego sonrió al terrier, que se había acurrucado para echar una siesta.

—Sí. También mencionó que estaba ansiosa por organizar el funeral de su mamá. Sé que no puede hacerlo hasta que el médico forense entregue el cuerpo. ¿Es cierto?

—Sí, es cierto —dijo Mike.

Era evidente que no quería hablar del caso, pero eso no impidió que Emily insistiera.

—Sarah esperaba que su patólogo privado le informara de los resultados de unas pruebas. ¿Sabes si ya han llegado del laboratorio?

—Emily, sabes que no puedo hablar de esto. No mientras la investigación siga abierta.

—Entendido, pero ¿no cambia las cosas mi condición de testigo presencial en dos ocasiones? Incluso Marlon y Sharon siguen creyendo que la señora Klein murió por causas naturales, y prometo no compartir ningún detalle de lo sucedido.

—¿Qué pasa con Anthony?

—Anthony es de la familia, así que no cuenta. Además, también ha estado involucrado indirectamente.

Mike guardó silencio un minuto. Terminó su cerveza y se levantó del sillón. Emily supo que había insistido demasiado y se arrepintió de inmediato de su pregunta. Se acercó a su silla y la tranquilizó tomándole las manos e invitándola a levantarse.

—Lo pasé genial esta noche. Es la primera vez que siento una fuerte conexión con este lugar desde que me mudé. Gracias por eso —dijo Mike.

Emily sonrió.

—Creo que todos necesitábamos una salida nocturna. Al menos, yo sí la necesitaba.

—Mañana me levanto temprano, pero me preguntaba si te gustaría salir a cenar este fin de semana, ¿el sábado? —preguntó antes de derretirla con su sonrisa radiante.

—Me encantaría —respondió Emily, quizá con demasiado entusiasmo.

—Genial. Te llamo mañana y podemos ponernos de acuerdo. —Una vez más, Emily se quedó sin palabras y asintió.

Mike se dirigió a la puerta principal, todavía de la mano de ella, pero antes de irse, se giró para mirarla.

—Gracias por traerme al nacimiento de las tortugas esta noche. Sin duda, una de las experiencias más geniales de mi vida.

—De nada. Cuando quieras —respondió Emily, y antes de que pudiera decir nada más, Mike se inclinó y le dio un suave y prolongado beso de buenas noches.

¿Qué más podía decir? Emily seguía de pie en la puerta cuando el Detective Mike Lane salió de su entrada.

CAPÍTULO OCHO

Emily se despertó en una nube, todavía aturdida por el beso de anoche. Dejó el café en la terraza y volvió adentro para buscar a Bella. Levantar a su gata Maine Coon de nueve kilos le costó ambas manos mientras la llevaba al diván. A Bella le encantaba que la cepillaran sentada bajo el cálido sol y disfrutaba de la silla especial de su mamá tanto como todos los demás. Cuando su mamá estaba enferma, Bella pasaba muchas horas acurrucada a su lado, haciendo de gata de apoyo emocional. Bella ronroneaba mientras Emily fantaseaba.

—Bella, tengo que ir a trabajar, pero te prometo que te voy a cepillar cuando llegue a casa.

Emily subió a Elvis al carro y conducía por Gulf Beach Road cuando vio varios carros estacionados frente a la casa de la señora Klein. Parecían ser carros de la oficina del alguacil. Emily se estacionó al otro lado de la calle mientras intentaba averiguar qué estaba pasando. No vio los carros de Mike ni de Duncan, solo camionetas de la escena del crimen. Había varias personas uniformadas sacando grandes bolsas de papel de la casa y metiéndolas en sus camionetas de laboratorio.

Elvis tenía las patas en la ventana y gemía mientras observaba el alboroto. Sabía que era su casa. En lugar de preguntar a los técnicos de criminalística qué estaban haciendo, Emily fue directo a la fuente. Por desgracia, el teléfono de Duncan fue directamente al buzón de voz.

—Duncan, soy Em. Estoy enfrente de la casa de la señora Klein, y hay técnicos de la escena del crimen sacando un montón de cosas de su casa. ¿Qué pasa? Llámame en cuanto recibas este mensaje. Por favor.

Emily se preguntó si debía esperar noticias de Duncan antes de irse, pero sabía que podría tardar, además de que tenía que ponerse a trabajar. Si esperaba más, Elvis se pondría muy alterado.

En cuanto Emily entró en su oficina, Anthony la siguió y cerró la puerta.

—¿Y entonces? —preguntó.

—¿Y entonces qué?

—Vamos, Em. No me hagas suplicarte para que me cuentes los detalles. ¿Qué tal anoche?

—El nacimiento de las tortugas fue un éxito —respondió Emily con una sonrisa traviesa en su rostro.

—¿En serio? Es una gran noticia, pero sabes que no me refería a eso.

—Bueno, te cuento. Estuvo genial. A Mike le fascinaron las tortugas, y después de terminar con los voluntarios, volvió a mi casa a tomar algo.

—¿Y?

—Y me invitó a cenar mañana por la noche. Quizás hubo un beso inocente de buenas noches.

—¡Sí! —respondió Anthony con un puño al aire—. Jane y yo teníamos muchas esperanzas cuando Mike se ofreció a llevarte a casa. Parece un tipo estupendo. Marc y yo le damos el visto bueno.

Emily se sentó allí sonriendo en acuerdo.

—Además, Marc dice que le debes otra noche de trivia. Quedamos segundos por solo unos puntos.

—Dile que es un trato. Ese lugar es increíble. La comida también estaba deliciosa —dijo Emily.

Abigail, la recepcionista, llamó por el intercomunicador para anunciar la primera cita de la mañana: Jasmine, una shih tzu con picores y alergias crónicas. Los pacientes de Emily la mantuvieron ocupada todo el día, así que era casi la hora de cerrar cuando revisó sus mensajes. Como acababa de perder una llamada de Duncan, le devolvió la llamada enseguida.

—Hola, Em.

—Oye, Duncan. ¿Recibiste mi mensaje?

—Sí, pero estoy muy ocupado. Lo siento.

—Entiendo, pero ¿qué está pasando en la casa de la señora Klein? —preguntó Emily.

Duncan dudó antes de responder.

—Sarah Klein me pidió que vigilara la casa. ¿Debería llamarla para saber qué está pasando? —preguntó Emily con insistencia.

—Está bien, ganaste, pero por ahora no lo comentes con nadie.

—Lo prometo.

—El patólogo privado que Sarah Klein contrató, junto con el médico forense, ha determinado la causa de la muerte. La señora Klein falleció por intoxicación con nicotina.

—¿Qué? Todos sabemos que fumar es un hábito mortal, pero ¿es posible intoxicarse con la nicotina de los cigarros? —preguntó Emily.

—No, de eso se trata. Es imposible alcanzar estos altos niveles solo fumando. Los técnicos de la escena del crimen están empacando toda la comida, medicinas, vitaminas y artículos de cuidado personal de su casa para ver si podemos encontrar la fuente.

—He oído que si usas parches de nicotina para dejar de fumar, pero sigues fumando de todos modos, puede ser peligroso —dijo Emily.

—Sí, pero esos síntomas suelen ser leves y rara vez causan una enfermedad repentina. Su hija confirmó que no tenía ningún interés en dejar de fumar, por lo que no necesitaba parches de nicotina. Según lo que me contó, parecía estar perfectamente bien hasta que falleció.

—¿Sus niveles de nicotina eran realmente tan altos?

—¡Fuera de escala! El forense cree que debió ingerirlo justo antes de morir, basándose en el análisis del contenido estomacal. Suponiendo que se trate de un caso de envenenamiento, vamos a procesar su muerte como una investigación oficial de homicidio.

Esas palabras flotaban en el aire como una nube densa. Emily aún intentaba procesar la noticia cuando reflexionó en voz alta:

—¿Quién querría matar a la señora Klein? No tiene sentido. Era profesora de piano y colaboraba con organizaciones benéficas para animales.

—Las cosas no siempre son lo que parecen. Hay un motivo, y lo vamos a averiguar. Escucha, Em, me tengo que ir. ¿Estás bien?

—No, no estoy bien. ¿Sarah ya lo sabe?

—Hablé con ella justo antes de llamarte. Está bastante alterada —dijo Duncan.

—Voy a intentar llamarla más tarde. ¿Te parece bien que se lo cuente a Anthony? De todas formas, no creo que pueda ocultárselo. Sabes que no se lo va a decir a nadie.

—Está bien, pero no se lo digas a nadie más. Si esto se sabe, se va a armar un lío.

—Lo juro con el meñique —respondió mientras blandía su dedo más pequeño en dirección al teléfono en señal de solidaridad.

Emily estaba bastante conmocionada por la noticia, así que le fue imposible ocultarle a Anthony sus verdaderos sentimientos. Una vez que le contó los detalles de su conversación con Duncan, ambos decidieron verse después del trabajo. Repasar todo lo ocurrido desde su visita a domicilio a la señora Klein era su mejor oportunidad para descubrir cualquier detalle que se les hubiera pasado por alto. Marc tenía que trabajar hasta tarde, así que Anthony se ofreció a llevar la cena después del cierre del hospital. Emily pensó en preparar algo de su refrigerador lleno de ingredientes saludables, pero no tenía energías para ofrecerse. La comida para llevar fue perfecta.

—Bueno, ¿puedes elegir? ¿Italiana, china, barbacoa o peruana? —preguntó Anthony—. Me voy. Voy corriendo a casa a cambiarme y compro la cena de camino.

—¡Qué bien suena la barbacoa! ¿Se te antoja la barbacoa de Sunny Pit? Me encanta ese lugar, sobre todo sus pepinillos fritos y su quingombó.

—Me parece bien. No te olvides de sus panes de maíz. La especialidad de Marc es el pollo a la parrilla con ensalada de quinoa. No me puedo quejar cuando alguien me prepara una comida deliciosa y saludable, pero necesito algo reconfortante esta noche —dijo Anthony.

—Igual. Yo también me voy pronto. Si estoy paseando a Elvis por la playa cuando llegues, usa tu llave para entrar.

. . .

Las lágrimas solían brotar en el momento más inoportuno, como si tuvieran voluntad propia. Emily intentó contener las suyas durante el viaje a casa, pero fue en vano. Al llegar a la entrada, estaba sollozando. Era difícil afrontar la realidad de que la señora Klein había sido asesinada. Elvis, sentado en el asiento delantero a su lado, era un duro recordatorio de su papel en el caso. Estaba en medio de todo. Tras entrar en su cabaña, Emily respiró hondo varias veces y se lavó la cara con agua fría, intentando calmar sus emociones. Atendió las necesidades culinarias de Elvis y Bella y aún tuvo tiempo de preparar una tanda de sus famosas margaritas antes de que llegara Anthony.

—Qué rico huele. Me muero de hambre. ¿Quieres comer afuera? —gritó Emily mientras Anthony entraba por la puerta.

—Claro. Parece que vamos a tener un atardecer precioso —dijo Anthony antes de doblar la esquina para reunirse con Emily en la cocina. La miró a la cara, puso la comida en la barra y le dio un abrazo. Era evidente que había estado llorando.

—Lo siento, Em.

—Yo también —respondió ella, aceptando su abrazo—. Necesito unos minutos antes de hablar de la señora Klein. Hay que comer primero.

Anthony asintió.

Emily le sirvió una margarita y, tras llenar sus platos y luego sus estómagos, se sentaron a disfrutar de los últimos momentos del día. El sol era una enorme bola de fuego que pintaba columnas de color naranja y rojo en el cielo. Bebieron sus cócteles mientras contemplaban la puesta de sol, con la esperanza de ver el esquivo destello verde. Había una leyenda que decía que durante el momento exacto en que el sol se escondía tras el horizonte sobre el océano, un destello de luz verde podía atravesar el cielo. Habían estado contemplando puestas de sol toda su vida. Anthony juraba que vio el destello verde una vez en la secundaria, pero Emily siempre fue escéptica. Sin embargo, eso no le impidió desear que su turno fuera el siguiente.

El teléfono de Emily sonó, arruinando su momento zen al atardecer. Consideró no contestar, pero luego cambió de opinión.

—Hola.

—Hola, Emily. Soy Mike Lane.

Emily inmediatamente se sentó derecha y se pasó los dedos por el cabello para desenredar los nudos, como si pudiera verla.

—Hola, Mike.

—Disculpa, es muy tarde, pero me preguntaba si aún estás interesada en ir a cenar mañana por la noche. Entiendo perfectamente si ya hiciste planes.

—Mañana es genial. ¿Tenías pensado algún lugar?

—Esperaba que pudieras recomendarme uno. Todavía me estoy adaptando al área.

—Hay un restaurante de playa buenísimo cerca de casa. Es súper informal y tienen música en vivo los sábados.

—Me parece perfecto. ¿Qué tal si paso a recogerte a las siete? —dijo Mike.

—Genial. Nos vemos mañana.

Emily colgó y se giró para mirar a Anthony, quien se retorcía en su silla, animándola a que le diera más detalles.

—Entonces, ¿a dónde lo vas a llevar mañana?

—¿Por qué? ¿Vas a venir a espiarnos? —dijo Emily riendo.

—No, tú puedes con esto sola.

—Estaba pensando en la Cabaña del Marisco. Es bastante informal, así que hay menos presión en la cita.

—Esto es importante, Em. Me alegro por ti.

—Gracias —respondió Emily antes de girarse para contemplar los últimos instantes del atardecer, para recuperar esa sensación de calma.

—Pensé que le ibas a preguntar sobre la intoxicación por nicotina —dijo Anthony.

—Le dije a Duncan que no se lo iba a decir a nadie, salvo a ti, claro. Lo último que quiero es que se meta en problemas.

—Me duele la cabeza solo de pensar en que alguien quiera matar a la señora Klein —dijo Anthony—. Esto significa que podríamos tener un asesino suelto en Coral Shores. Me está poniendo un poco nervioso.

Emily estaba tan absorta en sus emociones que había pasado por alto el riesgo potencial para la comunidad. Hasta que Duncan y Mike arrestaran al responsable, no se sentiría segura. Decidir esperar hasta mañana para presionar a Duncan para obtener más detalles parecía una decisión acertada. Su siguiente llamada era para hablar con Sarah, quien se había mostrado dispuesta a hablar sobre su mamá y la investigación. Duncan eventualmente la perdonaría si se excedía. Además, Anthony no se iba a ir hasta que tuviera la última actualización.

—Sarah, soy Emily Benton. Espero que estes bien.

—Claro. ¿Todo bien?

—Sí, Elvis está maravilloso. Sigue igual. Llamaba para saber cómo estabas. Tengo entendido que hoy recibiste malas noticias.

Hubo una pausa y a Emily le pareció oír a Sarah sollozar antes de responder.

—La verdad es que no estoy muy bien. Pensar en que alguien asesinó a mi mamá me da asco. Ni siquiera puedo entender la palabra «asesinato». Cada vez que cierro los ojos, veo que algo horrible le está sucediendo.

Emily no tenía palabras para aliviar su dolor. A Sarah le costaba expresar su dolor, así que Emily esperó un minuto antes de añadir:

—¿Puedo hacer algo por ti?

—No lo creo, pero gracias por ofrecerte. Ahora que saben qué la mató, avanzarán más rápido en la búsqueda de la probable fuente del veneno. Mi patólogo dijo que pueden tener los resultados en uno o dos días.

—Supongo que ese es el siguiente paso para intentar resolver esto —coincidió Emily—. No he estado cerca de tu mamá en los últimos años, pero no me imagino ninguna razón por la que alguien querría hacerle daño.

—Quienquiera que haya hecho esto se va a enfrentar a la justicia. Ahora que sé lo que pasó, estoy usando todos mis recursos para encontrar al responsable. Cuando algo se me mete a la cabeza, puedo causar problemas. Esta vez no me importa a quien.

—Lo entiendo perfectamente y me sentiría igual. El Detective Lane y mi hermano van a seguir trabajando día y noche hasta resolver esto.

—Sé que es así, pero no puedo quedarme de brazos cruzados. Mi objetivo es ayudar con la investigación, no estorbar. Mañana por la mañana hay una conferencia telefónica con el equipo forense que trabaja en la cuenta en la nube de mi mamá. Ojalá hayan descubierto algo útil.

Emily no sabía qué más decir. Se sentía impotente, pero no desesperanzada. Sarah Klein era una fuerza para tener en cuenta, y sus poderosos recursos sin duda encontrarían una pista.

—Emily, tengo que prepararme para la cena, pero me voy a poner en contacto contigo. Gracias por contactarme. Eres muy amable.

—Si alguna vez necesitas hablar, llámame cuando quieras —dijo Emily antes de colgar.

—Eso sonó intenso. —Anthony frunció el ceño y apretó los labios. Estaba visiblemente preocupado.

—Lo fue. Creo que le cuesta aceptar que alguien quisiera hacerle daño a su mamá.

—Claro que sí. No puedo aceptarlo, así que ni siquiera puedo imaginarme cómo se siente —dijo Anthony.

—También creo que ha pasado de la tristeza a la ira. Quiere que los culpables rindan cuentas por lo que hicieron y va a presionar con fuerza para obtener resultados.

—Y debería. Crucemos los dedos para que Duncan y Mike resuelvan este caso antes de que alguien más salga lastimado.

Mientras consideraban el riesgo potencial para la comunidad, ambos guardaron silencio durante unos minutos. Coral Shores era un pueblo pequeño que se enorgullecía de su ambiente seguro y acogedor. Los delitos graves eran prácticamente inexistentes. Emily se alegraba de que Mike se hubiera mudado allí desde una gran ciudad, trayendo consigo la experiencia necesaria para resolver crímenes peligrosos.

Elvis sacó a Emily y Anthony de sus pensamientos privados cuando saltó al diván, exigiendo algo de atención.

—Hola, amiguito —dijo Anthony mientras se acercaba para acariciarlo—. Me acabo de dar cuenta de que no lo he oído toser en días.

—Sí, le he estado reduciendo la medicación y hasta ahora no ha habido ninguna recaída.

—¿Eso significa que lo vas a dar en adopción?

—Todavía no. Voy a esperar a que deje de tomar la medicación un tiempo antes de tomar esa decisión. Además, me pone demasiado triste pensarlo.

—Noté que Bella nos evita cuando Elvis está cerca. Nos ha estado mirando desde su ventana, pero cualquier otra noche, habría estado aquí afuera —dijo Anthony.

—Lo sé. Por eso no puedo posponer esta decisión sobre Elvis para siempre. No es justo para Bella.

—Lo siento, Em. Me lo llevaría unos días, pero sabes que en mi departamento no se admiten mascotas. Es una regla muy tonta, pero son muy estrictos con ella.

—No pasa nada. Creo que estar en la playa hace que Elvis se sienta más en casa.

—Sabes, Marc y yo hemos estado hablando de mudarnos juntos. La casa de Marc es genial y admiten mascotas. ¿Quién sabe?

—¿En serio? ¡Me alegro muchísimo por los dos! —Exclamó Emily mientras se levantaba de un salto para abrazar a Anthony—. Es un gran paso, pero me parece totalmente lógico. ¿Estás nervioso?

—No, la verdad es que no. Estoy emocionado. Si me hubieras preguntado hace seis meses qué estaría haciendo con mi vida, jamás me habría imaginado estar de vuelta en Coral Shores, con una relación estupenda y trabajando con mi mejor amiga. La vida es así de extraña.

—Bueno, me alegra que estés aquí, y creo que Marc es increíble.

—Gracias, Em. Apenas hemos empezado a hablar de nuestros planes, así que no le digas nada a Jane ni al personal, ¿de acuerdo?

—Entendido.

—Tenemos una mañana de sábado muy ocupada, y necesitas dormir bien antes de tu gran cita —dijo Anthony—. Me voy a casa, pero me llevo las sobras. Perfecto para comer mañana.

—Gracias por traer la cena, Anthony. ¿Te importa si me quedo aquí afuera?

—No hace falta que me acompañes a la salida, Em. Ya hemos superado esas formalidades. Buenas noches.

Emily se sentó un rato en el diván, acariciando a Elvis hasta que pudo oír sus suaves ronquidos. Le llevó un tiempo, pero se sentía más a gusto en la cabaña de su mamá. Poco a poco se estaba convirtiendo en su hogar. La presencia de su mamá se convirtió en el cálido telón de fondo que Emily usaba para crear sus propios recuerdos frescos, pero ya no dominaba cada momento ni cada espacio. Estaba agradecida de que su mamá le hubiera dejado un hogar lleno de tanto amor para impulsarla en la vida.

CAPÍTULO NUEVE

El sábado llegó como un huracán. Fue un día sin parar desde el momento en que Emily puso un pie en el hospital. Ser una veterinaria exitosa requería una habilidad innata para realizar múltiples tareas. Celebrar con familias que traían cachorros y gatitos para su primera revisión contrastaba marcadamente con tener que dar un diagnóstico difícil a un dueño que luchaba por ver a su querido perro o gato con la salud deteriorada. Mientras tanto, todavía tenía personal que gestionar y pacientes que monitorear. El compromiso de Emily con sus clientes y sus peludos familiares era inquebrantable, pero el desgaste emocional era algo que le costaba manejar. Anthony alivió esa carga. Los clientes, las mascotas y el personal lo adoraban, y su liderazgo se había convertido en una parte importante del éxito de Emily en el hospital. Formaban un gran equipo.

La hora de cierre era más temprano los sábados, y Emily estaba terminando su día cuando Anthony se unió a ella en la oficina.

—La señora Martínez se fue con Kensington. El hospital de urgencias tiene todo su historial. Esperaba transferir a Kensington de vuelta aquí cuando reabramos el lunes si aún necesita estar en el hospital.

—Suena bien. Mañana voy a llamar al hospital de urgencias para que me informen.

Kensington era un bichón frisé de doce años que estaba recibiendo tratamiento por insuficiencia renal. Había vuelto a comer, lo cual era una señal alentadora, pero como el Hospital Veterinario Coral Shores estaba cerrado hasta el lunes, necesitaba que le monitorizaran las constantes vitales mientras seguía con la vía intravenosa. El hospital de urgencias cercano podría atenderlo durante ese tiempo.

—¿Has tenido noticias de Duncan sobre el caso?

—No, y he estado demasiado ocupada para llamarlo.

—Estoy terminando unos trámites del inventario, así que voy a estar aquí una o dos horas más. ¿Ya casi terminas?

—Casi. Cuando llegue a casa, tengo que llevar a Elvis a dar un largo paseo y luego preparar algunas cosas para mañana. Mac y Ava vienen mañana. ¡Qué emoción!

—¡Buen fin de semana, Em! Esta noche, cita con tu guapo detective…

—Él no es mi detective —dijo ella, interrumpiéndolo.

Anthony la ignoró y continuó.

—Y una cita para jugar con tus sobrinos. Estoy orgulloso de ti.

Emily sabía que él estaba feliz de que no estuviera perdiendo el tiempo sola como lo había estado haciendo desde que murió su mamá. Se sentía bien tener planes para el fin de semana.

—Vamos, Elvis —dijo, y luego siguió sus pasos saltarines hacia la puerta trasera.

...

Hoy hacía mucho calor. Emily y Elvis se refrescaron en el mar después de su paseo. Elvis corría dentro y fuera de las olas mientras Emily vadeaba cerca para vigilarlo. Una tarde tranquila en la playa era justo lo que necesitaba. El mar realmente podía curar todas las heridas.

Motivada por su reciente compra de comestibles, Emily preparó una deliciosa ensalada de pollo a la parrilla y un batido de mango y frutos rojos para el almuerzo. Todavía necesitaba comida infantil para la cita de juegos de mañana, así que, tras confirmar que Bengle ofrecía entrega a domicilio el domingo, se sentó frente a la computadora y llenó su carrito de compras virtual, sandía, palitos de zanahoria con salsa de verduras, jugos en cajita, perritos calientes, paletas de frutas congeladas, galletas con queso y helado. Era prerrogativa de una tía consentir a sus sobrinos.

Aunque Emily planeaba usar un vestido veraniego para su cita, se puso otras chanclas favoritas de su mamá. Eran azul rey, con pequeñas margaritas adornando las tiras. Ir a un restaurante frente al mar en el sur de Florida significaba que no necesitaba arreglarse. Se tomó el tiempo de secarse el pelo con secador e incluso maquillarse un poco. Mientras se miraba en el espejo, le era imposible negar que era la viva imagen de su mamá, y eso la hizo sonreír.

Emily necesitaba una charla motivadora antes de su gran cita, y sabía exactamente a quién llamar.

—¿Tienes tiempo para hablar? —preguntó Emily después de que Jane contestara el teléfono.

—Claro. Estaba a punto de llamarte. Los niños están en clases de natación ahora mismo. ¿Qué pasa?

—Mike va a llegar pronto para nuestra cita. Estoy un poco nerviosa.

—Eso es bueno.

—¿Cómo puede ser eso bueno? —preguntó Emily.

—Significa que te gusta. ¿Cuándo fue la última vez que dijiste eso sobre una primera cita?

—Demasiado tiempo, sin duda.

Emily tuvo varios novios serios a lo largo de los años, pero parecía que había pasado una eternidad. Su mamá fue su única prioridad durante el último año, y tras su fallecimiento, Emily se dedicó de lleno a la gestión del hospital. No había tiempo para nada más, y menos para citas.

—Sé tú misma, Em, y diviértete.

—Gracias, Jane. Necesitaba oír eso. ¿Sigues pensando en dejar a Mac y a Ava mañana cerca de las once?

—Están tan emocionados. Va a ser imposible que se duerman esta noche. No paran de hablar de construirle una casa de arena a Elvis. Gracias de nuevo por esto. Duncan y yo hemos planeado una partida de golf con amigos y una cena temprana. Deberíamos estar de vuelta en tu casa a las ocho para recogerlos.

—Me alegra que tengas un tiempo solo para adultos. No te prometo que no te voy a devolver a los niños con una sobredosis de azúcar.

—No te preocupes. Van a estar tan cansados después de nadar todo el día y correr por la playa que nada va a impedir que se queden dormidos.

—Nos vemos mañana. Creo que me voy a sentar en la terraza con una copita de vino hasta que llegue Mike. Ya sabes, para calmar los nervios.

—Que te diviertas. Espero los detalles por la mañana —dijo Jane antes de colgar.

Emily estaba esperando que Mike llamara a la puerta en cualquier momento cuando sonó su teléfono: era Sarah Klein.

—Hola, Sarah. ¿Todo bien?

—No estoy segura. Me preguntaba si podrías ayudarme con algo.

—Claro, si puedo —respondió Emily.

—¿Te ha contactado a ti o a tú mamá algún agente inmobiliario para intentar comprar tu cabaña? —preguntó Sarah.

—No, y mi mamá habría mencionado algo así.

—Mmmh. —Sarah hizo una pausa antes de continuar—. Mi equipo forense encontró algo en la computadora de mamá que me deja con una sensación de inquietud.

—¿Qué encontraron? —preguntó Emily.

—Una inmobiliaria le había estado enviando mensajes directos a mi mamá intentando comprar su propiedad. Parece que fueron a la casa en una o dos ocasiones. Ella los rechazó de plano, pero los correos electrónicos posteriores fueron más contundentes.

—¿Cómo?

—Bueno, siguieron subiendo la oferta, y parece que después de la última vez que mamá se negó a vender, la amenazaron, no físicamente, sino con tácticas agresivas. Dijeron que eran dueños del terreno junto a su casa y que planeaban construir una casa grande justo al límite de la propiedad. Parece que iban a presentar una demanda por los retranqueos actuales de su propiedad y el acceso a la playa. Todo fue muy discreto, pero el mensaje general fue claro: vende o se va a arrepentir.

—¿Cuál es el nombre de la empresa?

—Grupo Inmobiliario La Buena Vida. ¿Te suena?

—Sus letreros están por todas partes; en espectaculares, anuncios de televisión local y bancos de parques. Creo que están detrás de muchas de las demoliciones de antiguas cabañas históricas de playa donde ahora se alzan mansiones gigantes y feas.

—Estoy investigando un poco sobre la empresa. Es despreciable que intenten intimidar a una persona mayor para que venda su casa. Obviamente, no conocían a mi mamá. Era muy dura y nada la asustaba.

Emily sonrió al pensar en la señora Klein reprendiendo a un promotor inmobiliario de mala pinta. Mientras terminaba de pensarlo, llamaron a la puerta. Mike estaba allí.

—Sarah, ¿puedo llamarte mañana? Hay alguien en la puerta.

—Claro, Emily. Aquí voy a estar todo el día. Gracias.

«Vamos, Emily. Tranquila», se dijo en voz baja antes de abrir la puerta. Fue más fácil decirlo que hacerlo cuando vio a Mike allí de pie. Estaba guapísimo con su elegante playera de surfista, pantalones cortos, chanclas y Ray-Ban retro.

—Hola, Emily. Te ves muy guapa.

—Gracias, tú también. Es decir, me alegra verte sin la funda en el cinturón.

Mike se rio.

—A veces se siente raro no tenerla puesta, pero tenía muchas ganas de salir contigo esta noche.

—Yo también. Pasa. Voy a buscar mi bolsa y luego nos vamos.

Emily se sorprendió cuando Elvis se acercó tranquilamente a saludar a Mike, sin sentir la necesidad de posar ni ladrar.

—Creo que le caes muy bien a Elvis —dijo—. Generalmente se avergüenza a sí mismo al lanzarse a la puerta como un perro de ataque.

—Crecí con perros, y también con gatos. Mi mamá participaba en un grupo de rescate local, y siempre acogíamos a algún animal descarriado. Por supuesto, muchos se convirtieron en miembros de la familia.

—Creo que me cae bien tu mamá —dijo Emily.

—Y estoy seguro de que tú también le caerías bien —dijo Mike sonriendo.

—Bueno, ustedes dos. Pórtense bien. —Emily, por supuesto, les hablaba a Bella y a Elvis. Bella intentó levantar la cabeza, indicando su marcha, y Elvis se refugió en el gran cojín del extremo del sofá.

...

Barnacles estaba lleno para ser sábado por la noche. El restaurante de mariscos frente al agua celebraba una de sus famosas fiestas de luna llena. La banda estaba instalada afuera, en la terraza, y algunos artistas callejeros locales actuaban frente al restaurante, en la playa pública. Se había formado un círculo de tambores, y zancudos, personas con disfraces y artistas de globos se movían entre la multitud. Tuvieron la suerte de conseguir una mesa con vistas a las festividades. Si quieres ajustar el tono o darle un matiz más evocador, dime cómo prefieres que se sienta el texto y te ayudo a afinarlo.

—Se me había olvidado por completo que hoy era luna llena. Es un poco exagerado —dijo Emily, preocupada por haberse equivocado al elegir a Barnacles para su primera cita.

—¡Qué chido! ¿Hay una fiesta cada luna llena? —preguntó Mike.

—Sí, a menos que un huracán toque tierra el mismo día.

Una vez sentados, la mesera se acercó anunciando con entusiasmo las especialidades del chef. Emily eligió los tacos de Mahi ennegrecido, y Mike no dudó en aprovechar la oportunidad para probar todos los sabores locales al pedir el plato del amante de los mariscos. Mientras esperaban la comida, saboreaban sus Piñas Coladas cuando Mike sacó el tema de la investigación.

—Emily, quiero que sepas que Duncan me dijo que les informó a ti y a Anthony sobre la causa de la muerte de Eliza Klein. Me parece bien. Mientras ambos entiendan que debemos mantenerlo en privado por el momento.

Emily asintió.

—Jamás pondríamos en peligro el caso ni traicionaríamos su confianza. Espero que lo sepas.

—Sí.

—Duncan también me dijo que ahora es una investigación oficial de homicidio —dijo Emily.

—Así es.

Una vez más, Mike se negó a revelar detalles, así que Emily lo pensó dos veces antes de hacer otra pregunta. Al final, no pudo evitarlo.

—¿Tienen alguna pista sobre el origen del veneno? ¿Algún sospechoso?

—Estamos trabajando en algunas teorías, pero aún estamos esperando los resultados forenses de todos los alimentos que recogimos en su casa.

—He estado en contacto con Sarah Klein y quería que lo supieras, con total transparencia. Casi siempre hablamos de Elvis, pero también me ha contado sobre el caso de su mamá.

—Es comprensible. Es una mujer formidable. Al principio no estaba seguro, pero ahora me impresiona la empresa forense privada que ha contratado. Han estado trabajando en conjunto con el forense, lo que solo ayuda a que el caso avance a un ritmo más rápido.

—Está ansiosa por empezar a planificar el funeral de su mamá. No me imagino lidiando con su dolor y luego teniendo que sortear todos estos obstáculos, con la policía encima —dijo Emily.

—Ojalá podamos entregar pronto el cuerpo de su mamá. Emily, no puedo hablar del caso ahora mismo. Espero que lo entiendas y lo respetes.

No tenía por qué gustarle, pero podía respetarlo. Además, era su primera cita, y Emily quería relajarse y disfrutar de su guapo y encantador acompañante.

—Está bien, lo prometo. No más preguntas.

Mientras llegaba la comida, la banda empezó a tocar. La brisa marina salada era el telón de fondo de la música country tropical isleña; un toque de Zac Brown y Kenny Chesney, con un toque clásico de Jimmy Buffett. Emily no podía imaginarse por qué había estado tan nerviosa antes de esta cita. Era fácil hablar con Mike. Era divertido y sabía escuchar. Compartieron una rebanada de pastel de limón de postre antes de unirse a la fiesta de la luna llena en la playa. Los artistas habían reunido a una gran multitud de espectadores mientras Emily y Mike flotaban de un grupo a otro. Mike sugirió que dieran un paseo, ya que necesitaba ayuda para digerir su copiosa cena. Emily contuvo la respiración involuntariamente cuando Mike la tomó de la mano mientras se acercaban al histórico muelle y al punto de retorno.

—Vivir en un departamento corporativo a corto plazo me está cansando, pero hasta ahora no sabía dónde buscar. —Mike seguía tomándole la mano, pero se adelantó y se giró para mirarla—. He empezado a buscar casas para rentar o comprar cerca de la playa, y te lo agradezco a ti.

—¿En serio? —Emily intentó controlar su emoción, intentando disimularlo, pero sin suerte—. Me alegra haberte enseñado el camino. No entiendo a nadie que no quiera vivir en la playa.

—¿Qué pasa con Duncan? —preguntó Mike mientras reanudaban su caminata.

—Está bien, entiendo por qué su casa es genial para una familia joven. Jane y Duncan tienen una casa preciosa. Simplemente no es para mí.

—Me gustaría tener un campo de golf en mi patio trasero, pero prefiero el agua. ¿Te interesaría visitar algunos lugares conmigo? Puedo encargarme de los bienes raíces, pero me encantaría tener la opinión de alguien con experiencia sobre el lugar.

—Claro. Cuando quieras.

Menos mal que el sol se ponía, porque ayudaba a disimular el rubor de Emily. Siempre le era imposible ocultar sus emociones, y estaba emocionadísima con la idea de tener a Mike viviendo cerca. Tras regresar al restaurante, Emily lo invitó a tomar una copa en su casa. Él aceptó encantado.

...

De vuelta en casa de Emily, ambos recibieron a Elvis y Bella con caricias y golosinas antes de salir a la terraza de la playa. Emily se sirvió una copa de vino, pero Mike optó por agua, ya que tenía que manejar a casa. Había vuelto a ocupar el diván de su mamá, pero esta vez invitó a Emily a unirse a él. Estaba sentada frente a Mike, con la espalda apoyada en su pecho, con sus brazos musculosos rodeándola. Olía tan bien.

—Duncan me dijo que tus sobrinos vienen mañana. ¡Va a ser genial!

—Sí, hace mucho que no pasan un día de playa con su tía favorita.

Un largo silencio siguió a la respuesta de Emily. Su atracción mutua era evidente, pero Mike parecía algo reservado o reacio a actuar según esos sentimientos. Tenía sentido, ya que era la hermana de su compañero de trabajo, y debió de sentirlo. Además, Emily desconocía su reciente estado sentimental. ¿Quizás estaba despechado? Esa posibilidad no le impidió sentarse en el borde de la silla para poder girarse y mirarlo. Sin decir nada, ambos se inclinaron para un beso que poco a poco se transformó en un abrazo apasionado. Mike la abrazó y la besó lentamente en el cuello. Estaban en el punto de no retorno cuando Mike se recostó en su silla, sonriéndole a Emily.

Ella le devolvió la mirada, pero añadió con picardía:

—¿Qué?

—Eres una sorpresa, Emily Benton.

—Una buena sorpresa, espero.

—Muy buena. Sé que mañana tienes un día importante con los niños, y creo que si me quedo más tiempo, no voy a poder irme.

—Eso no sería tan malo.

Emily sonreía y, a pesar de sus ganas de continuar con la cita, lo mejor era pausarla. Era el compañero de su hermano y eso complicaba las cosas.

—¿Podemos vernos esta semana? Dime qué día te queda bien y lo hago posible.

Emily se incorporó, luchando por soltarse del abrazo de Mike.

—Me encantaría. Voy a revisar mi horario el lunes y así puedo elegir un día con menos trabajo.

Las endorfinas que corrían por su cuerpo hicieron que a Emily le temblaran las piernas mientras caminaban de la mano hacia la puerta. Tras un largo y apasionado beso de buenas noches, Emily se quedó sin aliento mientras veía a Mike alejarse en su carro.

Bella y Elvis la miraron con extrañeza cuando regresó a la cabaña y exclamó:

—¡La mejor primera cita de mi vida!

Llevó a sus dos peludos compañeros de piso a la terraza para terminar su vino y disfrutar de los restos de la presencia de Mike. Estaba deseando que llegara la segunda cita.

CAPÍTULO DIEZ

Despertarse sin despertador era uno de los placeres sencillos de la vida. A Emily le encantaba empezar el día con calma, evitando la prisa por salir a tiempo. El clima iba a ser soleado, con una brisa ligera y un oleaje suave, perfecto para que Mac y Ava nadaran en el mar. Después de preparar el desayuno de Elvis y Bella, disfrutaba de su café matutino en la terraza. El ligero aroma del champú o jabón de Mike aún flotaba en el aire mientras se relajaba en la silla de su mamá. Olía incluso mejor que las fragantes gardenias que bordeaban el jardín.

—Bueno, Emily. Tienes cosas que hacer —se dijo después de engullir un rápido tazón de cereal.

El objetivo era preparar todos los juguetes de playa antes de que llegaran los niños. Su mamá tenía un cobertizo lleno de tablas de surf, cubetas y palas, frisbees, pelotas de playa, sillas de arena y un gran toldo para un día de sol. Un mensaje automático anunció la inminente llegada del repartidor de Bengle, así que después de preparar la hielera, Emily tomó nota mental de encerrar a Elvis en la habitación antes de abrir la puerta.

Emily estaba ansiosa por hablar con Sarah y frustrada por la diferencia horaria. Aún era demasiado pronto para llamarla a California. Había estado pensando en el Grupo Inmobiliario La Buena Vida desde su conversación de anoche. Era fácil odiar lo que esta gran promotora le estaba haciendo a su ciudad, y la revelación de que estaban presionando a la señora Klein para que vendiera era inadmisible.

Las monstruosidades que construyeron en la playa le restaban encanto a Coral Shores. En opinión de Emily, aunque no siempre era la mejor. Recordaba a su mamá quejándose del aumento de los impuestos a la propiedad, ya que estas enormes y costosas mansiones impulsaban el mercado inmobiliario sin aportar nada positivo a la comunidad. Las casas solían permanecer vacías la mayor parte del año, ya que pertenecían a forasteros adinerados que no contribuían a la cultura ni a la economía locales.

Tras una llamada rápida al hospital veterinario de urgencias, Emily se alegró al saber que Kensington iba a recibir el alta. Su apetito y sus valores renales habían seguido mejorando, lo cual era una gran noticia. Al enterarse de que se había vuelto un poco gruñón con los técnicos veterinarios, se estaba comportando más como siempre. Llamaría al dueño de Kensington el lunes para programar una cita de seguimiento.

La camioneta de reparto de comestibles de los Bengle llegó a su banqueta justo a tiempo. Corrió a buscar a Elvis y encerrarlo en su habitación antes de que se pusiera alerta. Un rápido vistazo por la ventana confirmó que era Bucky acercándose a su puerta.

Llamó a la puerta y antes de que Emily pudiera responder, gritó:

—¿Está encerrado ese perro de ataque suyo?

A Emily no le hizo gracia abrir la puerta.

—Le dije al señor Bengle que no iba a estar cuando hiciera la entrega, y no está. Por favor, coloque la compra en el suelo.

—Usted decide. —Bucky echó un vistazo a su sala de estar mientras dejaba las bolsas. Dijo con desprecio—: Debió haberle contado una buena historia al señor Bengle para evitar que la eliminara de la lista de entregas.

—Fue muy comprensivo. También me dijo que no usted no tenía ninguna lesión de ese día. Me alegro. Lamenté mucho lo que pasó, incluso si Elvis no causó una herida de mordedura.

En cuanto Emily pronunció el nombre de Elvis, el semblante de Bucky cambió. La expresión de suficiencia desapareció de su rostro y pareció encogerse.

—¿El nombre de su perro es Elvis? —preguntó Bucky.

Emily asintió, pero prefirió no dar más detalles. Él tenía una expresión de confusión y, antes de que ella pudiera responder, se dio la vuelta y se retiró apresuradamente a su camioneta de reparto.

—Gracias —gritó Emily desde la puerta, y luego se dijo a sí misma: «Qué raro».

Descubrir la agilidad mental de un tipo como Bucky no merecía la pena, así que agarró la compra y cerró la puerta.

Emily oía gruñir a Elvis, y en cuanto lo liberó, corrió hacia la puerta principal con la mirada fija en el suelo; con el pelo erizado, gruñendo y olfateando el umbral. Solo lo había visto actuar así en presencia de Bucky. Elvis sabía que el repartidor había estado allí, y no le hacía ninguna gracia.

—¿Qué pasa contigo y ese tipo? —le preguntó Emily a Elvis. Nada de lo que hiciera podía distraerlo de su patrullaje por la entrada principal, así que se concentró en el super para meter todo en la hielera para el picnic en la playa.

Elvis había calmado su ansiedad y llevaba un rato tranquilo cuando Duncan, Jane y los niños ingresaron por la entrada. Emily dudaba si debía asegurarlo hasta que todos estuvieran dentro de la casa, pero tenía las orejas hacia adelante, la cola meneando y saltando alegremente. No le preocupaba que dejara de ser tan amable y dulce, pero lo agarró, por si acaso.

—¡Elvis! —gritaron Mac y Ava y corrieron a saludar al feliz terrier, quien empezó a dar vueltas y bailar de alegría en cuanto Emily lo dejó en el suelo. Era muy consciente de que la visita a la playa de hoy se centraba en el perro y no tanto en su tía favorita.

—Los niños trajeron un regalo para Elvis. Espero que no te importe —dijo Jane—. Querían que tuviera su propio balón de fútbol del tamaño de un perro.

—Eso es muy dulce.

Jane llevó a Emily a la cocina para tener una conversación privada.

—Entonces, ¿cómo estuvo?

—Increíble. Me preocupa que si hablo demasiado, lo voy a salar. Vamos a salir otra vez esta semana.

—Ay, Em. Me alegro muchísimo por ti. —Jane la abrazó para celebrar—. ¿Besa bien?

—¡Jane! —dijo Emily, fingiendo indignación antes de sonreír y añadir—: es increíble.

—Lo sabía. Era obvio. Es sexy, Em. No tan sexy como Duncan.

—Qué asco —respondió Emily.

—Bueno, me puedes dar el resto de los detalles más tarde. Tenemos que irnos pronto —dijo Jane—. Niños, vengan un segundo. Repasemos las reglas de hoy.

Mientras Jane estaba explicando las reglas, Emily jaló a Duncan hacia la terraza de la playa.

—Quiero que sepas que anoche aclaré las cosas con Mike y prometí mantener la confidencialidad de todos los hechos del caso —dijo Emily.

—Sé que lo vas a hacer —respondió Duncan, mientras giraba la cabeza hacia el agua, evitando el contacto visual con Emily.

—¿Qué escondes, Duncan? Lo sé por tu cara. Sabes que no puedes ocultarme nada.

Hubo un largo silencio mientras él seguía con la mirada perdida en el océano.

—Em, tienes que mantenerte al margen de esta investigación.

—Estoy en medio de esta investigación, por si lo olvidaste. Sarah Klein me llamó anoche y me contó que su mamá estaba siendo acosada por un promotor inmobiliario. ¿Lo sabías?

—Claro que sí. Es mi trabajo saberlo. —Emily notó que se estaba enojando.

—Bueno, tengo que volver a llamarla esta noche. Ella seguro sabe lo que ha descubierto el forense y probablemente me lo diga. Preferiría que me lo dijeras tú.

Los hombros de Duncan cayeron y en tono derrotado dijo:

—El veneno estaba en su jugo de naranja.

Esa última frase quedó flotando en el aire. Emily intentaba comprenderla y empezó a pasearse por la terraza antes de preguntar:

—¿Sabes si era de la compra que había pedido en Bengle?

—Eso es lo que estamos determinando. Descubrimos el origen del veneno esta mañana.

—¿No crees que el señor Bengle tenga algo que ver con esto? Parece un hombre muy amable.

—Ahora mismo, todavía necesitamos confirmar dónde compró el envase de jugo. Paso a paso.

—Estoy bastante segura de que era del supermercado Bengle. No podía manejar y tenía el refrigerador lleno de comestibles orgánicos preparados. Bengle es el único lugar que se me ocurre que haga ese tipo de entregas.

—Aún tenemos que completar la diligencia debida —dijo Duncan—. Tengo que irme. Gracias de nuevo por cuidar a los niños hoy. Es de lo único que han estado hablando toda la semana. Te escribo cuando estemos por recogerlos más tarde.

Emily quería seguir presionando a Duncan para que le diera más información, pero necesitaba olvidarse de esa inquietante revelación, al menos por el resto del día. Mac y Ava merecían toda su atención. Emily era experta en compartimentar las cosas cuando era necesario, así que esperaría hasta la noche para hablar con Sarah. Quizás Duncan tuviera más que compartir a su regreso.

En cuanto Duncan y Jane se fueron, Emily se volvió hacia los niños y les dijo:

—Bueno, ustedes dos. ¿Están listos para nuestra fiesta en la playa?

Bella se sobresaltó y cayó de su posición cuando Mac gritó su respuesta.

—¡Sí, tía Em!

—¿Puede Elvis venir a la fiesta también? —preguntó Ava.

—Por supuesto. Jugar en la playa es lo que más le gusta a Elvis.

—¡A mí también! —añadió Mac.

—Mami ya nos puso protector solar. ¿Podemos irnos ya? —Ava saltaba de alegría.

—¡A la playa! —declaró Emily.

El día fue divertidísimo. Entre jugar en las suaves olas y perseguir a Elvis por la orilla, las risas eran constantes. Los niños pasaron una hora construyendo un castillo de arena con forma de perro. Elvis contribuyó cavando hoyos alrededor del castillo, que luego se incorporaron a un foso para Su Alteza, el Rey Elvis. Las conchas que Ava recogió se usaron para adornar el palacio. Mac escribió el nombre de Elvis en la arena por si algún transeúnte en la playa se preguntaba quién vivía allí.

Aparte de un breve descanso a la sombra para comer, el día fue una locura de actividades. Al caer la tarde, Emily se dio cuenta de que todos habían disfrutado de suficiente sol y juegos. Ava se había quedado callada y cada vez que parpadeaba lentamente, Emily se preguntaba si volverían a abrirse. Los niños fueron de gran ayuda para traer todo el equipo de playa a casa. Emily agradecía que su mamá hubiera instalado una ducha exterior hacía unos años. Era fácil quitarse la arena y la sal que se les incrustaba de pies a cabeza.

—Tengo hambre, tía Em —dijo Mac.

—Tengo perritos calientes para la cena. ¿Se te antojan? —preguntó.

Ava no fue muy sutil cuando preguntó:

—¿Qué hay después de los perritos calientes?

—Bueno, puede que haya algunos sándwiches de helado en el congelador.

—¡Sí!

Después de cenar, se fueron a la sala a ver caricaturas. Ava se durmió enseguida en el sofá, con Elvis acurrucado a sus pies. Mac se sentó en el suelo acariciando a Bella, que estaba recostada en una almohada a su lado. A Emily le parecieron adorables. Emily le envió un mensaje a Jane para que entrara sin tocar la puerta al llegar, así no despertarían a Ava ni provocarían un frenesí de saludos en Elvis.

La presencia de su mamá pesaba sobre Emily mientras estaba sentada en uno de sus sillones favoritos, observando a los niños. Nunca había planeado regresar a Coral Shores después de la facultad de veterinaria, pero eso era prueba de la arrogancia de la juventud, asumir que lo sabes todo antes de que la vida hubiera comenzado. Emily estaba segura de que su mundo era más grande que Coral Shores hasta que dejó de serlo. Se imaginó trabajando en un hospital de especialidades de una gran ciudad y viviendo en un departamento abierto con estilo industrial. Era lo opuesto a donde terminó.

Hoy habría sido uno de los días favoritos de su mamá, pasar tiempo en la playa con sus nietos. Ver la maravilla en sus ojos mientras construían su castillo de arena o atrapaban su primera ola en las tablas de boogie. A Emily le entristecía pensar que tal vez los niños eran demasiado pequeños para aferrarse a algún recuerdo de su abuela. Emily se prometió a sí misma no olvidar nunca cómo se sentía en ese momento. Construir una vida en Coral Shores tenía todo el sentido, considerando el día que había tenido. Esta pequeña aldea frente al mar era más que suficiente, después de todo. Perder a su mamá le hizo darse cuenta de lo importante que era la familia y eso significaba estar cerca de Duncan, Jane y los niños. Anthony y Marc se estaban convirtiendo rápidamente en su familia honoraria, y aunque no eran parientes de sangre, el vínculo era igual de fuerte.

Elvis se puso alerta al oír el carro de Duncan en la entrada, pero incluso él estaba demasiado cansado de su día en la playa como para hacer algo al respecto. Jane entró de puntillas por la puerta principal y se unió a Emily en la sala.

—Tal como lo esperaba —dijo Jane mientras sonreía a sus hijos—. Gracias, Em.

—No, gracias por compartirlos conmigo.

Un minuto después, Duncan entró en la cabaña, colgando una llamada telefónica mientras entraba en la habitación.

—Bien hecho, hermana —susurró Duncan—. No es fácil desgastar-los. Parece que Elvis también tuvo un gran día.

Emily sonrió y luego preguntó:

—¿Cómo estuvo el golf?

—Bueno, me fue fatal, pero no importa. Necesitábamos el día de hoy, Em. Gracias —respondió Jane.

Duncan se agachó para recoger a Ava. Ella ni siquiera parpadeó, durmiendo durante todo el trayecto desde la puerta principal hasta el carro. Emily se dio cuenta de que no era el momento de hacerle preguntas a Duncan sobre la señora Klein, pero decidió llamarlo mañana para más información.

—Vamos, Mac. Es hora de irnos —le susurró Jane a su hijo mientras recogía sus bolsas de playa.

—Gracias, tía Em. Me la pasé genial. Promete que podemos venir a ver a Elvis esta semana. Bella también.

—Voy a hablar con tu mamá y vemos qué podemos hacer.

Mac la miró con una de esas miradas que decían: «Me estás diciendo algo que crees que quiero oír porque soy un niño, pero no vas a hacer lo que dijiste.» Emily respondió a su fugaz mirada con un rotundo:

—Te lo prometo.

—Está bien, recuerda, lo prometiste —dijo Mac.

Emily hizo una combinación de juramento con el dedo meñique y saludo de Girl Scout con las manos, dejando claro que cumplía su palabra. Eso pareció ser suficiente para convencer a Mac de que decía la verdad.

Una vez que los niños se fueron, Emily tomó un vaso grande de agua helada y llevó a su enorme gato al diván. Elvis seguía roncando en el sofá, así que era un buen momento para dedicarle toda su atención a Bella. Todavía intentaba procesar la noticia que Duncan le había dado esa mañana. *El veneno estaba en el jugo de naranja.* Emily no pidió jugo de naranja en Bengle, pero estaba segura de que lo habría tirado a la basura si lo hubiera hecho. Con suerte, Sarah Klein tendría más información que compartir con ella. Era hora de hacer una llamada.

—Hola, Sarah. Soy Emily. Perdón por interrumpir nuestra conversación anoche.

—No hay problema. ¿Cómo está Elvis?

—Está dormido en el sofá. Mis sobrinos vinieron hoy y jugamos en la playa todo el día. Se agotaron mutuamente, pero él se la pasó genial.

—Me lo imagino corriendo por todas partes, más feliz que nunca. ¿Tus sobrinos tienen mascotas?

Era obvio adónde quería llegar Sarah con esa pregunta, y a Emily le sorprendió que no se le hubiera ocurrido.

—No, ninguna, pero sí que adoran a Elvis.

—¿Existe alguna posibilidad de que estén interesados en adoptarlo?

—No lo sé. Mi cuñada tenía un perro cuando se casó con mi hermano, pero él falleció justo antes de que nacieran los niños. Creo que con la agenda tan ocupada de Duncan y sus dos hijos pequeños, no era algo que se hubiera vuelto a plantear.

—Bueno, pensé en preguntar. Todavía me consume la culpa por tener que dejar a Elvis. Saber lo bien que le va en tu casa me ayuda a dormir por las noches. Gracias de nuevo por cuidarlo.

—De nada. Ha sido un placer tenerlo aquí —dijo Emily antes de hacer una pausa. Estaba pensando cómo abordar el verdadero motivo de su llamada—. Con absoluta confidencialidad, Duncan me dijo que encontraron la causa de la intoxicación por nicotina. Lo siento mucho, Sarah.

—Al principio estaba debilitada por el dolor, pero ahora estoy furiosa. Alguien va a pagar por lo que le hicieron a mi mamá.

—¿Ha habido nuevas pistas o sospechosos? —preguntó Emily.

—Esa parte de la investigación ahora está en manos de la policía, que supongo que son el Detective Lane y tu hermano. Mi equipo forense no puede investigar el crimen ni interrogar a los testigos, así que tengo que ser paciente.

—Sé que es duro estar tan lejos, pero no van a descansar hasta resolver esto. Lo creo de todo corazón.

—¿Conoces esta tienda de comestibles local, Bengle? —preguntó Sarah—. Creemos que era ahí donde ella conseguía todos sus alimentos.

—La verdad es que no. Me enteré de ellos indirectamente por tu mamá.

Emily dudó mientras pensaba en contarle a Sarah sobre su encuentro con el señor Bengle y los repetidos encuentros de Elvis con Bucky. Decidió que era hora de revelarlo todo.

Después de que Emily terminó su historia, Sarah dijo:

—Esto significa algo. Elvis es un perro inteligente. ¿Por qué, si no, seguiría comportándose así, a menos que este repartidor no fuera buena persona?

—Bucky es un tipo rudo. ¿Quizás tuvo un encuentro con Elvis cuando hacía una entrega en casa de tu mamá? Estoy casi segura de que no le gustan los perros.

—Ojalá pudiera llamarla y preguntarle. Mi mamá siempre ha sido mi voz de la razón. Daba los consejos más prácticos y siempre sabía cómo hacerme entrar en razón. Algunos días siento que el corazón se me va a partir en dos.

—Mi mamá también fue esa persona para mí. Es muy difícil cuando la única persona a la que crees que puedes recurrir ya no está —dijo Emily—. ¿Puedo hacer algo para ayudar?

—Gracias, Emily. Me has ayudado muchísimo y siempre me siento mejor después de hablar. Mientras la investigación sobre el origen del veneno está ahora mismo en manos de la policía, mi equipo forense sigue revisando los archivos de mi mamá sobre este promotor inmobiliario. También he estado trabajando con nuestro amigo de la familia, el señor VanKleef, quien también era el abogado de mi mamá. El mes pasado, modificó su testamento, añadiendo nuevas disposiciones para su casa y sus propiedades. No necesito el dinero de mi mamá y ella siempre quiso dejar su patrimonio a una organización benéfica, lo que yo apoyé. No puedo entrar en detalles ahora mismo, pero creo que los cambios de mi mamá tuvieron algo que ver con proteger su propiedad de la venta a promotores inmobiliarios, como el Grupo Inmobiliario La Buena Vida.

—¿Y no te había contado nada sobre esto? —preguntó Emily.

—No, estoy segura de que no quería preocuparme. Además, había hecho los cambios justo antes de morir. Estoy segura de que me habría contado cuando le pareciera el momento oportuno. Mi mamá y yo nos lo contábamos todo, pero sé que a menudo omitía cosas si pensaba que me preocuparía por ella. Intenté convencerla de que se mudara a California muchas veces en los últimos años, pero siempre me recordaba que Coral Shores era su hogar, así que dejé de preguntar. Creo que fue entonces cuando mi mamá empezó a filtrar lo que me contaba. Si hubiera algo de qué preocuparse, probablemente empezaría a presionarla para que se mudara aquí de nuevo.

—Bueno, ya no puedes dudar de ti misma. Tu mamá era una mujer fuerte e independiente, y eso es algo que hay que celebrar.

—Tienes razón. Honraremos su vida con una hermosa ceremonia. Quizás regrese en uno o dos días, dependiendo de cómo avance la investigación. Me encantaría saludarlos a ti y a Elvis, si es posible.

—Cuando quieras, Sarah. Avísame cuando hagas tus planes.

—Gracias. Te llamo luego. Dale un abrazo a Elvis de mi parte —dijo Sarah, para luego terminar la llamada.

Todos los pequeños detalles sobre la muerte de la señora Klein daban vueltas en la cabeza de Emily. No lograba comprender nada y le daba dolor de cabeza intentar analizarlo todo. Una buena noche de sueño le daría algo de claridad. Por la mañana, una llamada a Duncan podría ayudar a aclarar lo que estaba sucediendo con la investigación. Necesitaban resolver esto, y rápido.

CAPÍTULO ONCE

—¿Qué? —exclamó Anthony con incredulidad mientras Emily le contaba las últimas novedades del caso de la señora Klein.

La noticia del veneno en el jugo de naranja lo distrajo de presionarla para que le diera detalles sobre su cita con Mike, al menos por ahora.

—Lo sé. Es difícil de comprender. El teléfono de Duncan fue directo al buzón de voz esta mañana, pero espero que llame con alguna novedad —dijo Emily mientras acomodaba a Elvis en su oficina.

—Tenemos la agenda apretada hoy, y tu primera cita ya está aquí —dijo Anthony—. ¿Te gustaría cenar juntos para que podamos repasar todos estos detalles? Puede que me lleve todo el día digerir esta noticia.

—Sí. Anoche me daba vueltas la cabeza, intentando aclararlo todo. Es mejor si lo hablamos. Quizás sepamos más para entonces.

—Y no creas que me he olvidado de tu cita —le recordó Anthony al salir—. Pero podemos dejarlo para más tarde.

Emily retorció los ojos, pero a cambio, Anthony asintió y le dirigió una mirada que dejaba claro que estaba obligada a compartir los detalles.

Anthony no bromeaba sobre su apretada agenda de citas. Emily trabajó durante su hora de almuerzo, pero se tomó un minuto para revisar la semana que venía y ver qué día parecía más prometedor para salir del hospital a tiempo para su segunda cita con Mike. Hasta el momento, el miércoles iba ganando.

Emily había terminado de hacer las notas en el expediente de un paciente cuando Anthony entró en su oficina.

—El último cliente se fue y las puertas están cerradas. ¿Quieres pedir comida para llevar de camino a casa? Ya casi termino con el horario del personal del mes que viene y me voy en unos minutos.

—Me parece un buen plan —dijo Emily—. Me muero de hambre. ¿Qué tal comida italiana esta noche? Ese nuevo local justo antes de la calzada anuncia auténtica pizza estilo neoyorquino. Me han hablado muy bien de él.

—Claro, tú eliges los ingredientes. Me gusta con todo menos con anchoas y piña.

Emily apretó los labios para reprimir una sonrisa. La aversión de Anthony por la pizza no había cambiado desde la prepa, pero él siempre se lo recordaba, por si acaso. Después de pedir comida para llevar, le puso la correa a Elvis y se dirigió a la puerta, gritando por encima del hombro:

—Ay, y todavía me sobraron sándwiches de helado de los niños.

Anthony respondió con el pulgar hacia arriba.

. . .

La pizzería tenía una ventanilla para pedir y recoger al aire libre, para quienes iban y venían en bicicleta de la playa. Su pedido aún no estaba listo, así que Emily se sentó en una de las mesas de picnic cercanas a revisar sus mensajes. Elvis se contentó con quedarse debajo de la mesa, husmeando en busca de migas.

El primer mensaje fue de Mike, quien le contó que lo había pasado genial el sábado por la noche y que estaba deseando verla esta semana. Emily sonrió y el corazón se le aceleró al oír su voz. El segundo mensaje de Duncan tuvo el efecto contrario. Fue breve y cortante. Reconoció haber recibido su llamada esa mañana, pero se negó a dar más información. No lo dejaría escapar tan fácilmente, pero podía esperar hasta llegar a casa.

Se sentía bien estar obligada a quedarse quieta sin nada que hacer, aunque solo fuera por unos minutos. El sonido de las gaviotas sobrevolando, combinado con el persistente aroma a bronceador, era un recordatorio no tan sutil de que tenía la suerte de vivir cerca del océano. Emily estaba divagando cuando un gruñido proveniente de debajo de la mesa de picnic la sobresaltó.

—¿Elvis? —Emily miró debajo de la mesa y se sorprendió al verlo enseñando los dientes.

Tenía el pelo erizado, como si fuera un mohicano. Tenía la asombrosa habilidad de transformarse de un adorable terrier en un perro de ataque. Tras observar a un lado y a otro para ver si se acercaba otro perro a su mesa, Emily se quedó sin aliento al ver a Bucky de pie junto a la ventanilla de pizza para llevar. Su mesa de picnic estaba al menos a nueve metros de distancia, pero su instinto se apoderó de ella al apretar la correa de Elvis. Esperaba que el pequeño terrier mantuviera la calma y que Bucky se fuera antes de verlos. Falsas esperanzas, por supuesto, cuando Elvis empezó a ladrar entre gruñidos. Bucky se dio la vuelta. En cuanto los reconoció, su rostro se tornó serio y luego amenazador. Menos mal que estaba en un lugar público, porque esa mirada por sí sola ya era amenazante. Con la pizza en una mano, usó la mano libre para formar un puño con la forma de una pistola y apuntó a Elvis. Emily se puso de pie de un salto en actitud desafiante para hacerle saber a Bucky que no podía intimidarla. Entonces, él dio media vuelta y se dirigió a su camioneta. Mirando por encima del hombro varias veces, la miró con furia, como si la desafiara.

Ella lo siguió.

Si el corazón de Emily no estuviera ya acelerado al pensar en Mike, latía con fuerza tras su encuentro con Bucky. Elvis siguió gruñendo hasta que la camioneta del repartidor desapareció de la vista. Emily siempre se había considerado una persona tranquila. No era que fuera fácil de manipular ni que nunca perdiera la calma, pero la rabia que sentía en ese momento era desconocida. Su furia la consumía hasta que la repetida llamada de su nombre desde la ventanilla la devolvió al presente. Sabiendo que Anthony llegaría pronto, ansiaba volver a la seguridad de su hogar. Ahora tenían una cosa más de qué hablar.

En cuanto Emily cruzó la puerta, su expresión era evidente que algo andaba mal. Anthony había estado acariciando a Bella, pero la bajó en su árbol para gatos y cruzó la habitación para encontrarse con ellos.

—Pasó de nuevo. Bucky y Elvis tuvieron otro encontronazo.

—¿Están bien? —preguntó Anthony.

—Estamos bien. Elvis sabía que Bucky estaba cerca antes que yo. Esta vez, Bucky nos amenazó un poco —dijo Emily mientras formaba una pistola con la mano, demostrando sus acciones.

—¿En serio hizo eso?

Emily asintió con la cabeza, derrotada.

—Tenemos que pensarlo bien. Quizás Bucky odia mucho a los perros y Elvis lo nota, o hay una conexión más profunda entre la señora Klein, Bucky y los instintos de Elvis.

—Estoy de acuerdo contigo. Tiene que significar algo.

—Comamos primero. Tengo muchísima hambre y necesito un minuto para relajarme. No voy a poder pensar con claridad hasta que tenga algo en el estómago.

—Toma, Em. Te traje un vaso de té helado y hay platos en la barra. Salgamos a relajarnos —dijo Anthony.

—Qué sabio eres —dijo Emily agradecida—. Gracias.

Se sentaron juntos en silencio mientras saboreaban su pizza neoyorquina, que coincidieron en que era su nuevo restaurante favorito para llevar. Después de cenar, Emily reclinó la cabeza en el diván, cerró los ojos e intentó despejar la mente. Cuando se incorporó y miró a su alrededor, Anthony le sonreía.

—Es como si pudiera ver tu cerebro funcionando —dijo.

—Puede que esté agitada, pero no siento que me esté acercando a comprender la importancia de todos estos eventos recientes.

—Entonces, ¿quieres contarme primero sobre tu cita o hablar sobre la investigación?

—Investigación. Pensé que si pudiéramos repasar todo lo sucedido la semana pasada, mis preguntas para Duncan serían más coherentes.

Anthony asintió, mostrando su acuerdo con el plan.

Les tomó más de una hora analizar cada detalle, desde su visita a domicilio a la señora Klein hasta Elvis y Bucky en la pizzería esa noche. Ambos eran grandes fanáticos de las series de detectives, así que, mientras canalizaban a su Sherlock Holmes interior, intentaron analizarlo por medios, motivos y oportunidades. Al menos así era como cualquier otro detective de la televisión trabajaba en un caso.

Determinar los medios fue la parte fácil, ya que sabían que el veneno estaba en el jugo de naranja. La señora Klein lo habría ingerido sin percatarse del peligro. Emily no podía aceptar que el dulce señor Bengle estuviera involucrado en algo así, pero se obligó a dejar su nombre en la lista de sospechosos.

—¿Y el motivo? Era una mujer muy amable, así que es difícil imaginar que alguien le hiciera daño intencionalmente —dijo Anthony.

—El Grupo Inmobiliario La Buena Vida había estado intentando convencerla de vender su enorme propiedad frente al mar. Creo que tenía uno de los terrenos más grandes de la zona. El dinero siempre es un excelente motivo.

—Pero ¿alguien recurriría al asesinato por un negocio inmobiliario? —preguntó Anthony.

—Tal vez no tenían la intención de matarla —dijo Emily, frustrada porque no había un motivo obvio o plausible para su muerte.

La cara de Anthony se arrugó al pensar en quién podría haber hecho algo así.

—Cualquiera del pueblo sabría de su fuerte hábito de fumar. ¿Crees que la elección de la nicotina como veneno fue un intento de ocultar la fuente? A nadie le sorprendería encontrar nicotina en su organismo.

—Quién sabe —dijo Emily—. Parece una pregunta para un médico forense o un toxicólogo. Quizás no sabían que fumaba, y fue la combinación de nicotina de sus cigarrillos y lo que hubiera en el líquido lo que creó la dosis letal.

—Eso nos deja con una oportunidad. Es posible que pusieran el veneno en el envase de jugo de naranja en cualquier momento entre el empaquetado, el reabastecimiento en los estantes de la tienda y la entrega a la señora Klein. ¿Quizás fue un acto aleatorio y no estaba destinado específicamente a ella?

Emily movió la cabeza de un lado a otro en señal de desacuerdo.

—No lo creo. No me gustan las coincidencias, y no es casualidad que la señora Klein fuera una fumadora empedernida que acabara intoxicada con nicotina.

—Deberíamos comprar uno de esos grandes paneles de crimen que usan en los programas de detectives para mostrar todos los hechos, con fotos de nuestros sospechosos incluidas. Seguro que Duncan y tu guapo detective tienen uno —dijo Anthony.

—Tienes que dejar de llamarlo así. Lo vas a salar —dijo Emily sonriendo.

—Entonces, ¿supongo que eso significa que la pasaste bien?

—Fue genial. Es tan encantador y divertido. Ya sabes lo guapo que es, así que ¿qué te puedo decir? Vamos a salir otra vez esta semana.

—Genial, Em. Me alegro mucho por ti.

—Gracias, Anthony. Yo también me alegro por mí.

—Hablando de citas. Si te parece bien, me voy a casa sin helado. Le dije a Marc que voy a dar un paseo en bici con él después de cenar.

—Claro, estoy bien. Necesito llamar a Mike, Duncan y Sarah Klein esta noche antes de que sea demasiado tarde. Espero tener más información para añadir a nuestras listas de medios, motivos y oportunidades mañana.

—Si esto sigue así, voy a comprar una pizarra blanca grande de borrado en seco para nuestro tablón de crímenes. De todas formas, necesitamos una en mi oficina para poder reutilizarla después de atrapar al asesino —dijo Anthony.

—No creo que a Mike ni a Duncan les haga gracia que hables de cuando «nosotros» atrapemos al asesino. El mensaje que me están dando ambos es clarísimo: no te metas.

—¿Y tú? ¿Vas a hacer lo que dicen? —preguntó Anthony.

—No. Siento que se lo debo a Elvis, a Sarah y a la señora Klein.

—Ten cuidado, por favor. Tengo un mal presentimiento sobre este tipo Bucky —dijo Anthony mientras agarraba sus llaves.

—Voy a tener cuidado. Te lo prometo.

Anthony usó su propia llave para cerrar la puerta tras él mientras Emily permanecía sentada en silencio, pensando en sus próximos pasos. Repasar todos los detalles del caso de la señora Klein con Anthony reavivó la urgencia de Emily por resolver este crimen sin sentido. Hora de hacer algunas llamadas.

Sarah Klein contestó al primer timbre.

—Me alegra mucho que hayas llamado, Emily.

—¿Está todo bien?

—Sí, ha sido un día importante. Han pasado muchas cosas. ¿Tienes unos minutos?

—Claro. ¿Qué pasa?

—Bueno, tu hermano y el Detective Lane han estado muy ocupados. Se acercaron al señor Bengle para pedirle que tomara las huellas dactilares de todo su personal del supermercado, para ver si alguna coincidía con una huella parcial que encontraron en el envase de jugo de mamá. El señor Bengle estaba dispuesto a cooperar, pero algunos empleados se resistieron y se negaron a dar sus huellas. Les dijeron que era solo para excluirlos, pero algunos no se lo creyeron.

—A ver si adivino... ¿Bucky era uno de ellos? Era el repartidor del que te hablé. El que no le cae bien a Elvis.

—No lo sé, pero no me sorprendería. El envase de jugo de naranja estaba cubierto de las huellas de mi mamá, pero había una sola huella parcial no identificada en el borde de la tapa. No tuvieron suerte comparando la huella que recogieron con ninguna de las que ya están en el sistema. El plan es empezar con todos los de Bengle y, si no encuentran coincidencia, van a buscar otras pistas. Si no pueden obtener las huellas de todos, el siguiente paso es conseguir una orden judicial para quienes se nieguen.

—Sarah, tengo una pregunta con la que espero que puedas ayudarme. Se trata de la intoxicación por nicotina. ¿Existía alguna posibilidad de que la combinación del hábito de fumar de tu mamá y la nicotina añadida al líquido fuera la causa de su muerte?

—Los niveles en su organismo eran tan altos que habrían sido letales, incluso si no hubiera fumado.

—Ay, lo siento. Seguro que es difícil hablar de esto.

—Lo es, pero al menos las cosas avanzan. Te adelantaste, pero iba a llamarte esta noche para avisarte que planeo regresar a Florida antes de que acabe la semana. Voy a reunirme con el abogado de mamá para hablar sobre la herencia, y me siento obligada a estar cerca de la investigación. Mi necesidad de cerrar el tema es la principal motivación de mi viaje, pero, siendo completamente sincera, soy un poco controladora. Si estoy allí, creo que podré forzar el resultado de alguna manera. Es ilógico, pero estar tan lejos ha sido difícil.

—No es ilógico. Avísame cuando tengas los detalles resueltos. Podemos dar un paseo por la playa con Elvis. Le encantaría verte.

—Ver a Elvis me dará el impulso que necesito. Gracias, Emily. Me voy a mantener en contacto.

—Qué interesante —se dijo Emily después de colgar. Encontrar una coincidencia con la huella dactilar les permitiría interrogar a alguien.

Emily falló dos veces, intentando contactar con Mike y luego con Duncan. Le dejó un mensaje a Mike para avisarle que el miércoles por la noche sería ideal para una cita, e incluso se ofreció a cocinar la cena. Era su turno de revisar los nidos de tortugas, y pensó que él lo disfrutaría.

Emily esperaba que Duncan no estuviera evitando sus llamadas a propósito. Sabía que le costaba ocultarle secretos, y tal vez ignorar sus llamadas era la manera más fácil de mantenerla al margen del caso. No funcionaría, aunque tuviera que presentarse en su casa para forzar una conversación. Emily pensó que sería buena idea sugerir que Mac y Ava fueran a cenar mañana para poder visitar a Elvis. Si conseguía que Duncan estuviera allí con Jane, no tendría más remedio que hablar con ella. En cuanto su plan se materializó, concretó la hora con una rápida llamada a Jane. Todos estarían allí para cenar y ver la puesta de sol mañana por la noche. Mac la llamó para decirle que se alegraba de que cumpliera su promesa de jurar que jugarían con Elvis.

—¡Tía Em, eres la mejor!

Emily necesitaba reorganizar su agenda de citas para poder llegar a casa a tiempo para organizar esta noche familiar improvisada. No sabía qué cocinar para la cena, aunque tuviera tiempo para preparar algo después del trabajo. De repente, se le ocurrió un plan perfecto. El mercado de Bengle vendía comidas gourmet preparadas que se podían pedir y entregar. A Emily no le entusiasmaba la posibilidad de volver a ver a Bucky, pero pensó que podría ser la solución a un problema potencial. ¿Y si Bucky era uno de los que se resistían a entregar sus huellas dactilares a la policía? Emily podría completar esa pieza del rompecabezas. ¿Qué podría pedir en Bengle que garantizara un excelente juego de huellas dactilares de Bucky? ¡Un paquete de botellas de agua! Está envuelta en plástico y la llevaría sin bolsa de supermercado. Emily se oponía a comprar botellas de agua de plástico de un solo uso, pero no esta vez. Si conseguía que Bucky llevara el paquete de agua a casa, podría conservar sus huellas para que Duncan y Mike pudieran procesarlas.

Ojalá tuviera ese gran tablero de crímenes en la pared con todos los detalles pertinentes, para poder añadir una imagen de un paquete de agua a nombre de Bucky. Quién sabía si esto era legal, pero le daba igual. Pedir agua a domicilio era legal, aunque sus motivos fueran más diabólicos.

Tras acceder a la página web de Bengle, eligió una comida familiar de ziti horneado y una guarnición de pan de ajo con queso. Escogió el paquete de botellas de agua más grande y, por lo tanto, la más pesada que pudo añadir a la entrega. Si Bucky tenía que sujetar el paquete con ambas manos, aumentaría sus posibilidades de obtener una buena huella. Le pediría que la guardara en la despensa para ella no tuviera que tocarla. Veía suficiente televisión como para saber que era importante evitar contaminar las pruebas. El único inconveniente sería que alguien más que Bucky hiciera la entrega. Tendría que correr ese riesgo.

Emily estaba orgullosa de su plan maestro. En circunstancias normales, compartiría sus ideas con Anthony, pero ocultárselas esta vez era por su propio bien. Le preocuparía que investigara por su cuenta. Bucky podía ser un tipo impredecible, y Emily sabía que debía tener cuidado.

118 EL TERRIER TIENE RAZÓN

su cuenta. Bucky podía ser un tipo impredecible, y Emily sabía que debía tener cuidado.

CAPÍTULO DOCE

Cuando Emily llegó al hospital veterinario a la mañana siguiente, encontró a Anthony en su oficina, ya inmerso en el trabajo del día.

—Buenos días. ¿Podrías llamar a la señora Betancourt para ver si puede venir antes con Fandango para revisarle la infección de la piel, incluso durante mi hora de almuerzo, si es necesario? —preguntó Emily—. Necesito irme unos minutos antes de que cierren.

—Claro —dijo Anthony, aunque no era propio de Emily irse temprano—. ¿Adelantaste tu cita con Mike?

—No. Jane, Duncan y los niños vienen a cenar. Mac y Ava me hicieron prometer que podrían volver a ver a Elvis, y pensé que era una buena manera de acorralar a Duncan. No me devuelve las llamadas.

—Ah, ya entiendo. Tiene menos que ver con Elvis y los niños, y más con el caso de asesinato. Me apunto. Dame un minuto mientras llamo a la señora Betancourt.

Anthony se dirigió a recepción para hablar con Abigail, la recepcionista. Fandango Betancourt era la última cita del día, pero la señora Betancourt estaba jubilada y solía ser bastante flexible, siempre que no interfiriera con las comidas de Fandango.

Emily no estaba segura de si debía contarle a Anthony su plan para conseguir las huellas de Bucky. En el fondo, sabía que se arriesgaba al organizar otra reunión con el repartidor malhumorado. No quería que Anthony la disuadiera, pero sería imposible ocultarle nada. Tendría tanto éxito en ese engaño como Duncan en ocultárselo.

Siempre había sido así desde niños. Duncan era un mentiroso terrible, siempre se delataba. Probablemente eso lo convertía en un policía tan excepcional. Su veracidad e integridad eran rasgos de personalidad que lo definían. Asimismo, Anthony tenía una asombrosa habilidad para interpretar las pequeñas señales de Emily, así que siempre sabía lo que pensaba, incluso cuando evitaba decir la verdad. Mientras aún le daba vueltas, Anthony regresó con la buena noticia de que la señora Betancourt prefería ir a su cita mañana por la mañana. Emily decidió que la honestidad era la mejor política.

—Antes de que digas nada, tengo que decirte que ya tengo mi plan en marcha.

Anthony se sentó en su escritorio antes de preguntar:

—¿De qué estás hablando?

—Sarah Klein me dijo que la policía encontró una huella dactilar parcial en el envase de jugo de naranja de la señora Klein y que están recopilando las huellas de todos los empleados de Bengle para descartarlos como sospechosos. Pero algunos empleados no están cooperando. Aunque solo estoy adivinando, no me sorprendería que Bucky estuviera en esa lista de los que no cooperan. Hice un pedido a domicilio de Bengle para la cena de esta noche y añadí un paquete grande de botellas de agua. Ojalá sea él quien haga la entrega y deje un tesoro de huellas dactilares en el envoltorio de plástico que cubre el agua.

Emily se quedó mirando a Anthony, esperando sus objeciones, pero él simplemente se quedó allí, mirándola fijamente. Después de lo que parecieron minutos, pero fueron menos de diez segundos, Anthony dejó caer los hombros, derrotado, y dejó escapar un profundo suspiro.

—De acuerdo. Sé que no puedo hacerte cambiar de opinión, pero de ninguna manera voy a dejar que ese bicho raro vuelva a tu casa sin estar contigo.

El primer instinto de Emily fue decirle que estaría bien, pero luego se detuvo.

—Gracias. El plan fracasa si alguien más que Bucky hace la entrega, pero ya me siento más tranquila con el plan contigo ahí para apoyarme.

—Ni siquiera voy a preguntar si ya le dijiste esto a Duncan o a Mike, porque ya sé la respuesta. ¿Estás segura de que sea legal?

—No es ilegal, ya que es solo un pedido de comestibles. No estoy completamente segura de que la policía pueda usar las huellas con todo ese asunto de la cadena de custodia de pruebas, pero si no pueden, quizá el patólogo privado de Sarah Klein pueda usarlas. Y no, tampoco he hablado con ella. Va a estar en la ciudad a finales de la semana, y hemos quedado para que pueda ver a Elvis. Voy a hablar con ella cuando la vea, dependiendo de cómo se desarrollen las cosas.

—¿Cuándo está previsto que llegue el envío?

Emily interpretó su solicitud de detalles como una señal de que él ya estaba de acuerdo con su plan. Algo bueno, ya que lo haría con o sin él.

—Entre las seis y las siete. Duncan y Jane van a estar allí justo después de las siete con los niños. ¿Te quedas a cenar? Marc también es bienvenido.

—Claro, pero creo que Marc tiene un asunto de trabajo esta noche. Lo voy a confirmar con él. Tengo un montón de cosas que hacer, así que podemos irnos temprano. A ver si Abigail puede cerrar esta noche.

Emily tuvo la suerte de que Abigail, la recepcionista jefa, se quedara después de comprarle el hospital al Dr. Dinsmore. Fue un miembro valioso del equipo y fundamental para su éxito. Celebrar con un cliente la adopción de un nuevo miembro de la familia era fácil. Era mucho más difícil consolar a una familia tras la pérdida de su querido gato o perro. Abigail era experta en ambas cosas y siempre sabía qué decir.

Había algo tan puro en la relación que las personas tenían con sus mascotas, y mantener ese vínculo era la principal responsabilidad de Emily. La facultad de veterinaria la preparó para las habilidades médicas y quirúrgicas que necesitaba para ser una buena veterinaria, pero el conocimiento intangible que la convertiría en una gran veterinaria lo adquirió con el tiempo y la experiencia. Una búsqueda que duró toda la vida.

Emily ya había salido casi por completo de la oficina de Anthony cuando se giró para mirarlo.

—¿Por qué solo habría una huella dactilar parcial en el envase de jugo de naranja? O sea, aparte de la de la señora Klein. Varias personas manipularon ese envase durante el envío desde el proveedor y luego al descargarlo y almacenarlo en Bengle.

—Alguien debió haber intentado limpiar las huellas, pero se saltó un punto.

—¡Exactamente! Sin duda apunta a un crimen planeado.

—Creo que a eso le llaman premeditado.

Emily quedó impresionada con el uso que Anthony hizo del término técnico.

—Cierto. Alguien se descuidó y dejó una pista. Esperemos que apunte al asesino.

Anthony tenía una expresión solemne al asentir. La realidad de la violencia del crimen en este pueblo, por lo demás seguro y tranquilo, los agobiaba a ambos. Estaban tan concentrados en los detalles del caso que era fácil perder de vista el panorama general. Una dulce anciana había sido asesinada. Emily abrazó a Elvis con fuerza y se dirigió a su oficina para comenzar el día.

Emily trabajó con eficiencia durante una mañana de citas rutinarias. Esto le permitió tener tiempo suficiente durante su hora de almuerzo para hacer su visita mensual al contador y entregar y discutir los estados financieros del hospital. Los Contadores Cutler & Cutler la había ayudado a guiarla en la compra del hospital veterinario, y ella agradeció su constante asesoramiento empresarial.

La oficina de contabilidad estaba convenientemente ubicada en un pequeño edificio de tres plantas, a solo diez minutos del hospital, lo que le dio a Emily tiempo suficiente para almorzar durante el trayecto. Al entrar al estacionamiento, se dio cuenta por primera vez de que el Grupo Inmobiliario La Buena Vida también tenía sus oficinas en el mismo edificio. Su logotipo estaba en la parte superior del letrero de la calle junto a la banqueta.

Curiosamente, no lo había notado antes, pero como no necesitaba los servicios de un agente inmobiliario, debió de pasar desapercibido.

Emily estaba recogiendo sus documentos cuando, de reojo, vio a Bucky salir por la puerta principal del edificio, directo a su camioneta. Era difícil saber si la reconoció. Disminuyó la velocidad mientras la miraba un par de veces. Emily se agachó en el asiento para esconderse de él, y luego se enojó consigo misma porque no debería tener que esconderse de nadie, y mucho menos de Bucky. Quizás su instinto le decía que tuviera cuidado.

—Seguro que es una casualidad —murmuró Emily en voz baja.

Como no creía en las coincidencias, sus sentidos estaban alerta al salir del carro. En la entrada principal, había un tablero con los negocios del edificio. El Grupo Inmobiliario La Buena Vida parecía ocupar todo el tercer piso. Aparte de su contador, los demás inquilinos incluían un ginecólogo, un pediatra, una agencia de viajes europea y un quiropráctico. Emily hizo un esfuerzo deductivo y descartó las dos primeras posibilidades, pero necesitaba estar segura.

Entró en la agencia de viajes y le preguntó a la recepcionista si alguien que encajara con la descripción de Bucky había estado allí. Mintió y dijo que era su hermano y que se suponía que debía recogerlo, pero no contestaba su teléfono. El representante de la agencia de viajes, y luego el quiropráctico, confirmaron que nadie que se pareciera a Bucky había estado allí hoy. Para estar segura, la amable recepcionista de la oficina de su contador le dijo lo mismo. Por descarte, Bucky había visitado el Grupo Inmobiliario La Buena Vida. ¿Quizás estaba comprando una propiedad, o tal vez tramaba algo? Si Emily tuviera que adivinar, sería lo último. Era tentador ir a la oficina del agente inmobiliario después de una reunión rápida con su contador, pero su hora de almuerzo había terminado y tenía que apresurarse para volver al hospital veterinario a tiempo para las citas de la tarde. Podría considerar hacer una visita en el futuro, pero solo después de pensarlo bien.

Concentrada en terminar el día temprano, Emily pospuso contarle a Anthony sobre Bucky hasta la cena de esa noche. Duncan también necesitaba saber sobre sus últimas interacciones con el repartidor de Bengle. Pensó que eso podría inspirar a Duncan a compartir con ella, a cambio de algunos datos relevantes del caso.

—Bueno, ustedes dos. Si van a salir de aquí temprano, mejor háganlo mientras no haya moros en la costa —dijo Abigail mientras entraba a la oficina de Anthony, donde Emily estaba sentada con Elvis.

—Gracias, Abigail. Nos vamos —dijo Emily—. Pero si llega un caso urgente, podemos dar la vuelta. Nos vemos mañana.

■ ■ ■

Su estado de ánimo durante el corto viaje a casa era tranquilo y sombrío. Emily se sentía ansiosa por su plan y la posibilidad de que estuvieran invitando el peligro a su casa. Tenía que asumir que Anthony sentía lo mismo.

—Me siento mal por haberte arrastrado a esto —le dijo Emily a Anthony mientras ambos caminaban desde sus carros hacia la puerta principal de la cabaña.

—No me has arrastrado a ninguna parte. Estamos juntos en esto, Em. Sé que estamos fuera de nuestra zona de confort, pero siento que debemos seguir adelante. Por la señora Klein y Elvis.

—Y por Sarah.

Emily fue a refrescarse y cambiarse mientras Anthony alimentaba a Elvis y Bella. Después de comer, Bella se acercó a Elvis, le olió la cara y le dio un lametón rápido en la oreja antes de volver a su árbol para gatos. Era lo más parecido a una muestra de cariño entre ellos hasta el momento.

—Creo que se está acostumbrando a él —le dijo Anthony a Emily cuando ella entró en la cocina.

—Quizás. Sigo pensando que está enojada conmigo por haberlo traído a casa. Voy a poner la mesa de la terraza para la cena. ¿Puedes avisarme cuando llegue la camioneta de reparto? Elvis tiene que estar encerrado en la habitación antes de que abramos la puerta.

—Claro. También puedo quedarme con Elvis. Podríamos hacer una prueba para ver si reacciona igual con Bucky.

—Quiero que Bucky se sienta cómodo para llevar el paquete de botellas de agua a la despensa y así evitar tener que tocarla. No lo va a hacer con Elvis gruñéndole.

—Cierto.

Mientras Emily terminaba de preparar la cena, Anthony le informó que la «Operación Huella Dactilar» estaba en marcha cuando vio llegar la camioneta de reparto, con Bucky al volante. Cargó a Elvis y lo encerró en la habitación.

—¡Sí! Me encanta cuando un plan funciona. Bueno, vamos a estar tranquilos. No quiero que piense que algo está raro —dijo Emily.

—Me voy a quedar en la cocina, en la esquina, para oír lo que pasa. No quiero que Bucky me vea. Podría decirte algo que no diría si yo estuviera ahí.

La confianza de Emily se vio fortalecida al tener a Anthony como refuerzo. Fue en ese momento que se dio cuenta de lo amenazada que se sentía por el repartidor. Quizás su imaginación la estaba dominando, pero Emily nunca se arrepintió de haber confiado en su instinto.

Se escuchó un fuerte golpe en la puerta antes de que Bucky gritara:

—Entrega de Bengle. Asegúrese de que su perro está encerrado.

Emily abrió la puerta y se esforzó por ocultar su desprecio por el hombre.

—No es un perro peligroso, ¿sabe?

—Lo que usted diga, señora. ¿Dónde quiere que ponga las compras?

—Yo me ocupo de la comida, pero por favor, deje el paquete de botellas de agua aquí, en el suelo del clóset del pasillo.

Emily ya había abierto la puerta del clóset para que fuera obvio dónde quería que se colocara.

Mientras ella ponía las compras en la barra de la cocina, Elvis empezó a ladrar y gruñir desde el dormitorio. Anthony susurró:

—¿Quieres que lo traiga?

—No. Esperemos a que Bucky se vaya.

—¿Está segura de que ese perro está encerrado? —gritó Bucky desde la entrada principal.

Anthony siguió a Emily hasta la puerta principal y se quedó junto a ella con los brazos cruzados y las piernas separadas. Bucky necesitaba saber que Emily no siempre estaba sola en casa, por si acaso. El repartidor pareció sobresaltarse al verlo allí.

—Le dije que está asegurado —dijo Emily.

—Nunca reacciona así con nadie más —dijo Anthony—. Elvis era propiedad de una señora mayor que vivía cerca, en la playa. Creo que también usted le hacía entregas de abarrotes a su casa. ¿La señora Klein? Murió la semana pasada.

—No sé de qué está hablando, pero ese perro me atacó aquí durante una entrega.

Emily estaba a punto de responder cuando Bucky dijo:

—Da igual —y regresó a su camioneta de reparto. No podía salir de allí lo suficientemente rápido.

—Qué encantador —dijo Anthony después de cerrar la puerta—. ¿Viste su cara cuando mencioné a la señora Klein? Si tuviera que adivinar, así es como se ve el pánico.

—Deberías haberme dicho que ibas a decir todo eso sobre la señora Klein.

—Lo siento, Em. No lo planeé. Fue muy grosero con Elvis. No me gusta ese tipo.

—A mí tampoco —dijo Emily antes de liberar a Elvis de su prisión.

Elvis tardó quince minutos en calmarse tras rondar la puerta. Olfateó el paquete de botellas de agua en el suelo hasta que Emily cerró el clóset del pasillo para evitar que babeara sobre la evidencia.

Unos minutos después, Duncan y Jane llegaron con los niños. Elvis fue el primero en saludarlos, inundando a Mac y Ava de besos de perro, lo que provocó gritos de alegría y risas. Solo el aroma del ziti pudo distraer a los niños de jugar con él.

Después de cenar, Jane y Emily estaban en la cocina guardando la comida cuando Emily decidió que era el mejor momento para hablar en privado con Duncan. Necesitaba la ayuda de Jane para lograrlo.

—Quiero hacerle algunas preguntas a Duncan sobre el asesinato de la señora Klein, pero no quiero que los niños nos oigan hablar. ¿Puedes llevarlos a ellos y a Elvis a dar un paseo por la playa?

—Claro, Em, pero ya conoces a tu hermano. Si se trata del caso, no va a decir mucho.

—Lo sé, pero también tengo algunas cosas que contarle —dijo Emily.

Jane asintió y luego gritó:

—Niños, saquemos a pasear a Elvis.

—¡Sí! —fue el eco que respondió.

—¿Puedo sostener la correa? —preguntó Mac.

—Yo también —dijo Ava.

—Claro, podemos turnarnos. ¡Vamos! —dijo Jane mientras guiaba a los niños hacia la playa.

Duncan estaba visiblemente incómodo. Sus intentos de evitarla durante los últimos días habían terminado abruptamente.

—Quiero contarte algunas cosas que sucedieron con el caso de Elvis y la señora Klein esta semana, y no quería que los niños se enteraran.

Emily volvió a sentarse a la mesa.

—Em, sabes que no puedo hablar de esto.

—Lo sé, pero Anthony y yo hemos presenciado lo que voy a contarte. Creemos que es importante.

Después de describir todas las interacciones entre Bucky y Elvis, le dijo que sabían de la huella dactilar parcial en el envase de jugo de naranja. Duncan se quedó allí, inexpresivo, escuchándolo todo. No fue hasta que Emily le contó que había visto a Bucky salir de las oficinas del Grupo Inmobiliario La Buena Vida ese mismo día que se levantó y fue a la cocina a tomar una cerveza del refrigerador. Tomó un trago y se paseó de un lado a otro frente a la mesa. Emily sabía que estaba lidiando con lo que podía o quería revelarles, pero guardó silencio. Dejarlo resolverlo a su propio ritmo era la mejor estrategia, ya que presionarlo antes de que estuviera listo podía ser contraproducente. Le dirigió a Anthony una mirada que transmitía una silenciosa paciencia.

—Emily, tú y Anthony deben mantenerse al margen. Por favor —dijo con voz severa antes de volver a sentarse—. La investigación está dando sus frutos y no quiero que interfieran, aunque no sea intencional. Los sospechosos pueden volverse peligrosos si se sienten acorralados, y es entonces cuando personas inocentes salen lastimadas.

El tono serio de Duncan impactó a Emily, obligándola a detenerse mientras consideraba si debía cambiar de tema. Anthony llenó ese vacío al decir:

—Duncan, conoces a tu hermana, no va a dejar de intentar averiguarlo. Te aseguro que la reacción de Elvis significa algo. Me asusté la primera vez que la vi. ¿Has podido averiguar si Bucky le hacía entregas a la señora Klein antes de su muerte?

Como Emily estaba atrapada en el medio entre querer saber más aportaciones en el caso y mantener la paz con su hermano, estaba agradecida de que Anthony no tuviera miedo de hacer las preguntas obvias.

Duncan se quedó mirando su botella de cerveza antes de responder.

—Sí, ya había estado en su casa.

—¿Has podido comparar sus huellas dactilares con las del recipiente del jugo? —preguntó Emily.

—No puedo responder a eso —respondió Duncan.

Emily y Anthony se miraron. Duncan iba a enojarse al enterarse de la entrega de esa noche, pero no tenían otra opción. Emily evitó mirar a su hermano a los ojos hasta que terminaron su relato.

—¿Qué? —Duncan dio un puñetazo en la mesa y se levantó en señal de protesta—. ¿En qué estabas pensando? Esto es asunto de la policía, y ahora estás interfiriendo activamente en este caso.

—Bueno, podría haberlo hecho de otra manera si me hubieras devuelto alguna llamada. Digas lo que digas, estoy involucrada en esto.

Anthony intervino de inmediato.

—Por eso también estoy aquí esta noche. De ninguna manera iba a dejar que Emily estuviera sola cuando Bucky hiciera la entrega. Estamos siendo cuidadosos.

La preocupación en los rostros de Emily y Anthony ayudó a calmar la situación. Estos recientes acontecimientos estaban afectando a todos. Duncan respiró hondo y volvió a sentarse a la mesa, suavizando el tono al decir:

—Sé que ambos quieren ayudar, pero necesitan confiar en mí. Están pasando muchas cosas que desconocen. Si les sirve de consuelo, estamos investigando a Bucky y si tuvo algo que ver con esto, pero prométanme que se mantendrán alejados de él.

—De acuerdo, lo vamos a hacer. ¿Pero qué pasa con las huellas dactilares que tomé esta noche? —preguntó Emily.

—No puedo usarlas, pero seguro que ya lo sabías. Cualquier prueba debe obtenerse legalmente.

Emily estaba a punto de protestar cuando Jane y los niños entraron corriendo a la cabaña con Elvis. Duncan aprovechó el momento para escapar y evitar más preguntas inquisitivas de Emily y Anthony.

—Niños, díganle a la tía Em y al señor Anthony que les agradecemos la cena. Es hora de irnos.

—¡Ay! por favor, papá. ¿Podemos jugar con Elvis un rato más? —preguntó Mac, pidiendo más tiempo.

—Lo siento, chicos. Es noche de escuela y tenemos que volver a casa. Seguro que pueden volver a ver a Elvis muy pronto. ¿Verdad, Em?

—Tía Em, ¿podemos volver el fin de semana? —preguntó Mac.

—Claro, siempre y cuando a tu mamá y a tu papá les parezca bien —dijo Emily mientras Anthony permanecía sentado sonriendo desde la periferia de la negociación.

Jane intentó apaciguar a los niños con un compromiso.

—Podemos visitar a Elvis el domingo, pero eso significa que tienes que darles las buenas noches. Dale un abrazo a la tía Em y a Elvis y luego nos vamos a casa. ¿Trato hecho?

—Trato hecho, mami —dijo Ava.

Duncan sostenía la puerta abierta y, una vez que los niños y Jane estuvieron fuera del alcance del oído en el jardín delantero, se volvió hacia Emily y Anthony.

—No bromeo con lo de que no se metan en esto. Por su seguridad y por la integridad de esta investigación, se van a retirar. ¿Entendido?

Antes de que pudieran responder, se fue. Anthony cerró la puerta con llave y se volvió hacia Emily.

—¡Guau! Duncan está muy enojado. Es la única vez que recuerdo que perdió los estribos, aunque fuera por un instante. Pero no puedo culparlo. Sabes que está preocupado por ti, ¿verdad?

Emily asintió.

—Lo entiendo. Voy a ser cautelosa, pero no voy a dejar de buscar respuestas.

—¿Me lo prometes? —preguntó Anthony, con un tono que dejaba claro que quería que Emily comprendiera la seriedad de su petición—. Basta de operaciones clandestinas. Debes mantenerme al tanto y garantizarme que no vas a hacer nada por tu cuenta sin apoyo.

—Lo prometo —respondió Emily.

Anthony le creyó y ambos coincidieron en que era un buen momento para irse a dormir.

CAPÍTULO TRECE

No fue una decisión consciente retirarse tras la reprimenda de Duncan, pero durante el día siguiente en el trabajo, Emily no pensó en el caso ni en Bucky. Sus pacientes y el hospital la absorbían por completo. Se concentró, trabajando duro para poder salir temprano a su cita con Mike. Su ritmo frenético le impedía ponerse nerviosa por la noche, a pesar de que Anthony le recordaba constantemente que esa noche era un evento importante.

—Es solo una segunda cita —le dijo.

—Lo entiendo, pero ¿cuándo fue la última vez que tuviste una segunda cita? —preguntó Anthony. Como ella no podía responder a su pregunta, él ya había dejado claro su punto—. ¿Vas a hablar con Mike sobre las huellas de Bucky que están en el clóset de la entrada?

—Después de la reacción de Duncan, no estoy segura. Voy a esperar a ver si surge el tema —dijo Emily encogiéndose de hombros.

Cuando Emily salió del hospital, Anthony estaba ocupado dándoles de alta a Muffin y Mittens Clark, los pacientes de cirugía dental de hoy. Emily entendía lo estresante que era para los dueños de mascotas, que a menudo se quedaban junto al teléfono esperando que todo estuviera bien después de un procedimiento, así que siempre se aseguraba de llamar a sus clientes de inmediato. Anthony se encargaba de asegurarse de que la señora Clark entendiera las instrucciones postoperatorias.

Sin tiempo suficiente para preparar una buena cena para Mike, Emily se detuvo en Kings Seafood de camino a casa para comprar sus brochetas de camarones listas para asar, deliciosas guarniciones de guisantes bahameños, arroz y ensalada de col. Con un par de rebanadas de pastel de coco, tenía una deliciosa comida casera; al menos, hecha por alguien. A Elvis no pareció impresionarle que su paseo por la playa después de cenar fuera más corto de lo habitual para que Emily tuviera tiempo de refrescarse antes de que llegara Mike. Estaba segura de que si un perro pudiera enfurruñarse, así se vería. Estaba mirando por la puerta del patio cuando Bella llegó y se sentó a su lado. «Qué interesante. ¿Ya son amigos?», pensó Emily.

Estaba apurada por terminar de ponerse el rímel y el brillo de labios cuando oyó que llamaban a la puerta.

—¡Enseguida voy!

Como no tenía tiempo para peinarse, optó por una cola de caballo.

—Hola Mike. Pasa. —La saludó con un beso rápido en los labios antes de que Elvis acaparara toda su atención.

—Hola, Elvis —dijo Mike, mientras le acariciaba la barriga.

—¿Cómo estuvo tu día en el hospital?

—¿Elvis o yo? —respondió Emily bromeando—. Los dos tuvimos un día ajetreado, pero es normal.

—Lo mismo digo, pero ya estoy oficialmente fuera de servicio y estoy emocionado por ver nacer otros nidos de tortugas esta noche —dijo Mike.

Emily estaba perdidamente enamorada. Inteligente, guapo, divertido y amante de los animales, Mike era todo el paquete.

Estaba a punto de encender la parrilla para la cena.

—¿Te gustan las brochetas de camarones?

—Me encantan los mariscos, yo puedo preparar la parrilla.

—Claro, gracias.

«Y sabe cocinar», pensó.

Mike estaba afuera, vigilando atentamente los camarones mientras Emily terminaba de preparar el resto de la cena. Después de traerle una cerveza fría, se sentó en el diván, bebió su copa de vino y respiró hondo varias veces. Era la primera vez que se relajaba en todo el día. Mike la miró con una sonrisa.

—¿Qué? —preguntó Emily.

—No lo sé. Estaba pensando en cuánto ha cambiado mi vida este último año, y para mejor. Al principio, buscaba un nuevo comienzo, pero es sorprendente lo rápido que Coral Shores se siente ahora como mi hogar, como si hubiera vivido aquí toda la vida. Me alegro de haberla conocido, Dra. Emily Benton.

Emily sabía que se estaba sonrojando, pero no le importó.

—Yo también me alegro —respondió, sintiéndose de nuevo sin palabras. «Qué tontería», pensó antes de cambiar de tema—. Duncan me dijo que perdiste a tu padre hace un par de años. Lo siento mucho, sé lo duro que es.

—Gracias. Estuvo enfermo mucho tiempo antes de fallecer.

—Duncan también mencionó que tu mamá se mudó recientemente a Florida. ¿La ves muy a menudo?

—Entre mi trabajo y su apretada agenda social, ha sido difícil. Parece muy feliz y está haciendo un montón de amigos nuevos. Su residencia de ancianos ofrece todas las actividades imaginables.

Emily no hizo preguntas más personales, ya que Mike estaba sacando los camarones de la parrilla, lo que indicaba que era hora de cenar. Después de una deliciosa comida y una conversación amena, acordaron guardar el postre para más tarde para poder llegar a tiempo a los nidos de tortugas.

—No estoy segura de que veamos nacer a las tortugas esta noche, pero podría ser cualquier día —dijo Emily mientras caminaban por la playa, tomados de la mano.

—Es genial estar aquí. He estado trabajando con un agente inmobiliario para encontrar un lugar cerca del agua. Espero ver algunos posibles prospectos este fin de semana.

Emily estaba dando marometas por dentro.

—Avísame si necesitas mi ayuda. Puedo darte información exclusiva sobre posibles ubicaciones.

Mike señaló hacia adelante.

—¿No son tus amigos tortugas, Marlon y Sharon?

—Son ellos. Me ganaron esta noche. Espero que todo esté bien —dijo Emily mientras aceleraba el paso.

Marlon fue el primero en darle la bienvenida a Mike de nuevo a la guardia. Cuando Sharon se unió a ellos, Emily notó que le daba un codazo en las costillas. Sonreía mientras miraba a Emily y a Mike. No cabía duda de que las tortugas voluntarias apoyaban la nueva relación de Emily.

—¿Nos hemos perdido algo? —preguntó Emily mientras observaba los nidos cercanos en busca de señales de actividad.

—No creo que esta noche sea la noche —dijo Marlon mientras se agachaba para enderezar las estacas de madera que sostenían las barricadas de cuerda—. Pero va a ser pronto para estos dos nidos.

—¿Me confundí con el horario? —preguntó Emily.

—No, te toca —dijo Sharon—. Íbamos a cenar y pensamos parar a echar un vistazo rápido. Estamos pensando ideas para la recaudación de fondos del Proyecto de Tortugas de Coral Shores, programada para el mes que viene.

—¿Podemos contar contigo para que estés ahí, Mike? —preguntó Marlon.

—Claro. Me encantaría ayudar si tienen algún trabajo para los recién llegados.

Sharon seguía sonriéndole a Mike, mientras miraba a Emily. No era muy sutil.

—Estoy seguro de que vas a tener muchas oportunidades de participar. Bueno, pues los dejamos en lo suyo. Gracias de nuevo por venir, Mike —dijo Marlon mientras él y Sharon caminaban hacia el estacionamiento.

—Creo que están enamorados de ti —dijo Emily.

—Están felices de tener un nuevo voluntario entre ellos. Es un compromiso enorme.

—Supongo, pero dar un paseo por la playa no parece una gran dificultad —dijo Emily con una sonrisa.

La vigilancia voluntaria de esa noche fue la favorita de Emily, a pesar de la ausencia de tortuguitas. Mientras deambulaban de nido en nido, tomados de la mano, compartieron historias de sus vidas. Mike fue atento y divertido. Ya era bastante después del atardecer cuando comenzaron a caminar de regreso a la cabaña de Emily. Ella había planeado preguntarle a Mike sobre el caso de la señora Klein, pero necesitaba ser sutil. Había sido una segunda cita maravillosa y no quería arruinarlo todo.

—Me preguntaba si Duncan te contó todos mis encuentros con el repartidor de Bengle, Bucky.

—Sí. También me dijo que intentaste recopilar pruebas ilegalmente.

—Bueno, no puedes decir que pedir un paquete de agua es ilegal. Supuse que Bucky se resistía a dar sus huellas y pensé que podía ayudar.

Emily estaba molesta consigo misma por ponerse a la defensiva. Intentaba ayudar con el caso, y era frustrante que la dejaran de lado.

—¿Sabes lo peligroso que fue eso? ¿Verdad? —Mike seguía sosteniéndola de la mano, pero se detuvo antes de girarla para que lo mirara—. Hay muchas cosas en este caso que desconoces, y no puedo contarte. Duncan tampoco. Por favor, no te involucres.

—Los respeto a ambos y no haría nada que pusiera en peligro la investigación. Nunca fue mi decisión involucrarme en este caso. Por eso no entiendo por qué no pueden confiar en mí.

—Emily, si algo te pasara, nunca me lo perdonaría.

La intensidad de su súplica la hizo detenerse un segundo antes de preguntar:

—Supongo que aún no has podido conseguir las huellas de Bucky, así que ¿por qué no puedes recogerlas de mi paquete de agua? Anthony estuvo aquí esa noche. Él puede dar fe de que Bucky fue el único que tocó el paquete. ¿Eso no ayuda con la cadena de custodia?

Decidiendo no responderle, Mike se giró para caminar por la playa. Ese silencio incómodo duró hasta que llegaron a la cabaña de Emily. El ambiente de la noche había cambiado, y no en el buen sentido romántico. Aunque lamentaba haberlo presionado para que hablara del tema, estaba igualmente frustrada por su falta de transparencia. Era obvio que ambos se sentían en conflicto, y Emily no veía la manera de revertirlo a tiempo para salvar el resto de la cita. Las exigencias de atención de Elvis y Bella aligeraron el ambiente, pero Mike rechazó su rebanada de pastel de coco, diciendo que aún estaba lleno de la cena y que tenía que irse a casa porque tenía que madrugar mañana. Le dio a Emily otro beso rápido al irse, pero no el abrazo apasionado que ella esperaba.

Emily murmuraba entre dientes mientras cerraba la puerta. Bella y Elvis la miraron con cara de desconcierto.

—Creo que lo arruiné —dijo.

Sus dos compañeros peludos no tenían nada que aconsejar, pero estaban encantados de acurrucarse en el sofá mientras ella comía su rebanada de pastel. No sabía tan bien comiéndolo sola, pero aun así era reconfortante.

. . .

Al despertar a la mañana siguiente, Emily leyó un mensaje de Sarah Klein a altas horas de la noche. Llegaba a Coral Shores esa tarde y esperaba ver a Elvis. Emily le respondió enseguida. Sarah podía venir esa noche y ambos estaban deseando volver a verla. Esta noticia la ayudó a mejorar su mal humor.

. . .

Emily llegó al hospital antes que Anthony, pero no pasó mucho tiempo cuando él entró bailando vals a su oficina con una gran sonrisa en su rostro.

—¿Y entonces? —Era obvio que buscaba los detalles jugosos de su cita.

—Bueno —dijo Emily, e hizo una pausa—. No salió bien. No me extrañaría no volver a saber nada de Mike Lane.

—¿Qué? ¿Cómo pasó eso? Ay, espera, era por las huellas dactilares, ¿no?

Emily le dirigió una de esas miradas que, comunicaban «obviamente».

—Presioné demasiado. Mike me dio un sermón, igual que Duncan, así que todavía no sé qué está pasando con el caso.

—Solo te están cuidando, ¿sabes? —dijo Anthony.

—Supongo. Mike dijo que no se iba a perdonar si algo me pasaba.

—Oye, va a llamar otra vez —dijo Anthony con seguridad—. Quizás deberías dejarlo pasar por tu propia seguridad —sugirió—. Al menos por unos días.

—Ya veremos. Sarah Klein llega hoy y planea pasar esta noche a ver a Elvis. Seguro que tiene algunos detalles que compartir conmigo, y quizá ayude a esclarecer la investigación.

Anthony negó con la cabeza antes de decir:

—Eres una mujer terca, pero estoy aquí para apoyarte. Tienes que cumplir tu promesa de no actuar por tu cuenta, o voy a llamar yo mismo a Duncan y a Mike.

—Bueno, bueno. Dejémoslo por ahora. Kensington viene esta mañana para revisarle los valores renales, y espero tener buenas noticias. La señora Martínez cree que ha vuelto a ser el mismo.

—Sería una gran noticia —dijo Anthony antes de trasladarse a su oficina para comenzar su día.

Las personas eran muy intuitivas con sus mascotas. Todas las pequeñas señales y comportamientos sutiles que captaban eran muy precisos. Emily había aprendido a confiar en un cliente cuando decía: «No está del todo bien» o «Ya está normal». Los valores renales de Kensington habían vuelto a la normalidad. El tratamiento de su infección renal había mejorado y, por ahora, seguiría con su alimento renal recetado y se volvería a controlar en un par de semanas. La señora Martínez lloraba de alegría tras recibir la noticia. Abrazó a Anthony, Emily y a la recepcionista al salir con Kensington, agradeciéndoles repetidamente la maravillosa atención. Kensington incluso caminaba con energía hoy.

A partir de ese momento, el día transcurrió sobre ruedas. Emily se encontraba en ese punto ideal como veterinaria: cumplía con sus citas, las cirugías eran rutinarias y se ponía al día con el teléfono y el correo electrónico. Durante el descanso después del almuerzo, incluso tuvo tiempo de hacer un recado rápido.

—Voy a recoger unos documentos del contador. Vuelvo antes de mi próxima cita —dijo Emily, avisando a Anthony mientras salía.

—¿Estás segura de que no quieres que yo vaya a recogerlos por ti?

—No, me va a caer bien un poco de aire fresco.

Si hubiera sido completamente transparente, Emily habría admitido su plan de hacer una parada rápida en el Grupo Inmobiliario La Buena Vida. El silencio de Duncan y Mike la obligaba a completar la información por su cuenta. No consideraba que esto fuera una locura, ya que era una oficina concurrida con muchos empleados durante el día. ¿Qué podría salir mal?

· · ·

Emily entró rápidamente en la firma de contabilidad Cutler y Cutler para recoger sus documentos antes de subir a las oficinas del Grupo Inmobiliario La Buena Vida. Durante el trayecto, decidió decirle a cualquiera que se acercara que estaba interesada en las propiedades en venta junto a la playa. Si preguntaban más, mentiría y diría que estaba considerando vender su casa de campo y que tenía curiosidad por las tendencias actuales del mercado. No había un plan maestro detallado. Quería echar un vistazo a la oficina para familiarizarse con el negocio.

La recepcionista saludó a Emily con una sonrisa amable antes de preguntarle si tenía una cita. Tras explicarle el motivo de su visita, se levantó de su escritorio para ver si había algún agente inmobiliario que pudiera atenderla. Mientras esperaba, Emily examinó todas las propiedades locales en venta, expuestas profesionalmente en la pared del vestíbulo principal.

Apenas llevaba unos minutos revisando los listados cuando se oyeron voces fuertes provenientes de la oficina del fondo. Dos hombres discutían sobre algo. Al regresar a su escritorio, la recepcionista pareció sobresaltada e incómoda por el arrebato.

—¿Está todo bien? —preguntó Emily.

—Todo bien. Probablemente sea un simple malentendido.

Aunque era obvio por su expresión, no lo creía.

Una voz se alzó más fuerte, pero Emily no entendía de qué hablaban. Fuera lo que fuese, no era bueno.

—Lo siento, pero ninguno de nuestros agentes inmobiliarios está disponible para reunirse con usted en este momento. Si me deja su información de contacto, alguien se pondrá en contacto con usted para programar una cita.

La recepcionista se esforzaba por mantener su profesionalismo, ya que el altercado se intensificaba.

Emily salió al pasillo que conducía a las oficinas traseras mientras intentaba escuchar a escondidas la discusión. De repente, la puerta de la oficina de la esquina se abrió de golpe y Bucky salió furioso.

—Más te vale arreglar esto. —Bucky se giró y le gruñó una advertencia al hombre que había entrado por la puerta detrás de él.

—Mierda —murmuró Emily en voz baja.

No había forma de que él pudiera salir del edificio sin verla, por muy pequeña que intentara hacerse. El único lugar donde esconderse era debajo del escritorio de la recepcionista; obviamente, no era una opción. Se quedó paralizada. Una vez que estuvo a tres metros de ella, pudo ver que estaba cegado por la ira, pero no lo suficiente como para ignorarla allí. Se detuvo en seco y se quedó mirando. Incapaz de predecir qué sucedería a continuación, se acercó al escritorio de la recepcionista para apartarse de su camino.

Bucky la sorprendió al volverse y mirar hacia la oficina de la esquina. El hombre que estaba en la puerta no era otro que el mismísimo señor Buena Vida, con un aspecto elegante en su traje caro. Emily no sabía su nombre, pero debía ser el dueño de la empresa porque había visto su rostro impreso en las vallas publicitarias y los bancos de la ciudad. En un instante, Bucky pasó de estar enojado a estar confundido. Se giró hacia Emily, la señaló con el dedo y luego pasó de largo, saliendo. El señor Buena Vida había cerrado la puerta de su oficina, así que Emily ya no podía prever su reacción.

—Lo siento mucho. Eso nunca pasa aquí —dijo la recepcionista, sonriendo y tratando de restarle importancia a la situación—. Si me da su información de contacto, alguien se pondrá en contacto.

—A lo mejor, no —dijo Emily mientras se daba la vuelta para irse. El rellano de la escalera, ubicado fuera de la puerta principal de la oficina, daba a un gran ventanal que ofrecía una vista despejada de la calle. Desde allí, Emily podía ver parte del estacionamiento y la calle principal frente al complejo. Hasta que estuviera segura de que Bucky se había ido, se quedaría quieta. No iba a caminar sola hasta su carro. Tras esperar solo unos minutos, la camioneta azul de Bucky rechinó al salir a la calle. Emily apretó su bolsa contra el pecho y fue directa a su carro, cerrando las puertas con llave en cuanto se sentó.

Ya casi había llegado al hospital veterinario cuando se dio cuenta de que estaba hiperventilando.

—Respira, Emily. Respira —se dijo para calmarse.

Comprender el significado de lo que había presenciado tendría que esperar hasta que la adrenalina que corría por su cuerpo disminuyera. Hasta entonces, sería imposible formar un pensamiento coherente. Habría sido más fácil si hubiera escuchado la discusión entre Bucky y el señor Buena Vida. Una vez a salvo en el hospital, su prioridad era investigar al dueño de la inmobiliaria para confirmar la identidad del señor Buena Vida.

CAPÍTULO CATORCE

—Bienvenida de nuevo, Dra. Benton —saludó Abigail a Emily mientras se dirigía a su oficina desde la entrada de empleados del hospital—. Anthony quería decirle que se va a reunir con nuestro distribuidor de farmacia ahora mismo; por si lo necesita para algo.

—Gracias, Abigail. Seguro que Anthony lo tiene todo bajo control.

Era un alivio que no pudiera verla en ese momento, pues necesitaba unos minutos para recomponerse. Por primera vez desde que encontró a la señora Klein, estaba asustada. Alguien había decidido que matar a una dulce profesora de piano jubilada era necesario para lograr su malvado objetivo, fuera cual fuera. Esa misma persona no dudaría en perseguir a cualquiera. ¿Había puesto en peligro a Anthony o a Elvis? Quizás Duncan y Mike tenían razón. ¿Debería dejar de insistir tanto para que la incluyeran en la resolución del caso, ya que era evidente que había fuerzas en juego que no comprendía? Era el momento de tener la mente despejada antes de tomar cualquier decisión.

Sophia, la gata Himalayo Blue Point de ocho años, distrajo a Emily de su visita a la oficina del Grupo Inmobiliario La Buena Vida. Los vómitos de Sophia habían comenzado ayer; no comía ni bebía y ahora estaba aletargada. Durante el examen físico, le dolía el abdomen, y una rápida revisión bajo la lengua reveló un hilo dorado. A los gatos les encantaba jugar con hilos y estambres, y si se tragaban un trozo, este podía enredarse en la base de la lengua, provocando una obstrucción intestinal. Los cabos sueltos pasaban por el tracto digestivo mientras el hilo permanecía anclado en la lengua. Esto casi siempre resultaba en una cirugía abdominal de emergencia para extraer el cuerpo extraño del hilo.

La dueña de Sophia, la señora Rattary, admitió que a Sophia le encantaba jugar en su cuarto de acolchado cuando trabajaba en un proyecto. Las radiografías confirmaron la obstrucción de Sophia, pero al cortar el hilo, era posible que pudiera expulsar la cuerda, evitando una cirugía mayor. Sus análisis de sangre estaban estables, por lo que la hidrataron con líquidos y le administraron medicamentos para tratar las náuseas y el malestar. Bajo una sedación ligera, le cortaron la base de la cuerda, liberando los extremos en su tracto intestinal. La señora Rattary tenía cita para traer a Sophia de vuelta por la mañana para una radiografía de seguimiento y le indicó que regresara al hospital de urgencias durante la noche si continuaba vomitando.

—Dra. Benton, Sophia nunca va a volver a tener acceso a mis materiales de costura. Se lo prometo. ¿Quién iba a pensar que podría ser tan peligroso? Se la estaba pasando genial jugando.

—La mayoría de la gente desconoce este riesgo para los gatos. Lo importante es que tengas un plan para protegerla de ahora en adelante. Nos vemos mañana por la mañana —dijo Emily, intentando consolar a la dueña, preocupada y abrumada por la culpa.

—Vamos a estar aquí en cuanto abran. Gracias de nuevo —dijo antes de salir de la sala de exámenes.

Gestionar el caso de Sophia mientras hacía malabarismos con sus citas de la tarde le hizo perder una llamada de Sarah Klein. Sarah planeaba pasar a las siete, si es que le venía bien a Emily. Emily le respondió que era el momento perfecto.

Era el final del día cuando Emily se conectó con Anthony.

—¡Híjole! Ambos hemos tenido un día ajetreado. Me enteré de lo de Sophia. Ojalá que todo salga bien —dijo Anthony.

Se sentó en la oficina de Emily.

—Sí, cruzo los dedos —dijo ella, sonando desconectada mientras volvía a su papeleo.

Anthony miraba fijamente a Emily. No era propio de ella estar desconectada de uno de sus casos, y sabía que Anthony se daba cuenta de que algo pasaba.

—Me voy con Elvis a casa ahora. ¿Puedes venir después del trabajo? Quiero hablarte de algo que pasó hoy.

—Em, me estás asustando.

—Estoy bien. No quiero hablar de eso aquí. Sarah Klein viene esta noche, pero necesito ayuda para procesar algunas cosas antes de que llegue.

—Voy justo detrás de ti. Cierra las puertas cuando llegues a casa. ¿Está bien?

—Sí, lo voy a hacer. Nos vemos pronto. Y gracias, Anthony, por siempre estar ahí.

Emily le dedicó una leve sonrisa antes de atar a Elvis a la correa y salir por la puerta trasera.

. . .

Tras entrar en su cabaña, Emily respiró hondo varias veces en un débil intento por disipar el estrés del día. Este era su refugio, y lo necesitaba ahora mismo. Bella y Elvis hicieron todo lo posible por sacarla de su ensimismamiento, al menos el tiempo suficiente para alimentarlos. Las sobras de ziti en el refri eran la comida reconfortante ideal; de lo contrario, hubiera cenado un tazón de cereales. Emily tenía muy poco apetito, aún inquieta tras su encuentro en las oficinas del Grupo Inmobiliario La Buena Vida. Un buen detective nunca creía en las coincidencias, y había demasiadas amontonándose alrededor de Bucky.

Anthony usó su llave para entrar y aunque Emily sabía que solo estaba unos minutos atrás, se sobresaltó.

—Emily, ¿qué pasó? Creo que nunca te había visto tan alterada.

La preocupación de Anthony aumentó al ver la cara de Emily. Intentó contener las lágrimas, pero fracasó estrepitosamente. El estrés de las últimas dos semanas había ido en aumento y ahora estaba llegando a su límite. No tenía más remedio que desahogarse. Anthony la levantó con un brazo sobre sus hombros y la acompañó hasta el sofá. En cuanto se sentó, Emily tensó el cuerpo y se apartó de él, sintiéndose a la vez enojada y frustrada por haber dejado que los acontecimientos del día la afectaran de esa manera. Ella era más fuerte que esto.

Sacudiendo la cabeza para aclarar su mente, se secó los ojos y dijo:

—Fue Bucky otra vez.

Anthony se recostó antes de arrugar la cara y cruzarse de brazos.

—Me lo prometiste, Em. No puedo protegerte si no me cuentas lo que tramas.

—Está bien, pero no necesito que me protejas, y no fue así. No lo planeé. Después de recoger la documentación contable, fui al vestíbulo de la oficina del Grupo Inmobiliario La Buena Vida para ver el lugar por primera vez. ¿Sabes? O sea, solo había que subir un tramo de escaleras.

El rostro de Anthony se sonrojó, lo que dificultaba saber si estaba enojado, preocupado o ambas cosas. Antes de que pudiera regañarla de nuevo, Emily llenó el incómodo momento con más información.

—Después de entrar al vestíbulo, oí una discusión proveniente de una de las oficinas de la esquina. Era imposible entender lo que decían. Intenté acercarme, y fue entonces cuando Bucky salió de la oficina como un toro furioso, dejando al señor Buena Vida parado en la puerta. No tenía dónde esconderme. Bucky se detuvo en seco al verme y me señaló antes de volver a mirar al señor Buena Vida. —Emily imitaba el gesto amenazador de Bucky para causar efecto—. Luego pareció más confundido antes de irse al estacionamiento. Todo fue horrible y extraño a la vez.

—¿Qué quieres decir con señor Buena Vida?

—Ya sabes, el tipo con su cara en todas las vallas publicitarias, bancos de parque y anuncios en carritos del supermercado. Supuse que era el dueño.

—¿Y no oíste lo que gritaban?

—No, nada. Aunque la cosa estuvo bastante acalorada. Bucky lo amenazó al irse. Algo así como: «Más te vale arreglar esto». Espera, le dijo al señor Buena Vida: «Será mejor que lo soluciones».

Ambos se quedaron pensando un momento antes de que Anthony interviniera:

—Primero, no creo ni por un segundo que decidieras ir a la inmobiliaria de repente. Ya lo habías decidido antes de salir del hospital. ¿Tengo razón?

—Lo siento, Anthony. Tienes razón. Debería habértelo dicho, pero pensé que era una salida rápida y segura. Prometo no volver a ocultarte nada. Jamás. Lo prometo con el meñique —dijo Emily, mientras ofrecía su dedo meñique como muestra de autenticidad.

—Está bien, pero a la segunda, estás fuera. Si vuelves a investigar por tu cuenta, voy a llamar a Duncan.

—Lo prometo —aceptó Emily mientras Anthony le ofrecía su dedo meñique para sellar el trato.

—Segundo. ¿Qué demonios está pasando aquí? —preguntó—. Ya sabes, cualquier buen detective de la tele sigue el dinero. Creo que nosotros también debemos seguirlo. El dinero inmobiliario, claro.

—Eso mismo pensaba. Necesitamos más información sobre el señor Buena Vida. Estaba a punto de investigarlo en internet. ¿Se te antoja acompañarme con unas sobras de ziti?

—Sabes que sí —respondió mientras ambos se dirigían a la mesa de la cocina para sentarse uno al lado del otro frente a la laptop de Emily mientras la cena se calentaba en el horno.

—El nombre del señor Buena Vida es Richard Brant, pero no parece haber muchos detalles sobre él. Apareció aquí hace unos años como Grupo Inmobiliario La Buena Vida, pero nada antes —dijo Emily, y luego se recostó en su silla mientras reflexionaba sobre esta información—. ¿Quizás tenía otro trabajo?

—Quizás, pero está construyendo esas mansiones gigantescas en la playa, así que debe ser bastante rico. Uno pensaría que incluso aparecería en alguna foto de recaudación de fondos. Sabemos que le gusta publicar fotos suyas por todas partes.

—Debería contárselo hoy a Duncan y a Mike. Se van a enojar mucho conmigo, pero necesitan saberlo. Estoy segura de que con sus recursos, pueden investigar los antecedentes del señor Brant.

—Si aún no lo han hecho, puedo acompañarte cuando se los digas. Puedo ayudar a calmar la situación —dijo Anthony, ofreciéndole su apoyo.

—Gracias, pero no pasa nada. Ya soy mayor y puedo con lo que venga. Aunque arruine mi vida amorosa.

Anthony tomó la mano de Emily en señal de solidaridad.

—Aguanta. Me voy a quedar hasta que llegue Sarah Klein y luego me voy corriendo. Quiero conocerla, y no creo que debas estar sola ahora mismo.

Emily le devolvió el apretón y se la sostuvo unos segundos más. Anthony era su pilar, su mejor amigo, y le agradecía que estuviera allí.

Mientras terminaban de comer las sobras de ziti, llamaron a la puerta. Anthony se apresuró a guardar los platos para que Emily pudiera prestar atención a Elvis, quien supo que era Sarah antes de verla. Corrió hacia la puerta meneando la cola, con las orejas hacia adelante y dando vueltas de alegría desenfrenada. Sarah igualó su entusiasmo cuando Elvis saltó a sus brazos en cuanto ella se inclinó para acariciarlo.

—¡Ay, Elvis! ¡Eres un perrito muy valiente y dulce! —exclamó Sarah, mientras la inundaban de besos de perro.

—Está tan feliz de verte. Ni siquiera se emociona tanto cuando mis sobrinos vienen a jugar con él —dijo Emily sonriendo.

—No te creo ni por un segundo. Elvis ama a los niños y ellos lo aman.

—Sarah, este es mi mejor amigo, Anthony. También es mi gerente del hospital y me ha estado ayudando a cuidar de Elvis.

—Un placer conocerte, Anthony. Gracias de todo corazón por cuidar de Elvis.

—Siento mucho lo de tu mamá. Fue mi profesora de piano cuando era niño. Me alegré de haberla vuelto a ver con Emily justo antes —y entonces la voz de Anthony se apagó.

—No te preocupes, Anthony. Es difícil hablar de ello, pero como conociste a mi mamá, sabes que querría que siguiéramos luchando por la verdad —dijo Sarah.

—Seguro. —Anthony asintió—. Estaba a punto de irme. Disfruta de la playa con Elvis. Em, te veo mañana.

Al salir, le indicó a Emily que lo llamara más tarde, lo que ella confirmó con un sutil asentimiento.

—Sarah, tengo algunas cosas que contarte y pensé que podemos hablar mientras paseamos a Elvis. Es una noche preciosa para ver el atardecer —dijo Emily.

—Me parece bien. ¡Vamos, Elvis!

Emily fue la primera en compartir la buena noticia. Elvis ya no tomaba ninguna medicina y, hasta el momento, no había sufrido ninguna recaída de tos. Sarah estaba radiante de alegría. La mala noticia llegó cuando Emily describió sus encontronazos con Bucky, la visita a la inmobiliaria y las repetidas reacciones de Elvis ante el repartidor. Sarah no dijo nada hasta que Emily terminó de contarle sobre las huellas dactilares de Bucky que aún estaban en el clóset de la entrada.

—Fantástico, Emily. Entiendo por qué tu hermano no pudo aceptarlas como prueba, pero aun así puedo hacer que las analicen. Si no te importa, voy a llamar a mi especialista forense para ver si alguien puede venir de inmediato a recoger las huellas para procesarlas.

Emily debió de quedarse boquiabierta, dejando a Sarah con la impresión de que se había excedido hasta que Emily añadió:

—Pueden venir cuando quieran. Me alegra mucho que podamos analizarlas para ver si coinciden con la huella del envase de juego de naranja de tu mamá.

Sarah se apartó para hacer su llamada y, al reunirse con Emily y Elvis, sonreía.

—Llegan en una o dos horas a recoger el paquete de agua. Gracias, Emily. Te arriesgaste mucho al intentar obtener las huellas, y con todo lo que me has contado, estoy preocupada por ti. Quizás sea hora de que se lo dejes a los profesionales. En esta situación, estoy de acuerdo con tu hermano y el Detective Lane.

—Los problemas nos han venido a buscar a mí y a Elvis, no al revés.

Sarah guardó silencio un momento antes de compartir la noticia más importante de la noche.

—Tus instintos sobre el Grupo Inmobiliario La Buena Vida son acertados. Siempre me ha molestado cómo intensificaban sus tácticas y amenazas contra mi mamá para que vendiera su propiedad. Mi equipo de investigación ha descubierto información interesante sobre el propietario, Richard Brant. No quiero decir demasiado, ya que ahora está en manos de las fuerzas del orden.

—Lo sabía. Es exactamente como dijo Anthony: sigue el rastro del dinero. Me pregunto qué conexión tiene Brant con Bucky.

—Creo que este repartidor podría ser la pieza que faltaba. Quizás estas huellas rellenen el rompecabezas.

—Eso espero —dijo Emily.

Disipar a Elvis de su energía de cazador de pájaros costeros tomó más tiempo de lo normal esta noche, así que el sol se ponía cuando dieron la vuelta para regresar a la cabaña de Emily. Sarah quería esperar a que los técnicos forenses recogieran las huellas dactilares, y Emily estaba contenta de tener compañía. Era difícil admitir que todavía se sentía inquieta después de encontrarse con Bucky hoy.

El equipo forense privado de Sarah llegó en menos de una hora. Los recibió en la entrada antes de que Emily les mostrara el paquete de botellas de agua que estaba en su clóset. Llevaban equipo de protección y guantes para no contaminar la evidencia, y luego la cargaron cuidadosamente en su camioneta. Le dieron a Emily un recibo oficial por la evidencia antes de partir hacia el laboratorio.

—¿Cuándo te dan los resultados? —preguntó Emily.

—Seguro que van a hacer el análisis mañana —dijo Sarah—. Si no hay coincidencia, podemos dejarlo en manos de la policía mientras buscan a otros sospechosos. Si hay coincidencia, complica las cosas, ya que no podemos usar esta prueba en un tribunal. Emily, has corrido riesgos enormes para ayudar a llevar al asesino de mi mamá ante la justicia, y estoy en deuda contigo por el hogar amoroso que le has dado a Elvis. —Sarah empezó a llorar antes de acercarse a tomar a Elvis en brazos—. Mencionaste que a Elvis le encanta pasar tiempo con tus sobrinos. ¿Hay alguna posibilidad de que tu hermano y su esposa reconsideren adoptarlo?

Emily lo pensó un momento antes de responder.

—No estoy segura. Cada vez que veo a Duncan, terminamos discutiendo sobre la investigación, así que el tema no ha salido. Puedo hablar con mi cuñada, Jane, a ver qué opina. Mac y Ava adoran a Elvis. Siempre están planeando su próxima sesión de juegos con él.

—No quiero presionar más a tu familia. Ya has hecho mucho, pero ver a Elvis en un hogar con niños me llenaría de alegría.

—Estoy de acuerdo. Es increíble con ellos.

Sarah dejó a Elvis en el suelo y fue a buscar su bolsa antes de decir:

—No sé cuánto tiempo voy a estar en la ciudad esta vez. Tus huellas dactilares pueden cambiarlo todo. ¿Te parece bien que vuelva a ver a Elvis antes de irme?

—Por supuesto. Eres bienvenida cuando quieras —respondió Emily.

Sarah abrazó a su nueva amiga, volvió a acariciar a Elvis y salió de la cabaña. Emily notaba lo difícil que le resultaba despedirse de Elvis cada vez que se iba. Era parte integral de todos sus recuerdos recientes de su mamá, y era imposible separarlos.

Emily estaba de pie en el jardín delantero, abrazando a Elvis y despidiéndose de Sarah con la mano, cuando vio una camioneta estacionada unas casas más allá. Coincidía con la descripción general de la camioneta azul de Bucky. El sol poniente dificultaba ver los detalles, pero desde esa distancia, la camioneta parecía vacía. Elvis debía dar un paseo corto, así que podría hacer doble turno mientras la inspeccionaba. Emily conocía a la mayoría de sus vecinos y no recordaba haber visto una camioneta azul en ninguna de sus entradas. Probablemente no era nada de qué preocuparse, pero no iba a poder descansar hasta estar segura.

Emily estaba a quince metros de la camioneta cuando Elvis emitió un gruñido grave y tiró de la correa. Ahora veía mejor, y a pesar de confirmar que no había nadie dentro, la reacción de Elvis la detuvo en seco. En cuanto él empezó a gruñir y ladrar, entró en pánico. Bucky se incorporó en el asiento del conductor. Debió de estar agachándose para esconderse. Sus miradas se cruzaron un segundo antes de que él arrancara el motor, lo pusiera en marcha y chirriara las llantas mientras aceleraba hacia Emily y Elvis. Solo tuvo segundos para sacar a Elvis de la carretera y llevarlo al jardín delantero de la casa de su vecino antes de que Bucky se desviara bruscamente, esquivándolos por solo unos centímetros. Emily estaba paralizada por el miedo, tratando de decidir si debía llamar a la puerta de su vecino para escapar adentro o recoger a Elvis y correr lo más rápido posible de regreso a su casa.

Bucky pasó por delante de la cabaña de Emily y estaba a medio camino de la siguiente intersección cuando frenó a fondo. Se quedó parado en medio de la carretera menos de un minuto. A Emily le pareció una eternidad. Abrazó a Elvis tan fuerte como él le permitió, esperando a ver qué hacía Bucky. Un rápido vistazo a las propiedades de sus vecinos confirmó que no había nadie en sus jardines. Mientras planeaba su siguiente movimiento, Bucky arrancó de nuevo, en dirección sur por el camino de la playa. Cuando estuvo lo suficientemente lejos y ya no representaba una amenaza inminente, corrió a casa. Emily entró corriendo, cerró la puerta de golpe, comprobando dos veces que todas las puertas y ventanas estuvieran cerradas. Había estado posponiendo contarle a Duncan sobre su visita a la compañía Grupo Inmobiliario La Buena Vida, pero ahora no tenía otra opción. Estaba asustada y necesitaba la ayuda de su hermano.

CAPÍTULO QUINCE

—Ándale, Duncan. Contéstame.

Emily había llamado al celular de Duncan una y otra vez y él no contestaba, lo que la hizo perder el control. ¿Acaso su relación había llegado a tal punto que él evitaba sus llamadas? Estaba desesperada y necesitaba encontrarlo.

—Hola, Em. ¿Qué pasa?

—Jane, ¿está Duncan contigo?

—Más o menos. Estamos en el partido de béisbol de Mac y Duncan está entrenando en el campo. Ya está terminando, y los chicos están haciendo su reunión de equipo después del partido y comiendo paletas. ¿Por qué?

—¿Puedes acercarte a él y pedirle que me llame enseguida? Es importante.

Emily echó un vistazo por las cortinas delanteras para confirmar que Bucky no estaba a la vista.

—Em, ¿estás bien?

Como no quería asustar a Jane, y sabiendo que Ava estaba sentada a su lado viendo el partido de Mac, Emily intentó bajar el tono de pánico.

—Estoy bien, de verdad. Solo necesito hablar con él.

—Ya está terminando. Le voy a dar el mensaje y asegurarme de que te llame.

—Enseguida, antes de que salga del parque —reiteró Emily.

—Lo voy a hacer, pero ahora estoy preocupada. ¿Estás segura de que estás bien?

Emily respiró hondo antes de responder:

—Te prometo que estoy bien y te voy a contar más tarde.

—Estoy recogiendo mis sillas y mis cosas, y le doy el mensaje en un minuto. Llámame si necesitas algo.

—Gracias, Jane.

Emily estaba sentada allí, tamborileando con los dedos sobre la mesita de noche, mirando su teléfono. Consideró llamar al 911, pero confiaba en que Duncan llamaría, y así fue.

—Em, ¿por qué tanta prisa? Jane dijo que era urgente —preguntó Duncan.

—Necesito que vengas enseguida. Bucky, el repartidor, intentó atropellarnos a Elvis y a mí en la calle.

—¡Qué! ¿Estás bien? ¿Dónde estás?

—Estoy en casa y estamos bien, pero estoy un poco nerviosa. Han pasado algunas cosas hoy que necesito contarte. ¿Puedes venir?

—Estoy con el equipo de béisbol de Mac y necesito esperar a que los padres de los niños vengan a recogerlos. No voy a tardar mucho, quizá diez minutos. Voy a enviar a un agente a tu casa, pero quiero que te quedes al teléfono con Jane hasta que lleguen. ¿De acuerdo?

—De acuerdo, ¿y luego vienes cuando termines? —Emily se sentía vulnerable, algo desconocido para ella. Duncan debió percibirlo en su tono.

—Em, voy a llegar lo más rápido posible. Cuelgo ahora para que Jane pueda llamarte. ¿Tienes las puertas cerradas?

—Sí, y gracias, Duncan. Apúrate, por favor.

En cuanto Emily colgó, Jane llamó. Era imposible no ponerla al día de todo lo sucedido en los últimos días, pero Jane solo pudo ofrecer respuestas breves, ya que se esforzaba por no alarmar a Mac y Ava, que estaban sentados en el asiento trasero del carro. Llevaban menos de diez minutos hablando cuando Emily oyó un carro en su entrada y vio las luces intermitentes de la policía a través de las cortinas. Miró por la ventana para confirmar la llegada de la caballería y exhaló un suspiro de alivio al ver a Mike salir del carro.

—Jane, Mike está aquí. Estoy bien por ahora y te llamo luego —dijo antes de colgar el teléfono.

Tras el incómodo final de su cita de anoche, Emily no sabía qué esperar. En cuanto Mike entró por la puerta, la tensión se disipó. La abrazó largamente antes de alejarse, lo justo para verle la cara. Intentaba ocultar el miedo que la había consumido desde que Elvis empezó a gruñirle a la camioneta de Bucky, pero no lo hacía muy bien.

—¿Estás bien? ¿Elvis está bien? —preguntó Mike mientras rodeaba a Emily con el brazo y la llevaba a una silla, buscando con la mirada a Elvis, que estaba ocupado masticando su hueso favorito cerca de la puerta del patio.

—Estamos bien. Quizás un poco alterados. ¿Cómo llegaste tan rápido?

—Cuando Duncan me llamó, estaba a solo unos kilómetros de la playa con mi agente inmobiliario mirando una casa adosada.

—Ah. —Emily agradeció que estuviera cerca, pero le sorprendió un poco que hubiera buscado un nuevo lugar para vivir sin incluirla en la búsqueda. Pensó que al menos le consultaría primero sobre la ubicación.

Debió de no haber ocultado bien su decepción, lo que llevó a Mike a decir:

—Mi agente inmobiliario me llamó hoy por una propiedad nueva que aún no ha salido al mercado. Tenía que actuar rápido.

Emily asintió, pero no dijo nada. Mike bajó la vista para leer un mensaje.

—Duncan está a solo unos minutos. Es mejor que esperes a que llegue para contarnos qué pasó, así no tienes que repetirlo.

—Tiene sentido —dijo Emily mientras se relajaba un poco.

Tener a Mike en su cabaña era la razón principal, pero también estaba pasando de la huida tras su último encuentro con Bucky a la lucha. Estaba enojada porque la estaba amenazando de nuevo.

Mike se levantó y caminó hacia la cocina.

—¿Quieres algo de beber?

—Una copa de vino. Cualquier cosa que esté abierta en la cocina está bien. Gracias.

Mike sirvió una copa y tomó una botella de té helado para él antes de sugerir que salieran a la terraza. Escuchar el relajante sonido de las olas al romper en la orilla fue el antídoto perfecto para el día difícil de Emily.

No llevaban mucho tiempo sentados cuando Duncan irrumpió por la puerta, todavía con su uniforme de béisbol. Corrió al lado de Emily y la revisó para ver si tenía alguna herida.

—Duncan, estoy bien. De verdad —dijo Emily, tranquilizándolo y aliviada al mismo tiempo de que la reciente tensión entre ellos pareciera intrascendente en ese momento. Convencido de que estaba bien, Duncan se sentó y exhaló.

—Tenemos que dejar de juntarnos así. Em, te juro que he envejecido diez años en las últimas dos semanas de preocuparme por ti.

—Lo siento. No lo hago a propósito. Casi siempre —dijo Emily, plenamente consciente de que ese día había entrado en la oficina del Grupo Inmobiliario La Buena Vida en una misión de reconocimiento no autorizada.

—¿Qué quieres decir con la mayor parte del tiempo? —preguntó Duncan.

—¿Te invito una cerveza? ¿Algo más para beber? —preguntó Emily mientras se dirigía a la cocina, dudando en responder.

Duncan le tomó la mano y la ayudó a sentarse.

—Estoy bien. Tómate tu tiempo, Em, y cuéntanos todo lo que pasó.

Como tanto Mike como Duncan estaban al tanto de todos sus encontronazos previos con Bucky, solo tuvo que contarles sobre su visita a la inmobiliaria, su conversación con Sarah Klein, los técnicos forenses que tomaron las huellas dactilares de Bucky, y que Bucky había estado vigilando su casa esa noche antes de intentar atropellarla. Escuchaban en su rol oficial de agentes del orden, serios y con la intención de obtener todos los detalles. La interrumpieron un par de veces para hacerle una o dos preguntas y aclarar partes de su historia. Cuando terminó, todos se quedaron en silencio, asimilando la información.

—Creo que me necesito esa cerveza ahora —dijo Duncan, mientras se levantaba y caminó hacia la cocina—. ¿Alguien más necesita algo de beber?

Emily y Mike respondieron simultáneamente:

—Sí —y sus risas compartidas aligeraron el ambiente.

Antes de que Duncan regresara al patio, Mike se puso de pie de un salto, abordando el tema urgente.

—De hecho, no voy a tomar esa cerveza. Necesitamos una orden de arresto para Bucky. No teníamos suficiente causa probable hasta este intento de choque y fuga de esta noche, pero al menos ahora podremos obtener sus huellas.

Con eso Mike confirmó que Bucky era el que se había negado a dar sus huellas.

—Lo sabía —dijo Emily.

—¿Alguno de tus vecinos lo vio intentar atropellarte? —preguntó Duncan.

—No. Miré a mi alrededor para ver si había alguien afuera, por si necesitaba un lugar seguro. —Emily hizo una pausa antes de añadir—: Algunos vecinos tienen timbres con video. Quizás también tengan cámaras de seguridad.

—Lo vamos a comprobar con ellos, ya que cualquier prueba que lo corrobore nos ayuda a mantener a Bucky bajo custodia —dijo Mike—. Voy a hacer algunas llamadas para poner las cosas en marcha.

—Em, ¿puedes acompañarme por la calle y mostrarme dónde estaba estacionado y aproximadamente dónde casi te atropella? —preguntó Duncan.

—Claro. Déjame agarrar la correa de Elvis para que pueda dar su último paseo de la noche —e hizo una pausa—. Me acabo de dar cuenta de algo. Cuando los técnicos de Sarah Klein estuvieron aquí, Bucky probablemente los vio cargando el paquete de botellas de agua en su camioneta. La camioneta tenía el logo de la empresa en el exterior, así que tenía que saber que algo pasaba.

Mike y Duncan se miraron. Más que nunca, sentían la urgencia de sacar a Bucky de las calles. Si se sentía acorralado, podría seguir actuando de forma errática y peligrosa.

Bucky no tenía antecedentes y, hasta este caso, era un desconocido para la policía. Eso no significaba que no fuera capaz de cometer actos violentos. Emily se sentía bien de formar parte del equipo, por fin. Entendía todas las razones por las que la ocultaban de la investigación, pero era frustrante que la mantuvieran al margen.

—Yo paseo a Elvis —ofreció Duncan mientras salían por la puerta principal. Al entregarle la correa, Emily recordó la conversación con Sarah Klein sobre si Duncan y Jane estarían interesados en adoptar a Elvis. Decidió que no era el momento de sacar el tema. Apenas habían pasado por la casa del primer vecino cuando él dijo—: Elvis es un genio paseando con correa, ¿verdad?

—Sí, siempre viene cuando lo llamas cuando está suelto también.

—Em, nos espera una larga noche. ¿Puedes llamar a Anthony para que venga a quedarse contigo? También voy a poner a un oficial patrullando la zona, al menos hasta que esposen a Bucky.

—De todas formas, le debo una llamada a Anthony. Siempre está ahí para mí y me hizo prometer que ya no iba a investigar por mi cuenta.

—Al menos uno de ustedes tiene algo de sentido común.

Duncan sonreía cuando le dio a su hermana un suave empujón con el hombro.

—Lo sé, lo sé. Prometo dejarles el trabajo policial a ti y a Mike de ahora en adelante —dijo Emily antes de agregar—: pero he estado pensando en mi encontronazo con Bucky en la oficina esta tarde. Su expresión facial cuando me vio por primera vez era más de confusión que de ira. Se giró hacia Richard Brant como si intentara averiguar por qué estaba allí. Por la forma en que Bucky lo amenazaba, me pregunto si se sentía acorralado o atrapado. Tal vez le preocupaba que lo estuvieran tendiendo una trampa. Eso suponiendo que sea culpable de hacer algo ilegal.

—Quizás —dijo Duncan—. Es la única explicación de por qué apareció esta noche para intimidarte o hacerte daño. De alguna manera, se dio cuenta de que estás involucrada en todo esto.

Emily se detuvo para mostrarle a Duncan dónde vio por primera vez la camioneta de Bucky y dónde giró bruscamente cuando Emily y Elvis saltaron de la carretera para evitar ser atropellados. Duncan anotó todas las casas que estaban en el rango visual de la calle para poder dirigir a los policías que comenzarían a registrar el incidente. En cuanto regresaron a la cabaña, Emily llamó a Anthony para pedirle ayuda una vez más. Él ya salía antes de que ella colgara.

Mike apartó a Duncan para tener una conversación privada antes de volver a mirar a Emily.

—Voy a intentar pasar a ver cómo estás esta noche, pero no sé si va a ser demasiado tarde —dijo Mike mientras se preparaba para irse—. Duncan me dijo que Anthony viene en camino. ¿Prometes quedarte dentro con las puertas cerradas? Hay agentes cerca mientras buscan pruebas en video con tus vecinos, pero también tenemos un carro patrullando la zona toda la noche.

—Probablemente voy a estar despierta hasta que sepa que Bucky está entre rejas. Pásate o llama cuando quieras —dijo Emily, consciente de que Duncan la observaba con esa sonrisa fraternal. Podía bromear con ella sin decir una palabra.

Después de que Mike se fue, Duncan y Emily se quedaron dentro esperando a Anthony. Elvis tardó solo un instante en subirse al sofá junto a Duncan, quien empezó a acariciarle las orejas al terrier.

—Sin presión, pero Sarah Klein me preguntó esta noche si tú y Jane considerarían adoptar a Elvis. Le dije lo mucho que se la pasó jugando con Mac y Ava.

Emily contuvo la respiración, esperando su respuesta. Duncan miró a Elvis, que se desmayaba por el masaje de orejas.

—No lo había pensado mucho. Mac y Ava solo hablan de Elvis últimamente. ¿Quizás?

—¿En serio? —respondió Emily con demasiado entusiasmo.

—Después de que el perro de Jane, Scooby, muriera, ella no estaba lista para adoptar otro perro de inmediato. Luego llegaron Mac y Ava, y parece que la vida era muy ajetreada, con mis largas horas de trabajo, Jane terminando el posgrado y todas sus actividades. Supongo que están llegando a la edad en la que podrían ayudar a cuidar a Elvis, sobre todo porque se le da tan bien pasear con correa.

—Estaba nerviosa por sacar el tema esta noche con tantos asuntos pendientes. ¿Por qué no lo hablas con Jane cuando puedas? Elvis va a estar conmigo hasta que decidas lo que sea.

Emily pensó que era mejor no presionarlo.

—Bueno, quizás. No se lo mencionemos a los niños hasta que Jane y yo tengamos la oportunidad de pensarlo.

—Claro. Y si te sirve de algo, siempre puedo cuidar a Elvis cuando lo necesites. De hecho, creo que Bella le está tomando cariño, y es divertido tenerlo cerca.

Emily sonreía de oreja a oreja ante la idea de mantener a Elvis en la familia.

En ese momento, Anthony llamó a la puerta antes de entrar a la cabaña. Emily reunió toda su energía y lo saludó con un pequeño gesto.

—Gracias por venir, Anthony. Voy a dejar que Emily te cuente todos los detalles. ¿Puedes quedarte esta noche? —preguntó Duncan mientras se levantaba, tomaba su teléfono y las llaves, preparándose para salir rápidamente.

—Salí corriendo para venir, pero Marc me está preparando una maleta y la va a traer esta noche. Puedo quedarme unos días si hace falta. ¿Estás bien, Em?

—Estoy mejor ahora.

—Te aviso tan pronto como tenga alguna novedad —dijo Duncan, y luego se fue a encontrarse con Mike en la estación.

Anthony miró a Emily con la expresión más sombría que jamás había visto.

—Esto es malo, ¿verdad? —preguntó.

—Creo que sí. —Emily le contó todos los detalles de la noche. Anthony temblaba de ira cuando ella le contó sobre el intento de choque y fuga.

—Tiene que ser él. Bucky le entregó las compras a la señora Klein y se niega a dar sus huellas. Es un conocido socio de la inmobiliaria que la amenazaba, y ahora va a por ti. Y para colmo, a Elvis le cae fatal. Diría que Elvis lo odia, pero mi mamá me dijo que nunca usara esa palabra. Deberíamos haber seguido el ejemplo de Elvis desde el principio.

—Estoy de acuerdo en que Bucky es culpable, pero no parece el cerebro del crimen. No, basándonos en todos nuestros encuentros hasta ahora. Quizás está mal de la cabeza.

—Quizás, pero no me importa. Tiene que estar entre rejas. Al menos hasta que lo resuelvan —respondió Anthony. Emily asintió.

No tenían mucho más de qué hablar. Vieron repeticiones de comedia en la televisión, lo cual fue el contrapeso perfecto a la grave situación en la que se encontraban. Entre maratones de episodios, Emily recordó que tenía buenas noticias que compartir.

—Olvidé decírtelo. Existe la posibilidad de que Duncan y Jane adopten a Elvis. Al principio no pensé que les interesara, pero después de verlo jugar con Mac y Ava, Duncan dijo que hablaría con Jane al respecto.

Anthony levantó a Elvis en sus brazos y le susurró al oído:

—Eres un perrito afortunado, Elvis.

—Duncan tiene mucho que hacer ahora mismo, así que no voy a presionarlo, pero me siento bien con esto. Es como si Elvis supiera que estaba haciendo una audición para su hogar definitivo esta noche cuando se acurrucó junto a Duncan. Y debiste verlo caminar con su correa esta noche, como si estuviera en una pasarela.

—Perro sabio —dijo Anthony.

Elvis los miró fijamente antes de saltar del sofá para ocuparse de su hueso para masticar que había abandonado al llegar Anthony. Bella había bajado unos niveles en su árbol para gatos, acercándose a Elvis. Era una muestra de cariño o un movimiento provisional como parte de una emboscada inminente. Bella seguía insatisfecha de tener que compartir su casa con él, pero parecía aceptar la realidad de que estaba allí para quedarse.

—Todavía no pienso decirle nada a Sarah sobre Elvis. Hay demasiadas cosas prioritarias ahora mismo —dijo Emily.

—Eso es quedarse corto. Tienen que encontrar a Bucky esta noche. Es la única manera de obtener sus huellas dactilares de forma legal y oficial.

—Probablemente tengo que contarle a Sarah todo lo que pasó, pero estoy segura de que sus técnicos ya están trabajando en las huellas que recogieron en mi casa. Además, le prometí a Duncan que no me iba a meter en esto, al menos por ahora.

Anthony le dirigió otra de esas miradas que dejaban claro lo que pensaba.

—¿Quién engaña a quién? No te vas a meter hasta que termines esa copa de vino.

Emily simplemente se encogió de hombros. Esta noche, estaba contenta de saber que la justicia estaba en marcha. Por primera vez, sentía que se acercaban a la verdad sobre lo que le sucedió a la señora Klein. Ese conocimiento le permitió liberar la tensión del día, pero la dejó agotada. Antes de la siguiente pausa comercial, dormía profundamente en el sofá. Se sentía segura sabiendo que Anthony estaba allí y que un policía iba y venía por la calle. Después de que Emily caminara dormida hasta su cama, donde se desplomó en un sueño profundo, Anthony recibió a Marc en la puerta para recoger su mochila. Marc confirmó que iba a estar de guardia si necesitaban algo. Todos comprendían la gravedad de la situación, y Marc no era la excepción.

CAPÍTULO DIECISÉIS

Al despertar a la mañana siguiente, Emily se sentía desorientada y tuvo que sentarse en el borde de la cama para ordenar sus pensamientos. El estrés y el agotamiento la atormentaban, y tardó un momento en reconstruir todo lo ocurrido el día anterior. Revisó su teléfono, pero no había noticias de Mike ni de Duncan. ¿Qué significaba eso? ¿Seguían buscando a Bucky o lo estaban interrogando? Era comprensible que tuvieran mucho que hacer y quizá estuvieran demasiado ocupados para llamar, pero Emily estaba frustrada porque no la mantenían al tanto de la investigación como le habían prometido.

Era poco después del amanecer, y el brillante sol de la mañana la invitaba a salir. La luz del día le traía una sensación de seguridad difícil de encontrar en la oscuridad de la noche. Elvis bailaba frente a ella, obviamente necesitando ir al baño.

—Vamos, Elvis —dijo mientras se ponía las chanclas más cercanas y le agarraba la correa. Anthony seguía durmiendo, y como volvería en unos minutos, no hacía falta dejar una nota. Elvis se dirigió directo a la orilla y patrullaba con pericia la playa cercana para asegurarse de que no hubiera ningún pájaro playero que ahuyentar. Mientras Emily observaba a Elvis, vio cómo su paso juguetón cambiaba al instante. Se había girado para mirar hacia la orilla y se quedó inmóvil, con el pelo erizado, y entonces gruñó. Esta vez, Emily ni siquiera necesitó mirar en la dirección que él miraba para saber qué estaba pasando. Lo tomó en brazos y echó a correr hacia su cabaña. Una rápida mirada por encima del hombro confirmó lo que ya sabía: Bucky estaba en la playa, corriendo hacia ellos. Emily abrazó fuerte a Elvis y corrió más rápido de lo que se creía capaz. Llegó a la terraza y cruzó las puertas del patio antes de cerrarlas de golpe y echar los cerrojos.

Anthony estaba en la cocina, mirando la cafetera, deseando que funcionara más rápido, cuando Emily irrumpió por la puerta.

—¿Qué demonios, Em? —dijo agarrándose el pecho—. Pensé que aún dormías.

—Bucky está ahí fuera y empezó a perseguirnos. Va a llegar en cualquier momento. Voy a llamar al 911 desde el teléfono de casa, pero tengo el celular en la cama. Ve a llamar a Duncan y dile que es una emergencia.

Emily gritaba instrucciones mientras corría por la casa, comprobando las cerraduras de las puertas y ventanas. Cerró las persianas del patio para que Bucky no pudiera ver dentro y corrió a llevar a Elvis y Bella a la habitación de invitados, a salvo.

Anthony volvió corriendo a la habitación con el teléfono de Emily.

—Toma, Duncan quiere hablar contigo.

—Duncan, va a estar en mi puerta en segundos —gritó por teléfono.

—Quiero que te mantengas fuera de la vista de cualquier ventana y no salgas de la cabaña, pase lo que pase.

—¿Y si entra a robar? ¿Qué vamos a hacer? Ni siquiera tengo un bate de béisbol. Anthony, ve a buscar esos cuchillos de cocina enormes del bloque de madera.

Emily sabía que estaba entrando en pánica, pero era lo mejor que podía hacer dadas las circunstancias.

—Em, Mike está hablando por radio con el agente que estuvo en tu barrio toda la noche. Está ahí y se va a encargar de todo. No abras la puerta hasta que te diga que es seguro.

Emily respiró profundamente, intentando calmar sus nervios, pero aun así aceptó el gran cuchillo que Anthony le estaba entregando.

—¿Puedes quedarte conmigo al teléfono? —preguntó.

—Estoy aquí. Vas a estar bien. Te lo prometo.

Emily asintió con la cabeza hacia el teléfono como si Duncan pudiera ver su respuesta. Ella y Anthony se habían mudado a la sala y estaban sentados en el borde del sofá, lejos de las ventanas. Le dijo a Duncan que estaba en altavoz y dejó el teléfono sobre la mesa de centro. Mientras apretaban la mano de Anthony, sus manos libres rodeaban el mango de un cuchillo grande que ninguno de los dos tenía la habilidad de usar como arma defensiva. De repente, se oyó un fuerte alboroto en el patio.

—¡Alto! ¡Policía de Coral Shores, manos arriba! ¡Ahora! —gritó una voz autoritaria.

Podían oír el sonido de su diván o la mesa del comedor al caer o moverse en la terraza, y luego se hizo el silencio. Anthony y Emily se miraron y luego volvieron a mirar hacia el patio.

—¿Deberíamos comprobar qué está pasando? —preguntó Emily, olvidando que todavía estaba hablando por teléfono con Duncan.

—No. Ni se te ocurra salir —gritó Duncan por teléfono.

Ella susurró por el altavoz:

—¿Y si necesita nuestra ayuda?

—No —fue su única respuesta, y entonces pudo oír a Duncan que hablaba con alguien más al fondo. Sus voces apagadas le impedían entender lo que decían.

—Bucky está esposado y bajo custodia. El agente Braddock lo está asegurando en su patrulla. Ya están a salvo. El agente se va a quedar en la calle hasta que Mike llegue con más refuerzos. Solo son unos minutos, pero quédense dentro hasta que Mike llame.

—¡Sí! —Anthony se puso de pie de un salto, gritando victorioso. Blandía con júbilo su enorme cuchillo sobre la cabeza. Emily estalló en una carcajada descontrolada al verlo. Su reacción pareció tan fuera de lugar que Anthony dejó de bailar el tiempo suficiente para que Emily le quitara el arma de la mano.

—Ay —dijo Anthony—. Ni siquiera me di cuenta de que todavía lo tenía en la mano.

Una vez que se liberaron de las armas, se abrazaron, y luego Emily se unió a Anthony en su baile de celebración. Era irracional, pero tenía tantas emociones a flor de piel. Un baile tonto e inoportuno parecía la manera perfecta de liberar la tensión. Era eso, o se derrumbaría en el suelo hecha un mar de lágrimas.

—¿Debería dejar salir a Bella y Elvis de su búnker? —preguntó Anthony.

—Están tranquilos ahora mismo. Quizás Bella esté ayudando a Elvis a calmarse. Por si acaso hay gente entrando y saliendo de mi casa, es mejor dejarlos en la habitación.

—Emily —dijo Duncan, intentando llamar su atención—. Mike está afuera de tu puerta, así que puedes salir. Voy a colgar, pero voy a llegar pronto.

—Gracias, Duncan. Por todo —dijo, aliviada de sentirse segura de nuevo.

—Sí, gracias, Duncan —añadió Anthony.

Emily y Anthony salieron al patio delantero. Las luces intermitentes de tres patrullas iluminaban su casa y la calle. Mike parecía estar terminando una conversación con un agente, que se había dado la vuelta para regresar a su vehículo. Emily supuso que era el agente Braddock, ya que Bucky estaba sentado en el asiento trasero, esposado, con los hombros hundidos y una expresión de derrota. Emily no estaba segura, pero casi parecía que estuviera llorando. Antes de que pudiera agradecerle al agente por haberlos salvado hoy, este se incorporó a la carretera en dirección a la comisaría.

Mike se giró y caminó hacia Emily y Anthony.

—Se acabó —dijo, tranquilizándolos antes de rodear a Emily con el brazo y abrazarla con seguridad—. Hola, Anthony. ¿Estás bien?

—Ya estoy bien. Preparé una cafetera y creo que nos vendría bien una taza —dijo Anthony.

Los tres entraron en la cabaña, donde Emily se apresuró a soltar a Bella y Elvis, mientras Anthony llenaba las tazas. No sorprendió a nadie que Elvis corriera hacia las puertas del patio, olfateando y luego gruñendo ante los restos del aroma de Bucky.

—Entonces, ¿qué pasa ahora? —preguntó Emily mientras saboreaba el primer sorbo de su bebida matutina.

—Eso depende de Bucky. Lo van a acusar por intento de choque y fuga, y ahora por allanamiento de morada e intento de allanamiento. Si sus huellas dactilares coinciden con las del envase de jugo de la señora Klein, podría enfrentarse a un cargo de homicidio en primer grado. No va a hacer entregas durante mucho tiempo.

—Sigo sin creer que Bucky sea el responsable del plan. Todo me dice que trabaja para alguien más.

—Quizás, pero tenemos que dejar que las pruebas y los hechos guíen la investigación. Si Bucky es prudente, va a comprender las señales y estará dispuesto a testificar para que se considere la clemencia en su sentencia.

—Si contamos con que Bucky haga lo correcto, entonces puede que no tengamos suerte —dijo Anthony.

—Siempre me sorprende el instinto de supervivencia de cualquier delincuente de poca monta. Bucky no va a asumir la culpa por el bien común —dijo Mike.

Anthony miró su reloj y se puso de pie de un salto.

—Em, tenemos que ir al hospital. Ya son las ocho, y seguro que la señora Rattary nos espera allí con Sophia. —Mike parecía confundido hasta que Anthony lo aclaró—. Sophia es una gata.

—Entendido. Voy camino a la estación, pero prometo pasar por el hospital cuando pueda con alguna novedad.

—¿Lo prometes? ¿Lo prometes? —preguntó Emily, intentando que cumpliera su palabra.

—Lo prometo —dijo Mike, dándole un rápido beso en la mejilla antes de salir por la puerta principal.

Emily y Anthony no tuvieron tiempo de analizar su agitada mañana. Estaban demasiado ocupados intentando llegar al hospital a tiempo. Fueron juntos al trabajo, ya que Anthony ya había declarado su intención de regresar con Emily al final del día. Ninguno sabía si el peligro había pasado y, hasta entonces, Anthony iba a permanecer cerca.

. . .

—Buenos días, Dra. Benton. Tengo la mejor noticia. Sophia ha estado comiendo muy bien durante la noche y ya no ha vomitado. Está volviendo a la normalidad.

La señora Rattary llegó al hospital antes de que abriera y fue la primera en llegar al consultorio después de que Abigail abriera las puertas.

—¡Qué buena noticia! Vamos a repetir el examen y la radiografía de Sophia, pero según su actualización, parece que pudo haber superado la prueba sin complicaciones. Vuelvo con ella en unos minutos.

La señora Rattary tenía razón. Sophia estaba despierta y animada. Su abdomen ya no le dolía a la palpación y parecía estar bien hidratada. Incluso ronroneó durante la revisión. Las radiografías confirmaron lo que Emily ya sabía, Sophia había evitado una cirugía de emergencia.

El resto del día estuvo tan ajetreado que Anthony y Emily no tuvieron tiempo de hablar de su mañana. Eso no impidió que Emily revisara su teléfono cada vez que podía, esperando ver alguna novedad de Mike o Duncan. No fue hasta justo antes de la hora de cierre que Duncan le envió un mensaje confirmando que Bucky estaba entre rejas. Prometió informarle más tarde esa noche y le transmitió una disculpa de Mike por no haber podido ir al hospital hoy. No había nada más que pudiera hacer por ahora. Anthony tomó la decisión ejecutiva de llamar con antelación para pedir comida india para llevar de Curry-in-a-Hurry y poder recogerla de camino a casa de Emily. El viaje a casa les brindó la primera oportunidad de hablar en privado.

—Lo que daría por ser una mosca en la pared en la sala de interrogatorios de Bucky —dijo Anthony.

Emily lo pensó un minuto antes de añadir:

—Esa es una forma de averiguar qué está pasando. Lo he estado pensando y no entiendo por qué un agente inmobiliario exitoso recurriría al asesinato para hacerse con una propiedad.

—No tiene mucho sentido, pero no sabemos nada de este tipo. Quizás se enriqueció a la antigua usanza, con empresas delictivas.

Emily arqueó las cejas ante la sugerencia de Anthony.

—Tal vez.

Tras una breve parada para comprar comida para llevar, pasaron el resto del viaje a casa en silencio. Regresar a la reciente escena del crimen los dejaba con una sensación de pavor mientras seguían procesando los sucesos del día anterior.

—Me muero de hambre. ¿Quieres comer primero y luego llevar a Elvis a dar un paseo por la playa? —preguntó Emily mientras desempacaba los contenedores de la cena.

—Sí, la comida primero, sin duda. Hoy me perdí el almuerzo —dijo Anthony—. ¿Y tú, Elvis? ¿La comida primero?

El atento terrier inclinó su cabeza hacia un lado, señalando su acuerdo.

—Voy a escribirle a Duncan para decirle que vamos a estar en la playa por si piensa pasarse. No quiero perder la oportunidad de hablar con él.

—¿Sarah Klein sabe todo esto, incluido el arresto de Bucky?

—Supongo que sí, pero le dije a Duncan que no me iba a meter. Quizás pueda contactarla para ver si quiere acompañarnos a dar un paseo con Elvis mañana por la noche.

—Buena idea. Yo alimento a Elvis y a Bella y tú pones en marcha tu plan.

—No es un plan —dijo Emily, desafiando su suposición de que iba a entrometerse, a pesar de que ya le estaba enviando un mensaje de texto a Sarah con una propuesta para reunirse.

—Lo que tú digas —respondió Anthony con una sonrisa.

Emily le devolvió el gesto. Sabía que no estaba siendo del todo transparente sobre su verdadero motivo para obtener información cruda y contundente.

Después de alimentar a los peludos miembros de la familia, Emily y Anthony llevaron su comida a la terraza. Era difícil evitar mirar la playa de arriba abajo, alerta ante cualquier peligro. Aunque Bucky estaba en la cárcel, era imposible comprender que él era la causa de toda esta violencia y muerte. Esa era la razón principal por la que sentía que no podían bajar la guardia todavía.

Anthony guardaba las sobras en el refrigerador.

—Comí demasiado rápido. Creo que un paseo me va a ayudar a digerir.

—Vámonos para que podamos regresar antes de que se ponga el sol —dijo Emily, y luego agarró la correa de Elvis.

—¿Necesitas revisar los nidos de tortugas esta noche? Hace mucho que no estoy de guardia; sería divertido.

—No, mi próxima noche es el fin de semana. Sharon y Marlon están capacitando a nuevos voluntarios durante los próximos días.

Después de caminar diez minutos por la playa, Emily miró al horizonte y decidió que era hora de regresar para estar en casa, con las puertas cerradas, antes del atardecer. No pudo evitar la sensación de *déjà vu* al llegar al mismo lugar de esa mañana donde Bucky intentó perseguirla. Ni siquiera quería pensar en lo que habría intentado hacer si hubiera logrado atraparla. Emily estaba mirando el océano cuando Anthony preguntó:

—¿Es Mike?

Emily se giró y sonrió al ver a Mike caminando hacia ellos, agitando los brazos. Su andar despreocupado no le hacía sentir ninguna urgencia, así que suspiró aliviada. Anthony le sonreía cuando dijo:

—Ahora me siento como un mal tercio.

—Para nada. Me alegra que esté aquí, pero no quiero que te vayas. ¿Te parece bien?

—No me voy a ningún lado. No importa lo guapo o encantador que sea tu novio.

Emily le dio un codazo a Anthony en el costado. Un gesto para comunicar un «no te burles».

—Duncan me dijo que ibas a dar un paseo. ¿Viste las tortugas esta noche? —preguntó Mike.

—No, no caminamos tan lejos por la playa —dijo Emily.

—Queríamos regresar antes de que oscureciera. Creo que aún sentimos los efectos del último día. ¿Tienes alguna noticia para nosotros? —preguntó Anthony.

—Ha habido un avance importante. No puedo decir mucho porque la investigación sigue en curso.

—¿Qué nos puedes contar? —preguntó Emily mientras se acercaban a la terraza de su patio.

—Bucky está trabajando con su abogado de oficio en un acuerdo con la fiscalía por su cooperación y testimonio. Probablemente te lo diga Sarah Klein, pero las huellas dactilares que recogiste en el paquete de botellas de agua coincidieron con las del envase de jugo de naranja. Su equipo forense envió el informe esta tarde. Aún no podemos usarlas para construir un caso contra Bucky, pero no importa. Sus huellas se tomaron legalmente después de que lo acusaran de tu intento de choque y fuga.

Emily comprendió que la «Operación Huella Dactilar» terminó siendo inútil. Anthony le guiñó un ojo mientras le hacía un gesto de aprobación con los pulgares. Estaba orgulloso de ella por tomar la iniciativa, aunque fuera una decisión arriesgada en ese momento.

—Entonces, supongo que eso significa que no actuaba solo. ¿Tenía razón al decir que el señor Buena Vida está detrás de todo esto? —preguntó Emily.

Mike se detuvo y lo pensó un momento.

—No puedo confirmar ni negar ese hecho —y luego sonrió.

—Lo sabía —exclamó—. ¿Pero por qué?

—De eso no puedo opinar. La situación avanza rápidamente y quería informarte que, aunque creo que ya estás a salvo, seguiremos intensificando las patrullas alrededor de tu casa esta noche.

—Estoy bien con eso —dijo Anthony.

—¿Le has informado a Sarah Klein de todo? —preguntó Emily.

—Sí, está completamente consciente. Su equipo de tecnología forense ha ayudado a construir el caso que tenemos. No puedo quedarme, pero quería asegurarme de que estuvieras bien después de esta mañana. ¿Te quedas a pasar la noche, Anthony?

—Voy a quedarme aquí esta noche y mañana si es necesario.

Mike le estrechó la mano y le preguntó a Emily si podía acompañarlo hasta su carro. Emily miró a Anthony por encima del hombro y se encogió de hombros mientras seguía a Mike al jardín delantero.

—Escucha, Em —dijo Mike, girándose para mirarla y tomándole las manos—. Estos últimos días han sido muy intensos. A pesar de todo lo que está pasando, he estado pensando en ti. En ti y en mí.

—¿En serio?

Mike asintió.

—Una vez que este caso termine, me gustaría programar otra cita, o varias.

—A mí también me gustaría —dijo Emily.

Tenía el corazón acelerado y estaba segura de que él podía verlo latir en su pecho. Mike la rodeó con un brazo por la cintura y la atrajo hacia él, apartándole suavemente el pelo de la cara con la otra mano antes de besarla. Esta vez no fue un beso rápido en la mejilla, sino un beso intenso y prolongado. Cuando se separaron, ambos estaban sin aliento. Mike sonrió y negó con la cabeza.

—Increíble —fue todo lo que dijo antes de girarse para caminar hacia su carro—. Estoy seguro de que Duncan te va a contactar. Te avisamos si ocurre algo.

Emily ni siquiera tuvo palabras para exigirle que cumpliera su promesa. Simplemente sonrió y lo saludó con la mano mientras salía del camino de la entrada. Al darse la vuelta, vio que las persianas de la ventana delantera se cerraban, delatando la vigilancia fraternal de Anthony. Al entrar en la cabaña, Anthony le ofreció una copa de vino y dijo:

—Hoy sí que terminó mejor de lo que empezó.

Emily aún estaba en un estado de romanticismo cuando aceptó la copa y sonrió.

—De acuerdo.

CAPÍTULO DIECISIETE

—Em —susurró Anthony—. Emily, es hora de levantarse.

Tras sentarse de golpe, luchó por sacudirse los efectos de un sueño profundo, parpadeando mientras intentaba concentrarse en el rostro que tenía delante.

—¿Qué hora es? ¿Olvidé poner la alarma?

—No, faltan unos minutos para la alarma. Duncan viene de camino. Te estaba enviando mensajes de texto, pero como no respondiste, me llamó.

—Ah, va. Quizá tenga noticias para nosotros. Dame un minuto, ahorita salgo.

—El café está listo —dijo Anthony antes de salir de la habitación.

Emily se estaba echando agua fría en la cara, intentando empezar el día con energía, cuando oyó la voz de Duncan.

—Esto no puede ser una visita social —dijo Emily mientras entraba en la cocina para saludar a su hermano.

—La verdad es que no, pero siempre me encanta verte, hermanita. —Emily retorció los ojos—. Quería decírtelo antes de que lo vieras en las noticias. Bucky está cooperando con la investigación a cambio de clemencia en la sentencia. Lo acusan del asesinato de la señora Klein basándose en que sus huellas dactilares coinciden con el envase de jugo de naranja. Tras afirmar que no sabía nada del veneno, confesó que Richard Brant, de la compañía Grupo Inmobiliario La Buena Vida, lo contrató y le dijo que el veneno solo la enfermaría lo suficiente como para que terminara en el hospital unos días. Estamos ejecutando una orden de arresto contra Brant, y Mike está en su casa ahora mismo con un equipo.

—¿En serio? ¿De verdad se acabó? —preguntó Emily.

Duncan asintió mientras tomaba su café.

—Se acabó.

Por instinto, Anthony se acercó a Emily y rodeó sus hombros con el brazo. Ella pudo sentir cómo el estrés abandonaba su cuerpo, dejándola desinflada y con el temor de que las rodillas no le sostuvieran sin toda la adrenalina corriendo por sus venas.

—¿Cómo sucedió todo? —preguntó Anthony mientras se dirigía a rellenar el café de todos.

—Bueno, Bucky se negaba a cooperar o a decir nada hasta que le mostramos la coincidencia de su huella dactilar con el envase de jugo de naranja y la evidencia de su vínculo con Richard Brant. Los pagos de Brant a Bucky se remontan al último año y medio. En cuanto se dio cuenta del problemón en el que se había metido, se le soltó la boca. Bucky se encargaba de tareas indeseables para Brant. La señora Klein no fue la primera persona acosada o intimidada en una campaña de presión para que vendieran su propiedad.

—¿Qué quieres decir? —preguntó Emily.

—La compañía Grupo Inmobiliario La Buena Vida se lucraba revendiendo propiedades infravaloradas frente al mar a inversores internacionales y de otros estados. Bucky usaba vandalismo y otras tácticas amenazantes para asustar a los residentes, haciéndoles creer que su vecindario se estaba volviendo inseguro. Se le hacían una oferta al contado justo cuando un propietario se sentía más vulnerable. Era demasiado buena para rechazarla.

—Eso es despreciable —dijo Anthony mientras movía la cabeza con disgusto.

—Todavía estamos intentando reconstruir el origen de su relación laboral, pero parece que Bucky intensificó sus tácticas para conseguir más dinero.

—¿Confirmó que fue él quien irrumpió en la cabaña de la señora Klein? —preguntó Emily.

—Lo hizo. Después de la muerte de la señora Klein, entraron en pánico. Brant contrató a Bucky para buscar cualquier documento y comunicaciones que la conectaban con la inmobiliaria. Había cartas amenazantes que cuestionaban el título de propiedad y reveses que Brant no quería que salieran a la luz. Bucky no lo dijo, pero supongo que también iba a recuperar el envase de jugo hasta que lo sorprendiste esa noche y huyó antes de terminar el trabajo.

Emily permaneció en silencio, asimilándolo todo. La tristeza la embargaba al saber que la señora Klein había perdido la vida por la avaricia de alguien. Era tan cruel y sin sentido.

—Aunque no lo creas, Bucky culpó a su profesor de matemáticas de la prepa por su situación actual. De hecho, afirmó que no era culpa suya haberse equivocado con los decimales. — Duncan sacudía la cabeza con incredulidad—. Al parecer, Brant le proporcionó el veneno, una jeringa y una aguja para inyectarlo en el jugo. Bucky confundió las instrucciones y terminó administrándole una dosis diez veces mayor de la prevista. Todavía no comprende del todo las repercusiones de sus actos, y está ansioso por culpar a los demás.

Emily y Anthony no sabían si reír o llorar.

—Tal vez por eso estaba discutiendo con Brant el día que me lo encontré en la oficina de bienes raíces —dijo Emily.

—Sí, cuando se dio cuenta de lo que pasó con la dosis, confrontó a Brant. Claro, Brant culpaba a Bucky por su descuido. Cuando te vio, probablemente se sintió acorralado mientras las pruebas se acumulaban a su alrededor.

Eso le pareció lógico a Emily tras presenciar el final de ese encuentro.

—¿Y qué hay de Sarah Klein? ¿Se lo dijeron?

—Sí, ella fue nuestra primera llamada. El equipo forense financiero que trabajó en el caso identificó a otras posibles víctimas de Brant que datan de hace más de dos años. También encontraron muchos documentos incriminatorios que la señora Klein guardó en su cuenta en la nube. Era una mujer muy astuta y guardaba una copia de todas sus comunicaciones con Brant. Por lo que sabemos, es posible que más de una docena de personas se hayan visto obligadas a vender sus casas debido a sus tácticas. El caso va a ser remitido al Departamento de Policía de Florida para una mayor investigación. Pueden encargarse de delitos que se extienden por todo el estado.

—¿Hubo otros asesinatos? —preguntó Anthony.

—Que sepamos, no. Parece que la señora Klein fue la primera víctima en perder la vida. Quién sabe por qué cambiaron su modus operandi, pero no me sorprendería que Brant y Bucky siguieran implicándose mutuamente.

—Sé de primera mano que Bucky puede con cualquier tarea que requiera intimidación física, pero quizá no con los detalles de un envenenamiento. No es el más listo del mundo. Aunque fuera accidental y solo pensara que iba a enfermarla, ahora es irrelevante. Tiene que pagar —dijo Emily con firmeza.

—Y así va a ser —afirmó Duncan.

—¿Eso significa que ahora puedes entregarle el cuerpo de la señora Klein a Sarah? —preguntó Emily.

—Sí, ese proceso está en marcha, pero depende del forense.

Emily asintió. Sabía que celebrar la vida y el fallecimiento de un ser querido con una ceremonia era importante para superar el duelo y lograr un cierre. Si se hubiera visto obligada a esperar para despedirse formalmente de su mamá, hubiera sido debilitante. Sarah Klein había sido tan fuerte.

—Lamento decir lo obvio, pero tenemos que prepararnos para ir a trabajar —le dijo Anthony a Emily mientras se dirigía a la habitación de invitados—. Creo que nunca me había sentido tan aliviado de que sea sábado y podamos cerrar al mediodía. Nos va a tomar todo el fin de semana recuperar el aliento.

Emily llenó su taza de café por tercera vez.

—¿Me avisas qué pasa hoy? —le preguntó a Duncan.

—Claro. No sé qué esperar. Lo más probable es que los abogados de Brant vengan de inmediato.

—Por supuesto.

—Quiero que sepan que ahora deben sentirse seguros. Dudo que el juez le conceda la libertad bajo fianza a Bucky, pero los mantengo al tanto —dijo Duncan mientras dejaba su taza, preparándose para irse—. Ah, y no he olvidado nuestra conversación sobre Elvis. Jane y yo no hemos hablado de eso porque los niños siempre están cerca. Además, han sido unos días muy ajetreados.

—Lo entiendo perfectamente. —Emily miró a Elvis, que estaba sentado en su cojín favorito del sofá—. Sarah Klein viene a verlo de nuevo en uno o dos días, así que avísame.

Duncan asintió y le dio un abrazo a su hermana y a Elvis una inesperada caricia en la cabeza antes de irse. Emily se movió con determinación; se bañó y se preparó para el trabajo en tiempo récord. Llevó a Elvis a dar un paseo rápido con correa por la calle y, cuando regresó, Anthony ya tenía las mochilas y estaba listo para irse.

...

El Hospital Veterinario Coral Shores estaba a reventar hoy. Una feria de adopción, organizada por el refugio de animales local y la tienda de mascotas cercana, atrajo a familias para programar chequeos médicos para sus nuevos miembros peludos. Anthony convenció a Emily de que sería buena idea incluir un chequeo médico gratuito para estas mascotas rescatadas para apoyar al refugio, generar buena voluntad y conseguir clientes para toda la vida. Y tenía razón. La agenda del hospital estaba llena para la semana siguiente y todos los nuevos cachorros, gatitos, y perros adultos habían disfrutado de la atención y las deliciosas golosinas de Abigail y el equipo de recepción. Una experiencia beneficiosa para todos.

—Em, ¿quieres que me quede a dormir otra vez esta noche? —preguntó Anthony mientras se preparaban para cerrar el hospital.

—No, voy a estar bien ahora que los malos están tras las rejas. Y he estado pensando que tú también deberías tomarte el lunes libre. Hace tiempo que no tienes tiempo libre, y es importante evitar el agotamiento. Eres mi mejor amigo y me preocupo por ti.

Además, eres muy valioso para el hospital, así que necesitamos mantenerte sano.

—¿Y tú, Em? Llevas más horas trabajando que yo. ¿Cuándo vas a descansar?

—No lo sé. Sabía a lo que me comprometía cuando compré el hospital. Aquí no me hago ilusiones de tener fines de semana largos.

—Aun así, no es saludable.

—Estoy de acuerdo, pero por ahora está bien. Con la forma en que hemos ido creciendo, creo que deberíamos considerar contratar a otro veterinario pronto, aunque sea a tiempo parcial.

—Me gusta tu forma de pensar. Los números también lo respaldan.

—Hasta entonces, voy a mantener la cabeza ocupada. Tengo algunas cosas con que ponerme al corriente. Y mucho que hacer después de las últimas dos semanas, después de eso voy a pensar en tomarme un descanso —dijo Emily.

—¿Alguna noticia de Duncan o Mike hoy?

—No, pero Sarah Klein me envió un mensaje diciendo que viene esta noche a visitar a Elvis y a pasar un rato con él. Luego vuelve a casa unos días antes de regresar para el homenaje de su mamá.

—Avísame si tienes algún detalle sobre el homenaje. Quizás tengamos que reservar citas en el hospital para que ambos podamos estar allí.

—Claro. Voy a conseguir los detalles esta noche. Gracias de nuevo, Anthony. Por apoyarme en todo. No creo que hubiera sobrevivido las últimas dos semanas sin ti.

Los ojos de Emily se llenaron de lágrimas.

—Sé qué harías lo mismo por mí sin dudarlo. Vete a casa y descansa un poco. Te llamo mañana.

Anthony abrazó fuerte a Emily antes de que ella se diera cuenta de que él también estaba llorando.

...

Tras llegar a casa, Emily se puso el traje de baño y se dirigió directamente al mar. Un baño relajante en el Golfo fue la manera perfecta de liberar el estrés y el miedo acumulados desde la muerte de la señora Klein. Flotaba cerca de la orilla, dejando que las olas la subieran y bajaran, sumiéndola en un trance salado. Una vez segura que el mar le había proporcionado todos sus poderes curativos, se enjuagó en la regadera exterior, tomó un vaso de limonada e invitó a Elvis y Bella al patio para que se reunieran con ella en el diván de su mamá.

Menuda semana. Le había costado mantener la perspectiva sobre el peligro que corría mientras todo sucedía. Mirando atrás, se dio cuenta de que tuvo suerte de salir ilesa. Anthony, Duncan y Mike se llevaron todo el crédito por eso, aunque tuvo que admitir que había hecho un buen trabajo confiando en sus instintos y siguiendo las pistas. En realidad, se trataba más de confiar en los instintos de Elvis. Al mirar al pequeño terrier, se dio cuenta de que había pasado por el mayor trauma de todos, perder a su persona para siempre, mudarse a un nuevo hogar y luchar por hacerse amigo de una gata gigantesca y distante. Los pensamientos de Emily se divagaron cuando un golpe en la puerta la devolvió al momento presente. Se sorprendió aún más cuando abrió la puerta y encontró a Jane y Duncan allí de pie sin los niños.

—¿Está todo bien? —Emily sintió una oleada de pánico creciendo en su interior, ya que era tan extraño tenerlos sin Mac y Ava.

—Todo está genial —respondió Jane mientras entraban en la cabaña—. Queríamos hablar contigo sobre la adopción de Elvis sin los niños aquí.

—Ay. —Emily supuso que habían venido en persona a darles la mala noticia de que no les interesaba recibir a Elvis en su familia—. Lo entiendo.

—¿Qué? No, Em. Estamos aquí para decirte que nos gustaría adoptar a Elvis, pero ambos queríamos pasar un tiempo a solas con él, sin los niños, para confirmar nuestra decisión.

Emily sonreía cuando lágrimas de alegría le corrieron por el rostro. Jane la abrazó y salieron juntos a la terraza. Allí encontraron a Elvis y Bella sentados uno junto al otro en la silla. Elvis meneaba la cola y, con cada meneo, empujaba a Bella de costado. Curiosamente, a ella no pareció importarle.

—Hola, amiguito —le dijo Duncan a Elvis antes de sentarse a su lado y acariciarle la cabeza. Jane estaba más eufórica cuando lo alzó en brazos. Elvis parecía fundirse en su cuello y suspiró mientras ella le hablaba.

—¿Por qué no llevan a pasear a Elvis? —Emily luchaba por contener la alegría. Corrió a buscar su correa y algunas golosinas cuando acordaron que era una gran idea. Mientras los tres se dirigían a la orilla, Emily notó que Bella estaba indecisa. Hacía mucho tiempo que Bella no tenía a Emily para ella sola, pero al mirar hacia la playa, se preguntó si extrañaba a su nuevo amigo.

—No te preocupes, Bella. Elvis se queda con la familia y va a venir de visita todo el tiempo.

Media hora después, Emily los vio a los tres caminando de regreso a la cabaña. Duncan y Jane lucían una gran sonrisa. Emily sabía que se habían enamorado de Elvis, igual que ella y Anthony.

—Es increíble —dijo Jane mientras subían a la terraza—. Es tan atlético y amigable. Todos los que vimos en la playa se detuvieron a saludarlo.

—Entonces, ¿eso significa que lo van a adoptar?

Duncan empezó a asentir y añadió un rotundo:

—Sí.

—¿Saben algo los niños sobre esto? —preguntó Emily.

—Todavía no. Queríamos hablar contigo antes de decírselo —respondió Jane.

—Tengo una idea genial. Sarah Klein viene esta noche a visitar a Elvis antes de regresar a California. ¿Por qué no traes a los niños mientras está aquí? Puedes darles la buena noticia y creo que le ayudaría mucho a Sarah ver a Elvis con una familia tan maravillosa. Le ha costado aceptar que no pudo llevarlo a casa con ella por las alergias de su esposo.

Duncan y Jane estuvieron de acuerdo en que era un plan brillante. Comprarían pizza para todos y volverían después de que llegara Sarah. Jane pensó que sería mejor que Emily y Sarah pudieran hablar primero en privado, sin distracciones. Además, Emily tendría la oportunidad de recoger toda la comida, los juguetes y la cama del perro de Elvis. Iba a dormir en su nuevo hogar definitivo esa noche. Duncan y Jane estaban emocionados al salir de la cabaña, ansiosos por poner en marcha su plan sorpresa para los niños.

. . .

Cuando Sarah llegó, se sentía tranquila, a pesar de su aspecto cansado. Tras recibir una lluvia de besos y caricias, abrazó a Elvis con fuerza.

—Realmente necesitaba esto —dijo Sarah, refiriéndose a su visita con Elvis y Emily.

—¿Cómo estás? —preguntó Emily—. Me imagino que debes estar lidiando con una mezcla de emociones.

—He pasado de sentirme enojada y concentrada a sentir una angustia abrumadora. Los culpables van a pagar por sus crímenes, gracias al trabajo duro y la dedicación de todos los involucrados en encontrar a los asesinos de mi mamá. Pero te estoy muy agradecida, Emily —dijo Sarah mientras le apretaba la mano—. Si no hubieras estado ahí para mi mamá y Elvis y hubieras seguido tu instinto, no creo que hubiera tenido un cierre. Gracias.

—Me alegra haber podido ayudar. Tengo una gran noticia que creo que te va a animar. Mi hermano y su esposa, Jane, van a adoptar a Elvis. Con tu aprobación, por supuesto. Sus hijos están locamente enamorados de él, y creo que es mutuo. Deberías ver a Elvis jugar con Mac y Ava. Es como si estuviera sonriendo todo el tiempo.

—Ay, Emily. ¡Qué buena noticia! —y entonces Sarah sollozó—. Estoy muy feliz, de verdad, y tu familia ha sido muy amable. Para ser honesta, una parte de mí siente que Elvis es mi último vínculo con mi mamá. Es difícil dejarlo ir.

—Creo que puedo decir con seguridad que Jane y Duncan te darían la bienvenida cuando quieras visitar a Elvis.

Emily se dio cuenta de que Sarah se sentía reconfortada al saber que no perdería esa conexión permanente.

—¿Cuándo lo van a llevar a su casa?

—Esa es la mejor parte. Todos vienen esta noche y yo pensé que te ibas a sentir mejor viendo a Elvis jugar con los niños. Jane y Duncan van a darles la noticia cuando lleguen.

—Perfecto. Gracias, Emily, por todo.

Sarah le dio a Elvis un último apretón antes de volver a dejarlo en el suelo. Él corrió inmediatamente a lamer a Bella antes de subirse de un salto al sofá.

—Mencionaste que estás planeando el homenaje de tu mamá. ¿Sabes qué día va a ser?

Emily necesitaba reorganizar su agenda de citas para poder reservar tiempo.

—Sí, el miércoles por la noche en casa de mi mamá, y quiero asegurarme de que puedas estar allí. Anthony también.

—Sí, ahí vamos a estar. Si necesitas ayuda, por favor, háznoslo saber.

—Voy a poner unas carpas junto a su terraza en la playa para que el homenaje se pueda celebrar al aire libre. Le encantaba vivir junto al mar y sé que esto la haría feliz. ¿Crees que Jane y Duncan podrían traer a Elvis?

—Les podemos preguntar esta noche, pero estoy segura de que van a estar allí si pueden.

Emily estaba a punto de sugerir que llevaran a Elvis a dar un pequeño paseo cuando Duncan, Jane y los niños llegaron.

—¡Hola, tía Em! ¡Tenemos pizza! —anunció Ava. Enseguida, los niños estaban en el suelo con Elvis. Él daba vueltas y meneaba la cola antes de traerles su balón de fútbol para que jugaran. Su vínculo con Elvis era evidente para todos.

—Niños, les presento a una amiga mía y muy especial para Elvis. Ella es la señora Sarah Klein —dijo Emily al presentarlos.

—Pueden decirme solo Sarah.

—Encantado de conocerla, señorita Sarah —dijo Mac—. ¿Conoce a Elvis?

—Sí. Elvis era el perro de mi mamá y ella lo quería mucho. Tu tía ha sido muy amable al cuidar a Elvis por mí.

Por su expresión facial, Mac no entendía por qué Elvis ya no estaba con la señora Klein. Una rápida mirada entre Jane y Duncan confirmó que era hora de decírselo.

—Niños, la mamá de la señorita Sarah falleció recientemente y la tía Em estuvo cuidando a Elvis hasta que encontrara su nuevo hogar definitivo. ¿Qué les parece que Elvis se convierta en miembro de nuestra familia? —preguntó Jane.

Los dos niños se detuvieron y se giraron para mirar a su mamá. Ava tenía los ojos como platos y Mac preguntó:

—¿Quieres decir que podemos quedarnos con Elvis? ¿Para siempre?

—Sí, pero ambos tienen que prometer que van a ayudar a cuidarlo. Eso significa alimentarlo, cepillarlo y sacarlo a pasear.

—¡Lo vamos a hacer! ¡Lo prometemos! —gritaron Mac y Ava al unísono, saltando. Elvis se unió a su baile de celebración, y Sarah sonreía mientras las lágrimas le corrían por las mejillas. Ver a Elvis en un hogar amoroso fue el mejor regalo.

Las visitas de Emily no se quedaron mucho tiempo. Los niños estaban emocionados por mostrarle a Elvis su nuevo hogar. Sarah le prometió a Emily que la llamaría en los próximos días y que le enviaría los detalles del homenaje al día siguiente. Jane y Duncan iban a llevar a Elvis al homenaje de la señora Klein, pero no estaban seguros de si Mac y Ava asistirían. Intercambiaron su información de contacto con Sarah y confirmaron su compromiso de que podía visitar a Elvis cuando quisiera. Emily no obtuvo más detalles sobre el caso de Duncan, pero decidió que podía esperar.

En un instante, la cabaña quedó en un silencio doloroso. Las dos últimas semanas tumultuosas habían sido una poderosa distracción del dolor de Emily. Sabía que su mamá se habría alegrado mucho de ver a los niños jugando y estrechando lazos con Elvis.

—Solo somos tú y yo, Bella —dijo Emily.

Bella respondió con un maullido diminuto y la siguió a la terraza, saltando para ocupar su lugar en el diván. Emily pensó en llamar a Anthony para darle la buena noticia o revisar su teléfono por si tenía alguna llamada perdida de Mike, pero cambió de opinión. Todo lo demás podía esperar hasta mañana. Escuchar el suave y rítmico ronroneo de Bella era relajante y terapéutico. Esta noche era para cerrar el ciclo, disfrutar de las puestas de sol y disfrutar del cálido recuerdo de su mamá.

CAPÍTULO DIECIOCHO

Cuando Emily se despertó el domingo por la mañana, la bombardearon con una docena de mensajes con fotos de Mac, Ava y Elvis; jugando, acurrucándose y compartiendo momentos íntimos. Emily le reenvió algunos de sus favoritas a Sarah por si aún se sentía insegura al despedirse de Elvis. Hubo dos llamadas perdidas de Mike anoche, pero no dejó mensaje. Fue tentador devolverle la llamada, pero una rápida comprobación de la hora confirmó que aún era demasiado pronto. Además, si fuera algo urgente, estaba segura de que le hubiera dejado un mensaje.

Primero lo primero. Emily necesitaba desesperadamente un café antes de hacer planes para el día. Mientras se preparaba el café, recogió el periódico del porche. Su mamá siempre había estado suscrita al periódico local de fin de semana, y esa mañana, Emily se alegró de haber continuado con la tradición. Con el café en la mano, leyó el titular de la primera plana: «Agente inmobiliario local acusado de asesinato». Claro que ya conocía la mayoría de los detalles de la historia, pero el caso penal contra Richard Brant estaba más avanzado de lo que creía. No había detalles sobre la situación de la fianza de Bucky, así que Emily pensó que sería una buena razón para llamar a Mike con el pretexto de ponerse al día.

Mientras se debatía consigo misma si era socialmente aceptable llamar a esa hora tan temprano, Mike le envió un mensaje preguntándole si podía almorzar con él. La recogería a la una y tenía una sorpresa que mostrarle. Su respuesta fue un sí rotundo. Hacía mucho que Emily no se ponía nerviosa por alguien con quien salía. Un suave golpe en la puerta fue alarmante a esa hora tan temprana, hasta que Emily vio el carro de Marc estacionado en la entrada.

—Buenos días, Em —dijo Anthony, mientras Marc la saludaba con una bolsa de bagels calientes.

—Anthony dijo que no tenías muchas provisiones, así que pasamos por la panadería local de camino a nuestra clase de yoga con tabla de surf de remo al amanecer.

—Huelen delicioso. Gracias. ¿Les invito a un café?

—No, no podemos quedarnos. Oye, ¿dónde está Elvis? —preguntó Anthony mientras miraba alrededor de la cabaña.

—Tengo la mejor noticia. Jane y Duncan vinieron anoche con los niños y lo adoptaron. Sarah Klein estuvo aquí para verlos a todos juntos, y fue mágico. Sé que le daba pavor que día que tuviera que despedirse de Elvis, pero está muy feliz de que esté con Mac y Ava. Así, va a poder verlo cuando quiera.

—¡Sí! —dijo Anthony gritando—. Yo también temía el día en que Elvis encontrara un nuevo hogar. Esto es perfecto.

—Me parece que Elvis tuvo suerte de tener a ambos defendiéndolo —dijo Marc.

Anthony rodeó los hombros de Emily con el brazo y luego le chocó los cinco con la mano libre.

—Lo hiciste bien, Em.

—Creo que quieres decir que lo hicimos bien.

Ambos se tomaron un momento para celebrar su éxito.

Anthony y Marc se fueron después de unos minutos para poder llegar a tiempo a clase. Emily aprovechó el resto de la mañana para atar cabos sueltos: tareas domésticas aburridas, lavar la ropa, cepillar a Bella y una visita rápida al supermercado. Aún era demasiado pronto para considerar pedir comida a domicilio en Bengle. Quizás algún día lo iba a intentar de nuevo, pero ahora mismo le provocaba un poco de estrés postraumático. Después de todo eso, le quedaba justo el tiempo para prepararse para su cita para almorzar con Mike. Hoy le apetecía ponerse las chanclas color coral de su mamá. Eran alegres y combinaban a la perfección con su vestido blanco de tirantes.

Mike llegó justo a tiempo.

—Hola, Emily —dijo tras saludarla con un besito en los labios—. Te ves guapísima.

—Gracias. ¿Y cuál es la gran sorpresa?

—Bueno, primero tengo que enseñártelo. ¡Vamos!

Emily siguió a Mike por la puerta, intrigada por saber qué había planeado.

Durante su corto viaje de diez minutos por la playa, Mike puso al día a Emily sobre el caso de la señora Klein. Tras serles denegada la libertad bajo fianza, Bucky y Richard Brant se encontraban entre rejas a la espera de juicio. El juez había considerado que Brant corría el riesgo de fuga debido a sus conexiones internacionales y su enorme fortuna. Bucky admitió su participación en el asesinato y estaba negociando un acuerdo con la fiscalía para delatar a Brant, quien se encontraba protegido tras un muro de abogados de alto nivel.

Mike ya sabía que Duncan había adoptado a Elvis, pues estuvo en su casa la noche anterior de visita breve y vio a Elvis jugando con los niños en un fuerte de mantas que habían construido. Mike no le dijo adónde llevaba a Emily hasta que entró en una urbanización más nueva. La miró de reojo y vio que estaba obviamente confundida, aún sin saber el propósito de su salida.

—¿Recuerdas que el otro día te conté sobre una casa en renta que estaba mirando? Bueno, iba a firmar el contrato de renta de esta casa adosada, pero primero quiero saber tu opinión.

Emily irradiaba felicidad por dentro y por fuera. Mike estaría a poca distancia, así que ya le encantaba el lugar. El agente inmobiliario los esperaba en la puerta y, tras un rápido recorrido, dejó a Mike solo para que le mostrara los espacios al aire libre, incluyendo la alberca frente al mar.

—Sé que nada puede competir con la vista desde tu casa, pero ¿qué opinas? —preguntó.

—Me parece genial. Hay muchísima luz natural y las vistas al mar desde la terraza son increíbles. Creo que te va a encantar vivir en la playa.

Él tomó su mano y respondió:

—Estoy seguro de que así va a ser.

El agente inmobiliario había traído la documentación para que Mike la firmara y, a partir de principios de mes, este era su nuevo hogar. Emily gritó un «¡Sí!» silencioso antes de ir a almorzar para celebrar.

—Tengo que ir a la estación esta tarde para terminar unos trámites, pero ¿tienes algún plan para esta noche?

—No tengo planes, pero esta noche me toca revisar los nidos de tortugas. ¿Te unes?

—Claro. Yo llevo la cena. ¿A las siete?

—Perfecto.

Mike dejó a Emily en casa antes de volver al trabajo. Pasó el resto de la tarde haciendo de turista en su propio jardín. Llevó su silla de playa a la orilla y se quedó dormida leyendo una de sus novelas de misterio favoritas. Fue una revelación sentirse tranquila y segura. No se había sentido tranquila desde la muerte de su mamá ni segura desde la muerte de la señora Klein. Ayudar a Sarah a lidiar con su dolor había sido terapéutico y sanador. Saber que había ayudado a poner a Bucky y Brant tras las rejas fue la mayor recompensa de todas. Con el paso de cada semana, Emily podía mirar atrás y darse cuenta de que también estaba procesando su propia pérdida.

El sol del atardecer le dio la señal para empacar su ropa de playa y prepararse para su cita con Mike. Mientras revisaba sus correos electrónicos, Emily leyó los detalles que Sarah le había enviado sobre el homenaje conmemorativo de la señora Klein. Se publicaría un anuncio en el periódico local, y Emily estaba segura de que casi todo el pueblo asistiría. La señora Klein era muy querida, y la impactante noticia de su asesinato sería difícil de asimilar para sus amigos. Emily le reenvió la información a Anthony y le agradeció a Sarah antes de confirmar que todos estarían allí. Sarah también había solicitado hablar con Emily al día siguiente. Tenía algo importante que discutir. Emily no se imaginaba de qué se trataría, pero, por supuesto, estaría disponible.

Mike siempre puntual, llegó con tacos de pescado a la parrilla de una famosa camioneta de comida local. Comieron rápido para llegar a tiempo a su puesto en los nidos de tortugas.

—Realmente podría acostumbrarme a esto —dijo Mike mientras caminaba por la playa con Emily.

—Puedes unirte al Proyecto Tortuga cuando quieras, ¿sabes? Marlon estaría encantado.

—Quiero decir, podría acostumbrarme a caminar por la playa contigo.

—Ah. Yo también.

Su franqueza sorprendió a Emily. Se tomaron de la mano por el resto del camino y mientras se acercaban al primer nido, pudieron ver a Marlon y Sharon parados juntos con un pequeño grupo de voluntarios.

—Hola, Emily. Me alegro de volver a verte, Mike —dijo Marlon.

—Hola. ¿Me confundí de fecha? Creí que estaba en la agenda de esta noche —preguntó Emily.

—No, es tu noche. Quedamos en encontrarnos aquí cuando nos enteramos del asesinato de Eliza. Este era uno de sus lugares favoritos, y nos pareció bien estar aquí, además, queríamos agradecerte en persona. Es bastante impactante, pero por el artículo del periódico parece que ya sabías todo esto. ¿Estás bien, Emily? —preguntó Sharon.

—Estoy bien, pero gracias por preguntar.

Emily no fue nombrada en el artículo, pero cualquiera que la conociera podría inferir que estaba involucrada.

—Y gracias, Mike, por trabajar tan duro para resolver este crimen. Te debemos una por conseguir justicia para Eliza.

—Solo hacía mi trabajo. Lamento no haberla conocido —respondió Mike.

—Era una fuerza de la naturaleza —dijo Sharon—. Nos mantenía a raya y siempre nos hacía reír.

—¿Qué va a pasar con Elvis? —preguntó un voluntario.

—Mi hermano y su familia adoptaron a Elvis. Se encariñó mucho con mis sobrinos y parece feliz en su nuevo hogar. Sarah Klein, la hija de Eliza, también ha contribuido a esa decisión.

—¡Oh, qué maravilla! A Elvis le encanta ser el centro de atención, y parece un hogar perfecto para él —dijo Marlon.

El grupo pasó el resto de la noche contando historias divertidas y conmovedoras sobre Eliza mientras observaban la actividad de los nidos. Tuvieron la suerte de que un nido cobrara vida al final de la noche. Era como si Eliza estuviera allí en espíritu, animando a las crías a ponerse a salvo.

Era más tarde de lo habitual cuando Mike y Emily regresaron a su cabaña. Ambos tenían que madrugar mañana y estaban agotados por la semana pasada. Mike se aseguró de invitar a Emily a otra cita antes de fundirse en un apasionado beso de buenas noches. Sería genial cuando pudieran volver a la rutina y hacer planes para pasar más tiempo de calidad juntos. Hasta entonces, Emily estaba contenta con cómo iban las cosas. Mike era casi demasiado bueno para ser verdad, y estaba deseando ver qué pasaba. Aunque aún sentía curiosidad por sus romances anteriores, no parecía tan importante después de los recientes acontecimientos que le habían cambiado la vida. Necesitaba dejar de vivir en el pasado, y tal vez Mike sentía lo mismo.

■ ■ ■

A la mañana siguiente, Emily se sorprendió y se alegró al mismo tiempo al llegar al trabajo y descubrir que Anthony había cumplido con su acuerdo y se había tomado el día libre. Emily lo extrañaba muchísimo, pero sabía que necesitaba un descanso. Tuvo una larga llamada con Sarah Klein después del trabajo, y le costó un gran esfuerzo contenerse para no llamar a Anthony y contarle la noticia. Finalmente decidió guardarse algunos detalles hasta el homenaje de la señora Klein, programado para el miércoles por la noche, justo antes del atardecer. Era una noticia trascendental, y no estaba segura de poder esperar. Valdría la pena ver la cara de Anthony al enterarse.

Un día en la vida de un veterinario es todo menos aburrido. A Emily le encantaba el reto, pero de vez en cuando le venía bien un día rutinario, casi monótono, con suficiente tiempo libre para ordenar sus ideas, dedicarse a la parte comercial de un hospital concurrido y ponerse al día con el seguimiento de sus pacientes. Era ese tipo de día, y Emily tenía la sensación de que Anthony estaba involucrado en organizar una agenda ligera en su ausencia. Incluso había tiempo suficiente para una pausa para comer, así que Emily aprovechó para hacer algunos recados.

Tenía que entregar más documentos en la oficina del contador y, a decir verdad, quería ver qué estaba pasando con el Grupo Inmobiliario La Buena Vida. El canal de noticias local había transmitido imágenes de un equipo de investigadores estatales saliendo de la oficina del agente inmobiliario con cajas y cajas de documentos, computadoras y quién sabe qué más. Emily tenía que comprobar por sí misma si la amenaza había sido neutralizada.

—Dra. Benton, su primera cita después del almuerzo ha sido reprogramada, así que está libre hasta que la señora Palmer venga con Otis para sus radiografías de seguimiento —dijo Abigail mientras asomaba la cabeza en la oficina.

—Perfecto. Salgo ahora y vuelvo a tiempo para ver a Otis. Gracias, Abigail.

Emily tomó sus llaves y se dirigió directamente a su carro. Solo tenía que dejar los documentos contables, así que entró y salió en cinco minutos. A pesar de sentirse un poco aprensiva al subir las escaleras al tercer piso, las oficinas del Grupo Inmobiliario La Buena Vida estaban oscuras y silenciosas. Había una nota manuscrita en la puerta que anunciaba el cierre temporal y ofrecía un número de teléfono de contacto para cualquier consulta. Si algún cliente potencial necesitaba información adicional sobre si este era un lugar de confianza, había cinta policial sellando las puertas de las oficinas. Emily no sentía ninguna compasión por Richard Brant. Su avaricia provocó su caída, y esperaba que se pudriera en la cárcel. No pudo evitar pensar que los demás empleados de la inmobiliaria, como la amable recepcionista que había conocido durante su última misión de reconocimiento, eran simples empleados y ahora no tenían trabajo. Había muchas víctimas de sus crímenes.

—No queda nada que ver —se dijo a sí misma, seguido de un profundo suspiro de alivio.

La amenaza que la había estado acechando durante semanas había desaparecido por completo. Aún tenía tiempo para un mandado rápido. Emily quería comprar un atuendo especial para la ceremonia de la señora Klein. Algo alegre que combinara con la celebración de su vida. Unas chanclas nuevas también serían una buena opción, ya que el evento se celebraría en la playa frente a su casa.

La pequeña boutique estaba a solo unas cuadras del hospital y siempre tenía algo para ocasiones especiales. Emily vio el vestido de tirantes azul verdoso perfecto en cuanto entró en la tienda. Le quedaba perfecto, y la vendedora lo combinó con maestría con unas sandalias adornadas con mini conchas marinas color perla. Durante su última conversación, Sarah contó que había llamado a Mike y que él también había aceptado ir. Otra motivación para comprarse un vestido nuevo. Sabía que Jane y Duncan iba a estar ahí, pero quería saber si los niños también iban a ir.

—Hola, Jane. ¿Tienes un minuto para platicar?

—Claro, los niños están en la escuela y voy camino a la peluquería canina. ¿Dónde estás?

—Solo estoy haciendo unos recados en mi hora del almuerzo. ¿Ya decidiste si llevar a Mac y a Ava al homenaje de celebración de la vida de la señora Klein?

—Bueno, Duncan y yo hablábamos de eso esta mañana. Sarah llamó anoche y nos invitó a todos. Estaba un poco nerviosa por la idea de que los niños asistieran a un funeral a su edad, pero nos convenció de que sería un evento alegre en la playa. Tenía muchas ganas de que Elvis estuviera allí, y por eso lo llevé a la peluquería canina. Para que estuviera listo para el miércoles.

—¡Genial! Me alegra que estén todos allí. Sarah tiene algunos anuncios que dar y no quiero que se los pierdan.

Antes de que Jane pudiera indagar más, Emily le dijo que estaba llegando al hospital y que tenía que irse. Otis estaría esperando.

Otis era un Beagle de diez meses que estaba siendo revisado para radiografías de seguimiento para asegurar que su dedo roto se había curado por completo. Para la señora Palmer había sido un trabajo arduo mantener la escayola de Otis limpia y seca, y restringir el juego del cachorro. Emily estaba feliz de informar que lo había logrado, y Otis podía volver a correr y jugar, sin escayola. Siempre era gratificante dar buenas noticias, pero tenía que guardar esos sentimientos para los días en que tenía que dar noticias difíciles a un dueño cariñoso. Muchos altibajos en la vida de un veterinario, pero eso era normal.

Antes de que Emily terminara su productivo día, leyó un nuevo correo electrónico de Sarah Klein. Contenía detalles más específicos sobre la sorpresa que anunciarían en la ceremonia del miércoles. Ese fue el punto de inflexión. Emily no podía guardarse todo esto para sí misma. Tenía que contárselo a Anthony, y necesitaría toda su fuerza de voluntad para esperar hasta verlo mañana por la mañana.

CAPÍTULO DIECINUEVE

El miércoles iba a ser un día memorable. Emily estaba metiendo la jornada laboral completa en su agenda de medio día para poder llegar a tiempo a la celebración de la vida de la señora Klein. Sarah Klein tenía unos documentos que quería que Emily firmara con antelación, y eso añadía más estrés a la presión de tiempo con la que ya lidiaba. Emily había hecho todo lo posible por guardar el secreto sobre el anuncio de Sarah, pero durante el día anterior en el trabajo, no pudo contenerlo más. Mientras estaba sentada en la oficina con Anthony, revisando unos papeles del hospital, Emily lo soltó. No fue planeado, pero no pudo evitarlo. Anthony había estado ajustando el horario para asegurarse de que pudieran salir temprano para el homenaje y, cuando ella terminó de darle la noticia, él se quedó allí boquiabierto y con cara de asombro.

—Em, ¿hablas en serio? ¿De verdad está pasando esto? —preguntó.

—Sí. Sé que es increíble. Al principio no lo podía creer, pero Sarah ha resuelto todos los detalles en los últimos días. ¿Crees que estamos abarcando demasiado?

—Para nada. Este es un regalo increíble para toda la comunidad de Coral Shores. Sé que la señora Klein se esforzó mucho para apoyar a todas las organizaciones benéficas locales de animales, pero nunca imaginé que llegaría a esto.

Emily sonrió y asintió. Estaba asombrada por la generosidad de Sarah y Eliza Klein. Esto iba a cambiar las cosas para siempre.

· · ·

Quince minutos antes de la hora de cierre, Abigail volvió a llamar al área de tratamiento para preguntar si podían atender una emergencia de última hora. Un posible cliente había llamado porque su cachorro había estado vomitando todo el día. Anthony sabía que sería una cita más seria que obligaría al hospital a permanecer abierto más tarde de lo previsto. Los cachorros siempre comían cosas que no debían, lo que a menudo provocaba una obstrucción intestinal que requiriera hospitalización y cirugía, o peor aún, corrían el riesgo de contraer enfermedades graves al no tener todas sus vacunas. A pesar del primer instinto de Emily de decirle que no había problema en que el nuevo cliente trajera al cachorro, Anthony la convenció, solo por esta vez, de recomendar que lo llevaran al hospital de urgencias. Existía una gran posibilidad de que, de todos modos, lo hubieran derivado para que lo cuidaran y lo monitorearan durante la noche, según la información que recibieron de la dueña. Emily nunca rechazaba a un paciente, así que era difícil decir que no, pero llegar a tiempo al homenaje de la señora Klein era la prioridad absoluta.

—Les dije a los dueños que si Freckle, el cachorro, necesita una revisión o más atención hospitalaria y radiografías, pueden volver a primera hora de la mañana sin cita previa y los consideraremos una prioridad. Son nuevos en la zona y creo que se sintieron mejor sabiendo que había un hospital al que podían acudir para recibir atención en el futuro —le dijo Anthony a Emily.

—¿Les explicaste que esta era una situación única? —preguntó Emily.

—Sí. Les dije que cerrábamos temprano para asistir al funeral de un cliente, y el dueño de Freckle quedó aún más impresionado. ¿Quién no querría esa conexión emocional y lealtad de su veterinario?

—Supongo que es verdad.

Anthony le entregó la bolsa a Emily mientras le hacía señas para que se levantara.

—Debes irte si quieres llegar a tiempo a ver a Sarah. Puedo cerrar aquí.

—Gracias, Anthony. Llega en una hora y quiero tomarme unos minutos para pensar en lo que les voy a decir a todos en el homenaje una vez que haga su anuncio.

—Habla con el corazón, Em —dijo antes de obligarla a salir por la puerta trasera del hospital.

Ambos tenían cosas que terminar para llegar a tiempo a la cita con la señora Klein.

. . .

Mientras manejaba a casa, Emily reflexionaba sobre todo lo sucedido en tan solo unas semanas. Perdía la cuenta al contar los acontecimientos trascendentales que se acumulaban uno tras otro. El asesinato de un querido residente de Coral Shores había conmocionado a la comunidad, y todos agradecían que los culpables estuvieran ahora tras las rejas. Olvidando que Emily había pasado de ser una inocente espectadora a testigo, y luego a víctima, y aunque nadie lo dijera en voz alta, a ser una excelente detective. Al parecer, tenía un nuevo novio y tenía que admitir que estaba enamorada de él. Jane y Duncan ahora tenían un perro como nuevo miembro de la familia. Elvis se había ganado el corazón de Emily y Anthony y les había enseñado sobre el amor incondicional y la resiliencia. Mac y Ava ahora experimentarían ese mismo amor. Emily sabía que Elvis sería el perro épico en la vida de los niños. El perro en el centro de todos sus futuros recuerdos de infancia. Para colmo, Emily y Anthony estaban a punto de embarcarse en una nueva y emocionante aventura. Justo cuando Emily se estaba familiarizando con la gestión de un hospital veterinario, un mundo completamente nuevo estaba a punto de abrirse. Evitaba pensar en todo el trabajo que implicaría. Era el momento de disfrutar de lo que estaba por venir y de lo que podría ser.

Emily tenía una hora para refrescarse, pasar un buen rato con Bella y pensar qué diría hoy si le tocaba hablar.

—Se acabó, Emily. No hay vuelta atrás —se dijo en voz alta, provocando que Bella la mirara confundida.

Convencida de que no se trataba de ella, Bella saltó del sofá y se subió a su ventana elevada. Emily pensó que quizá Bella se estaba acostumbrando a que no hablara de nada relacionado con gatos. O eso, o había oído el carro de Sarah Klein en la entrada y quería buscar un lugar seguro.

—Hola, Sarah. Pasa —dijo Emily mientras abría la puerta.

—Gracias, Emily. Y gracias por hacer tiempo para vernos hoy. Sé que tuviste que cerrar el hospital antes de lo previsto, y espero que eso no haya causado muchos problemas.

—Para nada. Lo teníamos planeado, así que salió bien. Hoy se trata de honrar a tu mamá, y eso es lo único que importa.

Por primera vez desde que Emily conoció a Sarah Klein, pudo hablar de su mamá sin sentirse abrumada por el dolor. Era una prueba de que despedirse de un ser querido fallecido era un cierre esencial. Emily estaba feliz de notar el cambio.

—Entonces, ¿mencionaste que tenías unos papeles para que los firmara? —preguntó Emily. Ya había revisado y aprobado el borrador, así que firmar ahora era solo una formalidad.

—Sí, nada ha cambiado desde nuestra versión final. Te doy unos minutos para que la revises y estés segura —respondió Sarah.

—Eso es innecesario. Me lanzo de lleno porque confío en ti, Sarah, y creo que formaremos un gran equipo para hacer realidad el sueño de tu mamá. Es un gran honor para mí que confíes en mí y en Anthony para esta importante tarea.

—Emily, no se me ocurre nadie más para liderar este proyecto. Sé que les pido mucho a ambos, pero quiero que sepan que he reunido todo el apoyo y los especialistas que vamos a necesitar para alcanzar nuestras metas. Los voy a acompañar hasta el final, pero confío en ustedes para tomar todas las decisiones importantes sobre cómo lograrlo. La decisión final siempre va a ser suya.

—Gracias, pero realmente lo veo como una colaboración. Anthony tiene habilidades que yo solo quisiera poseer. Tengo una visión de cómo va a ser el resultado final. Con tu ayuda, va a ser increíble.

—Yo también lo creo.

Emily firmó los documentos sin dudarlo, el último paso antes del homenaje y el gran anuncio. Estaba deseando ver la expresión en los rostros de los amigos y colegas de Eliza al enterarse de la noticia. Sarah confirmó que dejaría que Emily hablara con todos sobre su nuevo puesto en sus propios términos. Fue un enorme alivio saber que no tendría que dar un discurso hoy.

. . .

Era como si Eliza Klein no hubiera tolerado nada menos que un clima perfecto para su homenaje. Ni una nube en el cielo, una brisa ligera y una tarde fresca para los estándares de Florida. Emily notó flores nuevas plantadas frente a la cabaña de la señora Klein. El interior estaba fresco e inmaculado, con todas sus pertenencias personales bien empacadas para que Sarah las llevara de regreso a California. Iba a ser difícil para los amigos de Eliza estar en su casa sin verla dentro. Al despersonalizar la cabaña, fue más fácil aceptar la nueva aventura que se anunciaría más tarde esa noche. La terraza del patio tenía sillas adicionales para sentarse, y se contrató a un puñado de personal para ayudar con el estacionamiento y repartir bebidas y botanas. Sarah había rentado una gran carpa blanca que se instaló en la playa. Estaba llena de cestas colgantes y macetas rebosantes de hermosas flores tropicales y tenía suficientes sillas para acomodar a la considerable multitud que se esperaba esa noche.

Emily vio a Sarah de pie dentro de la carpa, hablando con alguien a quien reconoció como el ministro que dirigiría la ceremonia. El pastor Doland apoyó a la mamá de Emily durante su enfermedad y sería un rostro familiar para muchos de los asistentes locales. Fue miembro fundador del Proyecto de Tortugas de Coral Shores antes de jubilarse y cederle el liderazgo a Marlon. Junto a Sarah también estaba un hombre alto y distinguido. Emily supuso que era el esposo de Sarah por su lenguaje corporal y la distancia que los separaba. Para no interrumpir, Emily esperó en la terraza.

—Emily, ven —le indicó Sarah con un gesto para que se uniera a ellos bajo la carpa. Sarah presentó a su esposo, quien expresó su sincera gratitud por todo lo que Emily había hecho para apoyar a su esposa y a Elvis. Tras una breve conversación, se disculpó para ver si el personal necesitaba ayuda. Emily pensó que tenía una mirada amable, y era evidente por la forma en que miraba a Sarah que amaba a su esposa y estaba muy orgulloso de ella.

—Emily, ¿cómo has estado? —preguntó el pastor Doland.

—Estoy ocupada, sobre todo con el trabajo y el hospital —respondió Emily.

—Creo que has estado más ocupada que eso. Sarah me contó todo lo que has estado haciendo para proteger a Elvis y llevar a estos asesinos ante la justicia. Gracias, Emily.

Ella sonrió y asintió.

—Me alegra honrar a la señora Eliza hoy.

Sarah le agarró la mano a Emily y la apretó fuerte.

—Estoy deseando contarles a todos sus amigos nuestros planes. Marlon y Sharon van a llegar pronto. ¿Sabes cuándo llegan Jane y Duncan con Elvis?

—Deben llegar en unos minutos. Jane llevó a Elvis a la peluquería canina ayer para que luciera perfecto para su gran presentación —dijo Emily.

Su conversación terminó cuando los invitados empezaron a llegar y se dirigieron a la playa. Sarah se aseguró de saludarlos personalmente. Su cálida sonrisa hizo que los desconsolados amigos aceptaran con facilidad que esa noche sería una verdadera celebración de una vida maravillosa. Hacía años que Sarah se había mudado de Coral Shores, pero la estrecha relación con su mamá le permitía mantenerse al tanto de los detalles de sus vidas.

Emily se acercó a la terraza para tomar una galleta y un vaso de limonada de la mesa del buffet y se encontró con Anthony y Marc, quienes estaban haciendo lo mismo.

—Qué gran asistencia —comentó Marc—. Se nota que era una persona muy especial.

—Lo era —respondió Anthony y luego sc volvió hacia Emily y le preguntó—: ¿Estás nerviosa por esta noche?

—Bueno, quizás un poco.

Emily se sentía abrumada por la avalancha de atención que recibió después de que el periódico y el canal de televisión locales publicaran la noticia. La atención se intensificó cuando el caso se convirtió en noticia de primera plana y se transmitió a nivel nacional. Por suerte, el ciclo informativo fue corto y la situación se había calmado.

Fue un alivio cuando Emily vio llegar a su equipo de apoyo. Jane, Mac y Ava entraron a la playa, seguidos por Duncan, quien llevaba a Elvis con su correa. Estaba blanco como la nieve después del baño y parecía tener una patada más alta que su andar enérgico habitual.

—¡Tía Em! —Mac la saludó y corrió hacia ella para abrazarla, seguida por Ava—. Mira a Elvis. Es tan elegante. Le compramos un collar nuevo y tiene un moñito.

—Vaya, sí que se ve elegante —dijo Anthony asintiendo.

Jane y Duncan tardaron un poco más en abrirse paso entre la multitud, ya que todos los presentes los detuvieron para que pudieran acariciar a Elvis. Elvis estaba feliz de volver a su antiguo hogar con su nueva familia, y se notaba.

—¡Guau, Em! —dijo Jane cuando estuvieron todos juntos—. ¡Hay tanta gente aquí!

—No me sorprende. Todos en este pueblo la querían —dijo Duncan.

Enseguida, Emily vio a Mike salir de la casa hacia donde estaban. Su rostro se iluminó de tal manera que Jane y Anthony se giraron para ver a quién miraba antes de volver a mirarse, sonriéndose mientras se regodeaban con su éxito al emparejarlos.

—Estás preciosa, Emily. Hola a todos —dijo Mike, parándose junto a Emily y tomándole la mano—. ¡Qué noche tan perfecta!

—Sí que lo es —coincidió Emily—. Creo que Sarah está a punto de empezar la ceremonia. Niños, ¿quieren acompañar a Elvis a saludar a la señorita Sarah? Le va a encantar su moñito.

Ava y Mac estaban más que felices de presentar a Elvis. Sarah estaba encantada de verlos juntos y les dijo a los niños que les había reservado sillas especiales para que se sentaran con Elvis al frente. Todos empezaron a entrar en la carpa para tomar asiento. Fue un evento alegre, no un funeral sombrío. Los amigos le contaban historias de la señora Eliza, reían, se abrazaban y recordaban.

El pastor Doland pronunció un elogio personal y sincero que conmovió a la comunidad de Coral Shores, reunida para celebrar la vida de una querida amiga. No se detuvo en su trágica muerte, sino en sus logros. Durante la ceremonia, reconoció a Duncan, Mike, Emily y Anthony por su papel especial en la búsqueda de justicia para Eliza. Elvis recibió una bendición al comenzar su nueva vida en un hogar amoroso. Todos pudieron notar que el pastor Doland estaba llegando al final de su homenaje cuando cedió la palabra a Sarah para que dijera unas palabras.

—Gracias a todos por venir esta noche a honrar a mi mamá. Sus maravillosas historias sobre su vida demuestran lo importante que era para ustedes, y sé que ella también los amaba. Sentí que se me partía el corazón en dos cuando recibí la llamada sobre el fallecimiento de mi mamá. Han sido unas semanas difíciles, pero pasar tiempo de vuelta en Coral Shores con todos ustedes me ha ayudado a empezar a sanar. Gracias por todo su amor y apoyo. Durante nuestras llamadas, mamá siempre compartía las maravillosas historias de sus vidas, y siempre me voy a sentir conectada con esta comunidad.

Sarah se tomó un minuto para recomponerse y secarse las lágrimas que le corrían por el rostro. No se veía ni un solo ojo seco. Respiró hondo, sonrió y luego continuó.

—Como saben, mi mamá amaba a todas las criaturas. Participó en todas las organizaciones benéficas locales de animales durante toda su vida. Su mayor amor era para su perrito, Elvis, y esta noche veo que todos lo conocen bien. Los dos pasaban muchas tardes en esta playa, vigilando los nidos de tortugas protegidos para asegurarse de que estuvieran seguros y bien cuidados. Su deseo era que, tras su fallecimiento, convirtiéramos su hogar en un centro de conservación de tortugas marinas que sirviera a su querida comunidad y uniera a generaciones de niños en la educación. Era el sueño de toda su vida. Por eso, me complace anunciar que esta noche, todos ustedes se encuentran en el lugar donde se ubicará el futuro Centro de Educación de Tortugas Marinas de Eliza Klein. Se creó un fondo patrimonial para construir unas instalaciones de vanguardia. La Dra. Emily Benton y Anthony Torres han aceptado formar parte del consejo de administración de esta fundación, y Marlon Bell y Sharon Whitaker supervisarán las operaciones diarias. —Mientras saludaba a sus homenajeados en la primera fila, dijo—: ¿Podrían ponerse de pie para que podamos mostrar nuestro agradecimiento por su dedicación a este proyecto?

La multitud estalló en aplausos cuando los cuatro se pusieron de pie para recibir la adulación de sus amigos de Coral Shores. Emily rio entre dientes al ver la expresión de Anthony. Estaba radiante y confundido a la vez. Sabía que iba a participar en el proyecto, pero desconocía que lo habían nombrado codirector de la junta directiva junto con Emily.

Una vez que se calmó el ruido, Sarah continuó:

—Mi mamá tenía la firme convicción de que la playa debía ser accesible para todos, no solo para la gente adinerada que podía permitirse comprar y vivir aquí. Para quienes deseen pasear a su perro por la playa, va a haber un espacio al aire libre con sombra, agua y un área para lavarse después de la salida. Para mantener la playa segura para las tortugas, va a haber señales direccionales para guiar a los paseadores de perros lejos de los frágiles nidos. Van a saber qué buscar, ya que las señales van a ser fáciles de ver y tener una imagen de Elvis para marcar el camino. Mac, ¿podrían acompañarme tú y Ava aquí con Elvis para mostrarles cómo van a ser las señales?

Mac parecía un poco nervioso, pero sonreía mientras caminaba hacia el frente con Ava y Elvis. Ava le agarró la mano con fuerza, pero ambos sujetaban la correa de Elvis con una mano.

—Les va a alegrar saber que Mac, Ava y su familia han aceptado adoptar a Elvis. Está muy feliz en su nuevo hogar. Seguro que los van a ver por aquí a menudo en el futuro. Como muchos ya saben, este era el lugar favorito de Elvis.

Todos los invitados aplaudieron, pero esta vez un poco más bajo para no asustar a Elvis y a los niños. Jane los animó a saludar al público y luego se reunieron con sus padres en sus asientos, radiantes de orgullo.

Mac se inclinó para susurrarle a Ava al oído:

—Nuestro perro tiene su propio parque para perros en la playa. ¡Qué chido!

—Los invito a disfrutar de algunas botanas y a quedarse a contemplar esta gloriosa puesta de sol, en honor a mi mamá, Eliza Klein. Gracias por venir.

La multitud estalló en aplausos de nuevo. Algo bastante extraño en un funeral, pero en realidad era una celebración de la vida y parecía lo más natural. Emily solo podía imaginar que esta alegre gran fiesta le encantaría a Eliza Klein.

Mac y Ava pudieron correr por la playa con Elvis mientras él perseguía a sus pájaros playeros favoritos. Emily, Anthony, Marlon y Sharon formaron parte de una fila de recepción no oficial que se formó para que los invitados pudieran felicitarlos por el nuevo centro de tortugas y ofrecerles su apoyo. Marc sonreía de orgullo a Anthony, y mientras Jane y Duncan estaban en el agua con los niños, Mike estaba cerca, observando a Emily brillar.

Cuando los invitados terminaron de despedirse, Emily estaba rodeada solo por sus amigos y familiares más cercanos. Arrastraron sus sillas hasta la orilla del mar para disfrutar de los últimos momentos del día. Al ponerse el sol en el horizonte, compartieron un sentimiento de comunidad único, mañana marcaría el comienzo de algo nuevo. Un futuro lleno con su familia; tanto de dos como de cuatro patas, amor, amistad, trabajo duro y alegría. Emily no podía pedir más.

A continuación, un adelanto de *Prosa de loro*, el libro número 2 de la serie *Un Misterio Veterinario de Coral Shores*.
¡Ahora disponible dondequiera que se vendan misterios!

CAPÍTULO UNO

—Hola. ¿Qué haces? Hola. ¿Qué haces? —La cacofonía aguda emanaba del vestíbulo del hospital.

Anthony se apoyó en la puerta de la oficina de Emily.

—Parece que nuestra cita es aquí. Tiki Lulu, nuestra celebridad local.

La sonrisa de Anthony se extendía de oreja a oreja, mostrando su entusiasmo.

—No lo he olvidado.

Como única propietaria del Hospital Veterinario Coral Shores, Emily tenía que ser flexible, aunque las mascotas exóticas no eran lo suyo. No le importaba ver alguna cobaya o hámster de vez en cuando, pero la medicina aviar le resultaba abrumadora. Y evitaba por completo tratar reptiles. El Dr. Dinsmore había sido el veterinario de Tiki, pero desde su jubilación, ese privilegio recaía en Emily.

—No te preocupes —dijo Anthony para animarla—. Me siento cómodo cargando a Tiki. Tuvimos dos loros grises africanos en mi anterior hospital y fueron pacientes estupendos. ¿Ya has visto las publicaciones de Tiki en Flix? Creo que tiene cerca de un millón de seguidores.

Emily conocía Flix, la última sensación en redes sociales donde la gente publicaba videos caseros cortos. Su personal armó un gran revuelo cuando se programó la cita de Tiki, así que descargó la aplicación para comprobarlo ella misma. Sus entretenidos videos eran adictivos. Este loro travieso tenía un aire de estrella, y su dueña, Marilyn, era divertidísima.

Por suerte, Emily no tuvo que mostrarse valiente ante Anthony. Mejores amigos desde la prepa, podían comunicar con precisión sus pensamientos y sentimientos con solo una mirada o un gesto de asentimiento. El resto del personal jamás sabría que le daba miedo su cita. Los loros eran difíciles. Su conocimiento de medicina aviar era solo una parte de la ecuación. Manejarlos de forma segura para minimizar su estrés era el verdadero reto. Quería hacer un buen trabajo.

—Los voy a acomodar y vuelvo enseguida. —Cuando Anthony regresó minutos después, dijo—: Esto va a ser divertido, Em. ¡Prepárate para el juego!

—Supongo que ya es hora —murmuró Emily en voz baja.

Absorta en recordar las perlas de sabiduría que aprendió durante su rotación en aves y animales exóticos en la facultad de veterinaria, Emily no se dio cuenta de que su personal rondaba por allí. Todos esperaban echar un vistazo a la icónica ave.

Con la mano en el pomo de la puerta, hizo una pausa, exhaló, echó los hombros hacia atrás y sonrió al entrar en la sala de reconocimiento.

—Hola, señora Peña. Hola, Tiki Lulu. Soy la Dra. Emily Benton. Mucho gusto.

—Hola. Pasen. Hola. Pasen —dijo Tiki desde la percha de su elegante jaula de viaje.

Su cabeza se balanceaba de arriba abajo mientras se movía de un lado a otro, dándole un toque de alegría a su saludo. Su plumaje era precioso. Tonos de gris oscuro en la cabeza y las alas se fundían con un gris claro en el cuerpo. El ribete blanco de las plumas alrededor de su cabeza contrastaba con su pico negro y sus ojos amarillo dorado. Las plumas de su cola, de un rojo rubí, eran espectaculares, incluso más impresionantes que en sus videos.

—Tiki Lulu es precioso —felicitó Emily a la señora Peña mientras se acercaba. Loro y veterinario se evaluaron mutuamente, girando la cabeza al unísono. Emily se acercó a su jaula—. Eres muy guapo, Tiki.

Tiki infló sus plumas y movió la cola antes de decir:

—¡Qué pájaro tan bonito! ¡Qué pájaro tan bonito! —obligó a Emily a contener una risita.

—No le haga caso a Tiki. Habla mucho cuando está nervioso —dijo la señora Peña.

Tiki, que medía unos treinta centímetros, salió de su jaula cuando la señora Peña le ofreció el antebrazo para que se posara. Se estremeció levemente, se arregló algunas plumas, se acomodó cerca de su cuerpo y luego se acurrucó en el hueco de su cuello.

—Momo —cantó mientras ella lo besaba en la cabeza.

—Encantada de conocerla, Dra. Benton. Ya veo que a Anthony le gustan los loros, y parece que a Tiki le caen bien. Puede decirme Marilyn. ¿Podemos hablar de tú?

—Claro —respondió Emily.

Emily se alegró de haber visto los videos de Flix antes de la cita. Estar preparada para la apariencia física de Marilyn le permitió mantener su compostura profesional. Marilyn era de mediana edad, baja, pero corpulenta. Su cabello gris, rizado y salvaje, tenía una solitaria mecha roja teñida para combinar con el color de las plumas de la cola de Tiki. Incluso había encontrado un tono idéntico de pintalabios rojo. Pequeños loros enjoyados adornaban sus brillantes lentes de lectura rojos y hacían juego con sus pendientes colgantes de loro. Una camiseta roja extragrande cubría sus pantalones de lino acampanados; bordado en el dobladillo tenía una imagen perfecta de Tiki.

—Entonces, ¿hoy le vamos a cortar las uñas a Tiki? —preguntó Emily.

—Sí, pero ¿puedo pedirte un favor?

—Claro.

Emily esperaba que no implicara alguna técnica médica aviar avanzada.

—Tengo algo que atender en casa, y podría ser estresante para Tiki estar allí. ¿Es posible que se quede contigo en el hospital durante el día? Está contento en su jaula, y traje algo de su comida, agua filtrada y botanas. Vuelvo antes de que cierren ¿está bien?

Juntó las manos con fuerza mientras esperaba la respuesta.

La solicitud sorprendió a Emily, lo que retrasó su respuesta. Anthony intervino para ayudar.

—Creo que podemos complacer a Tiki —dijo, y luego miró a Emily en busca de su aprobación. Cuando ella asintió, continuó—: Tengo una oficina grande con mucha luz natural. Tiki puede pasar el rato conmigo.

—¡Genial! —dijo Marilyn con una expresión de alivio en su rostro—. Bueno, vamos a encargarnos de la pedicura de Tiki y luego lo dejo contigo. Tiki, ¿te parece bien?

Tiki movió la cabeza arriba y abajo en señal de asentimiento.

—Momo.

Ante la mirada divertida de Anthony y Emily, Marilyn explicó:

—Hugo, mi difunto esposo, me llamaba Momo. No los voy a aburrir con el origen del nombre, pero era un cariño. Después de enfermarse, le enseñó a Tiki a decir mi apodo. Me alegra el corazón cada vez que lo oigo. Extraño muchísimo a Hugo.

Marilyn se giró hacia Tiki y le acarició suavemente el cuello.

Emily y Anthony sonrieron y luego se concentraron en la tarea. Cortarle las uñas a Tiki fue pan comido. La presencia tranquila de Marilyn y la experiencia de Anthony sujetando loros permitieron un procedimiento rápido y sin estrés. Emily se reprochó el miedo que le tenía a la cita. Durante la conversación, Marilyn confirmó que el médico aviar de Tiki Lulu, de la facultad de veterinaria de la Universidad de Florida, se iba a encargar de su atención médica, así que solo planeaba llevar a Tiki para cortes de rutina. Emily respiró aliviada.

Marilyn ayudó a Tiki a trasladarse a la oficina de Anthony. La jaula de viaje, hecha a medida, se apoyaba sobre una base con ruedas desmontable para facilitar su transporte. Una vez que pareció acomodarse, ella salió del hospital.

Emily continuó con sus citas de la tarde, que incluyeron visitas a cachorros, infecciones de piel y oído, y una reacción alérgica a una hormiga roja. Todo parecía decepcionante después de conocer a Tiki. El personal se turnó para visitar al loro, y al pasar Emily por la oficina, se detuvo en seco al escuchar a Abigail, su recepcionista principal, y a Anthony hablando de los últimos videos de Tiki.

—¿Qué es eso del tesoro? —preguntó Emily mientras se giraba para entrar en su oficina.

Tiki la interrumpió con un:

—Hola. ¿Qué haces?

—Dice eso cada vez que alguien entra aquí —dijo Anthony—. Su vocabulario es impresionante, por lo que he oído hasta ahora.

Abigail agitó las manos, intentando contener la emoción.

—Tiki es la clave de un tesoro escondido.

—¿De qué estás hablando? —Emily no había visto todas sus publicaciones y se perdió la parte sobre el tesoro.

—Bueno, Marilyn es una excéntrica, casi multimillonaria. Su esposo falleció hace un par de años. Creo que hizo su fortuna con la caña de azúcar y el ron en las islas del Caribe. En fin, Marilyn creó esta búsqueda del tesoro que lleva a un tesoro de doscientos mil dólares. Cada semana, publica un video de Tiki compartiendo una pista sobre la próxima búsqueda del tesoro. A veces incluso se disfraza de pirata. Por eso se ha vuelto viral. El canal de televisión local presentó la noticia en las noticias de anoche.

—Híjole. Marilyn no lo mencionó hoy —dijo Emily.

—Quizás dio por sentado que lo sabías —respondió Anthony—. Además, no tenía nada que ver con su cita, así que no hay razón para mencionarlo.

Emily no estaba al día con las últimas tendencias de las redes sociales. Estaba muy ocupada dirigiendo el hospital. Tras graduarse de la facultad de veterinaria y terminar sus prácticas, regresó a Coral Shores para cuidar de su mamá. Su curva de aprendizaje fue pronunciada, y aún se estaba orientando mientras se familiarizaba con los entresijos de la gestión de un hospital veterinario. Intentaba afrontar cada nuevo reto con confianza, esfuerzo, humor y la disposición a aprender de quienes la rodeaban. Convencer a Anthony de que dejara su puesto de técnico veterinario jefe en Tampa para asumir el de gerente del hospital fue un factor esencial en su decisión final de comprarle el hospital al Dr. Dinsmore. Siempre habían formado un gran equipo.

—¿Cuántas pistas ha habido hasta ahora? —preguntó Emily.

—Tres, creo. Los seguidores de Tiki están recorriendo el sur de Florida buscando el tesoro. ¿Qué te pareció el atuendo de Marilyn? —Anthony sonrió con suficiencia.

—Es muy colorida. Eso sí que lo reconozco —dijo Emily.

Marilyn, sin duda, amaba a los loros, y en particular a Tiki.

Anthony le entregó a Emily una copia impresa.

—Esta es una lista de la dieta de Tiki que Marilyn incluyó en la bolsa con su comida y golosinas. No me extraña que esté tan sano. Ella sabe lo que hace, y es evidente lo unidos que están. Lleva más de veinte años con Tiki.

Emily miró la lista y luego a Tiki Lulu, quien le devolvió la mirada.

—Qué lástima que no podamos preguntarle dónde está enterrado el tesoro.

—Tesoro. Tesoro. ¡Ay, ay!

Emily, Abigail y Anthony se miraron fijamente, luego al loro, con los ojos como platos, antes de estallar en carcajadas ante la última palabrería de Tiki. Tenerlo en el hospital iba a ser una aventura. Varias veces a lo largo de su jornada laboral, Emily se rio entre dientes al pasar por la oficina de Anthony. Él puso a prueba el vocabulario de Tiki conversando con el precoz loro. Oyó a Tiki decir:

—Adiós, cucú, ven aquí, te quiero, buen chico, afuera —y podía imitar el sonido de una fuente de agua.

Manteniendo a Tiki entretenido hasta que Marilyn regresara a recogerlo era divertido para todos.

Emocionada por la perspectiva de llegar a casa a tiempo para variar, Emily se apresuró a terminar las notas médicas del día. Eran casi las seis, hora de cerrar, cuando Anthony entró en su oficina y se sentó en la silla junto a su escritorio.

—¿Te ha llegado una noticia de Marilyn? —preguntó.

—No, ¿por qué?

—Bueno, pensé que ya estaría aquí para llevarse a Tiki a casa. Estamos a punto de cerrar las puertas, y acabo de hablar con Abigail. Ella tampoco ha tenido noticias suyas.

—Puede que esté atascada en el tráfico. ¿Por qué no la llamas? Termino aquí y me reúno contigo en un par de minutos —dijo Emily.

Al entrar en la oficina de Anthony, Tiki presumió de sus habilidades multilingües.

—Hello. Hello.

—Es adorable —sonrió.

Es más que eso. Nunca había estado cerca de un pájaro con una personalidad tan fuerte y un vocabulario tan afín.

—¿Alguna novedad de Marilyn?

Anthony negó con la cabeza.

—No. La llamé a su casa y a su celular y tuve que dejarle un mensaje. ¿Qué hacemos si no aparece?

—No quiero dejar a Tiki solo toda la noche. Puedo comprar comida para llevar y esperar a Marilyn —dijo Emily.

—De acuerdo. Estoy de acuerdo en no dejarlo aquí, si podemos evitarlo. Le di mi información de contacto personal en el mensaje para que pueda contactarnos.

Mucho después de la hora de cierre, Emily y Anthony ya habían terminado sus hamburguesas con queso y debatían qué hacer con Tiki. Él comió la cena que Marilyn le preparó y pareció acomodarse para echarse una siesta al atardecer. Por sus videos, Anthony sabía que Tiki vivía en un aviario al aire libre, así que no había necesidad de cubrir su jaula. Además, la oficina estaría tranquila y oscura hasta la mañana.

Era común que los clientes retrasaran la recogida de sus mascotas del alojamiento cuando sus planes cambiaban de último minuto, pero las circunstancias fueron diferentes esta vez debido a la fama de Tiki. Además, requería cuidados y alimentación especiales. Marilyn no parecía de las irresponsables que se olvidaban de contactarlos si iba a llegar tarde. Tras un último intento por contactarla, Emily tomó la decisión definitiva, Tiki iba a pasar la noche en la oficina de Anthony. Parecía tranquilo y sereno cuando recogieron sus cosas para irse. Acordaron venir temprano por la mañana para ver cómo estaba antes de que llegara el personal. Una sensación de aprensión se apoderó de Emily mientras cerraba las puertas para pasar la noche.

SOBRE LA AUTORA

DL Mitchell es la autora de *El terrier tiene razón: Un misterio veterinario de Coral Shores,* y veterinaria de animales pequeños. Luego de trabajar en hospitales con mucha actividad en Miami y el norte de Virginia, abrió una clínica veterinaria a domicilio, ofreciendo atención personalizada a sus pacientes felinos y caninos en el área de Atlanta. Cada día se inspira en el vínculo que une a sus clientes con sus peludos familiares. Sus divertidas y conmovedoras historias inspiran los casos reales que se presentan en *El terrier tiene razón.*

Le gusta pasar tiempo con su marido, su hija y su colección de mascotas, planificar su próxima aventura de viaje y correr por senderos cercanos.

DL Mitchell es una miembro activa de la sede de Atlanta de las *Sisters in Crime* y del *Atlanta Writers Club.*

NOTA DE DL MITCHELL

El boca a boca es crucial para el éxito de cualquier autor. Si te gustó *El terrier tiene razón*, deja una reseña en línea donde puedas. Aunque solo sean unas pocas frases. Marcaría la diferencia y te lo agradeceríamos mucho.

Visita mi sitio web en www.DLMitchellMystery.com para obtener información sobre firmas de libros, nuevos lanzamientos y más.

¡Gracias!
DL Mitchell

Esperamos que hayas disfrutado de esta obra de:

www.blackrosewriting.com

Suscríbete a nuestra lista de correo, *The Rosevine* (solo disponible en inglés), y recibirás libros GRATIS, ofertas diarias y te mantendrás al tanto de las noticias sobre próximos lanzamientos y nuestros autores más populares. Escanea el código QR a continuación para suscribirte.

¿Ya estás suscrito? Acepta nuestro sincero agradecimiento por ser un fan de los autores de Black Rose Writing.

Consulta otros títulos de Black Rose Writing en www.blackrosewriting.com/books y usa el código de promoción PRINT para recibir un 20% de descuento en tu compra.